思绪翩跹

中国好文章书系

《好文章》书系组委会 主编

光明日报出版社

图书在版编目（CIP）数据

思绪翩跹／《好文章》书系组委会主编．－－北京：
光明日报出版社，2023.5
ISBN 978－7－5194－7164－4

Ⅰ.①思… Ⅱ.①好… Ⅲ.①杂文集—中国—当代
Ⅳ.①I267.1

中国国家版本馆 CIP 数据核字（2023）第 067578 号

思绪翩跹

SIXU PIANXIAN

主　　编：《好文章》书系组委会

责任编辑：郭玫君　　　　　　　责任校对：房　蓉　张慧芳
封面设计：中联华文　　　　　　责任印制：曹　净

出版发行：光明日报出版社
地　　址：北京市西城区永安路 106 号，100050
电　　话：010－63169890（咨询），010－63131930（邮购）
传　　真：010－63131930
网　　址：http：//book. gmw. cn
E － mail：gmrbcbs@ gmw. cn
法律顾问：北京市兰台律师事务所龚柳方律师

印　　刷：三河市华东印刷有限公司
装　　订：三河市华东印刷有限公司
本书如有破损、缺页、装订错误，请与本社联系调换，电话：010－63131930

开　　本：170mm×240mm
字　　数：278 千字　　　　　　印　　张：15.25
版　　次：2023 年 5 月第 1 版　　印　　次：2023 年 5 月第 1 次印刷
书　　号：ISBN 978－7－5194－7164－4
定　　价：95.00 元

前 言

《淮南子·本经训》中记载："昔者仓颉作书，而天雨粟，鬼夜哭。"文字的力量，由此可见一斑。文字真是一种奇妙的东西，寥寥数字便在书写者与阅读者之间架起一座心灵之桥——娓娓道来的文字能够温暖人心，昂扬激越的文字让人心潮澎湃，蕴含哲理的文字能够明心见性，真情实感的文字催人泪下，让人心生感动。文字让我们的思绪插上了想象的翅膀，带我们飞入书写者用妙笔精心构建与编织的文字世界，让我们在知识与思想的天空中翱翔。

"中国好文章"大赛组委会从发出邀请至今，已收到数万名作者朋友的踊跃投稿，让我们备感欣喜与珍惜。欣喜的是，你们看到了我们发出的征稿邀请，并勇于展示自己的才华；珍惜的是，你们将自己精心写就的文章托付给我们，是对我们的信任。身处此位，将心比心，每日与文字打交道的我们，更懂得作者对自己文章的用心与爱护。在与这些美文的不期而遇中，我们感受到你们对祖国大好河山的由衷赞美，对故乡故人的深深怀念，对青春往事的追忆释怀，对亲人朋友的真切情感……字字句句皆自肺腑流出，每一段文字、每一篇文章都承载着书写者的人生温度，讲述着书写者的奇妙故事，蕴藏着书写者的岁月感悟。

著名作家莫言曾在诺贝尔文学奖晚宴上的致辞中谈到自己对于坚持文学写作的看法："我深知世界上有许多作家有资格甚至比我更有资格获得这个奖项；我相信，只要他们坚持写下去，只要他们相信文学是人的光荣也是上帝赋予人的权利，那么，'他必将华冠加在你头上，把荣冕交给你'。"如今投稿的你们也是这样，不论年龄几何，不论身处何处，曾经，当你的脚步穿过那一排排放满书籍的书架，指尖抚过那一本本微微鼓起的书脊，听到那纸张翻阅的沙沙声，想必有一颗石子落入你如静水般的内心，激起了一圈圈淡淡涟漪，你便也想让自己的文字化为铅字，让每一个爱书之人感受到你笔下文字那鲜活的生命力。于是你们日复一日、年复一年保持着对文字、对写作的热爱，这在当下，是多么难能可贵的品质。我们发自内心地佩服书中各位作者对文学梦的坚守，因此有了我们在"中国好文章"的相遇，才有了这本凝结着你们心血结晶与智慧闪光的诚意之作。

　　这卷承载着心语的墨香，是你们个人情怀与美德的人文积淀，是你们"文如其人"的最佳彰显，更是你们收获公众好评和认可的绝佳机会。或许今天热爱文学写作的你，明天就能在中国文坛拥有一席之地，成为反映美好新时代的一面旗帜，成为用文字影响他人的文化摆渡人！

　　"文明如水，润物无声。"书籍作为思想文化的载体、人类知识的殿堂，读罢方知心渠如许不彷徨，人间至爽在墨香。本书这些沉睡的文字，如时光与心灵的对白，诉说着少年五彩的梦，低唱着中年朴质的影，浅吟着老年夕阳的红，并赋予各时的震撼或感动、温暖或骄傲、火热或炽烈的瞬间以永恒……此刻，她正散发着墨香，静待有缘相会的读者来唤醒。

"中国好文章"大赛编委会

Contents

目 录

寸草春晖

寸草春晖

大　伯

高文生 *

（一）

来到这个世间没多久，仅一年多，我就被妈妈放到了爷爷奶奶的屋间。我在爷爷奶奶身边长大，自然和爷爷奶奶最亲密。小时候，我觉得爷爷奶奶是这个世界上我最亲的亲人。至于爸爸妈妈，虽然与爸爸妈妈的房间仅隔着一个堂屋，但我很少去。除非不得不去，例如到了夏天，天气暖和了，爷爷奶奶和我需要到爸爸妈妈屋里的炕上吃饭，爸爸妈妈屋里敞亮，姐姐和弟弟就可以不必来东屋了。

而我，每次准是第一个吃完饭，飞也似的跳下炕，逃也似的回到东屋，竟不想在爸爸妈妈宽敞明亮的屋里多待一会儿。这时候奶奶总会说："这孩子，跟爹妈一点儿也不亲。"妈妈只能遗憾地望着我的背影，操持家务占据了妈妈的所有时间。

爸爸妈妈的西屋和爷爷奶奶的东屋一样，炕的南侧都是纸糊的窗户，但爸爸妈妈的房间窗户下面是一溜大玻璃，透明、敞亮，并且上面纸糊的窗户是可以打开的，天气炎热时可以用木棍将窗户支开通风。

爷爷奶奶的东屋窗户是不能开启的，没有玻璃窗。屋子更严实一些，也更黑暗一些。每年的秋、冬、春三季，因为奶奶身体弱怕冷，一家人永远都是在奶奶屋里吃饭。这时候我就可以尽"地主之谊"了，放上了炕桌，除了正中是爷爷奶奶的位置外，我就可以随时占据有利地位，姐姐和弟弟一般也像纳贡称臣似的，只是到了快吃饭的时间才来到东屋。一家子姐弟三人，倒像是两家人。

每年入秋天气转凉后，爷爷就开始为奶奶生火。爷爷每天起得很早，通常

---

* 作者简介：高文生，男，1969 年 12 月生，河北省迁安市人，本科学历，首钢建设公司管理人员。

天还没亮爷爷就起来，站在院子里看看天上是否有星星和月亮，爷爷就能判断出白天是晴天还是阴天，是否会刮风。

爷爷起来后的第一件事是扫院子，拿着扫帚猫着腰，先前院后北院，先院内后院外，一直扫到大门口。除下雨天和大风天外，即便是大雪天也阻挡不了爷爷扫院子。当然了，下雪天爷爷扫雪主要是先清扫道路，先扫通到柴房的道路，以方便妈妈生火做饭；再扫通到院外的道路，以方便爸爸挑水；最后爷爷扫通到茅房、猪圈、驴棚、鸡罩的通道。爷爷干完其他事，吃完早饭，再扫院子里的雪，把院子里的雪堆成雪堆，院里院外被扫得干干净净。干完了这一切，爷爷才会心满意足地回到屋里，坐在炕里，靠着被垛休息一会儿。

（二）

每年春节前，爸爸都要找人将东西两屋的顶棚和墙纸撕掉，重新糊顶棚和墙纸。糊匠孙大伯是爸爸的好朋友，与爸爸同龄，经常来我家串门。爸爸和孙大伯打好招呼后，没过两天，孙大伯就带着工具和糊墙、糊顶棚的材料来到我家。

当然，东西两屋糊墙糊顶棚这不是一个人干的活儿，孙大伯把他的一位徒弟也带来了。爷俩儿忙上忙下，忙里忙外，足足干了一天，才将东西两屋的顶棚和墙面糊完了。两个屋子糊完后，顿时感觉豁亮了许多。

孙大伯糊好墙面和顶棚，还要在顶棚四周用各色颜料或彩笔画出各种花卉、如意、祥云等图案，并在顶棚正中绘制了一盆大大的牡丹花。这盆盛开着不同颜色的牡丹花，有红的、粉的、黄的，还有绿色和蓝色的，十分可爱。画牡丹是孙大伯的最后一道工序，完成这道工序后，孙大伯从梯子上下来，手上、衣服上甚至脸上都沾上了各色颜料，比电影里的孙猴子还滑稽。

孙大伯站在地上抬头欣赏着自己的作品，觉得还可以，向盘腿坐在炕头的奶奶和在一边自顾自地玩耍的我说："大妈，大侄子，看看哪儿画得不好，说出来，我再描描。"

我哪里懂这个！实际上孙大伯的糊墙糊顶棚和绘画水平真是一绝，不仅在村里，即便在周边十里八乡也有点名头。即便偶尔有点不足，农村人家一般也不懂，看不出来，大家图的是屋里敞亮、干净，图案色彩鲜艳、生动。

"挺好！挺好！他大伯，忙活了大半天，快洗洗手，一会儿吃饭，多喝两盅。"奶奶仰头看了看，也挑不出啥毛病。倒是孙大伯自己觉得仍有些不足，重新爬上梯子，用彩笔蘸了颜料，简单地描了描。

中午、晚上，妈妈都张罗了一桌子饭菜。不用说，今天孙大伯和他的徒弟是出了大力的，是有功之臣，盘腿坐在炕上，热上酒。孙大伯和他的徒弟邀请爷爷奶奶一块吃，爷爷奶奶本想和家人最后一同吃饭，无奈孙大伯和他的徒弟客气地说没几个人，执意请年长的爷爷奶奶上座。爷爷奶奶推让一番居中坐了，爸爸陪着，好好地款待一番孙大伯和他的徒弟……

晚上熄灯前我平躺着，望着头顶上这盆娇艳欲滴的各种颜色的牡丹花，感觉真是一幅值得永久珍藏的好作品。

第二天早晨，爷爷照样起来先打扫完院子，再为奶奶生火烤衣服。没过几天，屋顶就被熏黑了，最先倒霉的是顶棚正中的牡丹花。渐渐地，不管是红色的、粉红的、黄色的，还是绿色和蓝色的牡丹花，都逐渐失去了原来鲜艳的颜色，花和叶子都成了黑色，最终黑乎乎一片，完全被掩盖了……

（三）

斗转星移！冬去春来，夏去秋又到。

我在爷爷奶奶身边住了一天又一天，一年又一年。

在我的这一方小天地里，或欢乐，或忧愁，多少个日日夜夜过去了，仿佛我永远长不大，我也盼着自己快些长大。爷爷、奶奶、爸爸、妈妈都盼着我们姐弟三个快些长大。

我们快些长大好吗？

当然好！大人们肯定会这么说。孩子们长大了，可以多为家出些力，可以多干些活儿，能减轻大人们的负担。如果孩子有出息的话，还能光宗耀祖，光耀门楣。

其实，家里发生的这一切，实际上有一个"人"都静静地看在眼里，但"他"从来不说一句话，只在那儿静静地关注着这一切，日里这样，夜里也这样。

"他"是谁呢？

"他"是爷爷奶奶屋里北墙上挂着的一张大照片，严格来说是一幅画像。其实，我早就注意到北墙上挂着的这张大照片。他是谁呢？我看着像爷爷，但肯定不是，看着这人比爷爷年轻不少，并且爷爷的脑瓜顶也没有镜框里人的脑瓜顶那么尖。是爸爸吗？也不是，爸爸是国字脸，随奶奶。

那他到底是谁呢？虽然我有一万次机会可以问奶奶和爷爷，甚至可以问爸爸和妈妈，由于我天生不爱说话的秉性，虽然我有的是机会可以问，但我终究还是没有问。

"那是你大伯！"可能是我经常凝视北墙的大照片，奶奶看出了我的心思，不问自答地解答了我的疑问。

"喔！原来是大伯！"我心里这么想，仍然没有说话。

一天，糊匠孙大伯来家里串门，我以为北墙大伯的照片是孙大伯，用手指了指。奶奶知道我想说什么，笑了："不是！不是！这孩子。"又对孙大伯说："这孩子以为墙上的他大伯是你呢！"孙大伯听了，哈哈地大笑了。孙大伯把我笑蒙了，我不知道他为何大笑……

（四）

八月十五中秋节到了，亲戚们来来往往又开始互相走动了。在我们那儿的农村，中秋节当时是仅次于春节的第二个大节日，人们来来往往走亲戚已成风俗，只是最近这二三十年才改变了这一习俗。

现在，通常亲戚们只是每年正月走动一次，互相看望一下，骑上摩托车、开着汽车带着礼品，带上老婆孩子。有时候家里有事或嫌麻烦，老婆孩子也不带了，自己带上礼品，半天时间所有亲戚就全部走完了，中午还是回自己家吃饭，下午该干吗就干吗。正月初八一到，该上班上班，该进城打工就进城打工，正月就算过完了。

那时候农村不是这样，那时候生活节奏没有现在这么紧张。中秋节亲戚们也愿意相互走动一下，一来增进感情，二来谁也不愿意放弃到亲戚家狠狠地吃一顿的机会。

亲戚们来了那是看得起咱们，不用说，爸爸妈妈早就准备好了好酒好菜等着款待亲戚们。

中秋节前后的那几天，乡村道路上像过年似的，人来人往，每个村子都像过春节似的热闹了起来，家家户户都在买酒做菜款待亲戚。亲戚们穿着压箱底的新衣服，神气活现地在村前村后转转，遇上认识的打声招呼，问候几句，彼此寒暄一番。

中午开席了！不用说，饭桌上觥筹交错，个个像久别的亲兄弟，过命的交情。亲戚们在家人的陪同下，个个吃得满嘴流油，喝得面红耳赤，舌头打卷儿。

酒足饭饱之后，亲戚们说上几句招待得满意和祝福之类的话，留下两包月饼和二斤挂面，或赶车或骑自行车，心满意足地打道回府了。

妈妈款待亲戚们从来不含糊，再加上奶奶人缘好，亲戚们不管是亲的还是远的都愿意来，每年的春节、中秋两节，我家前前后后都要热闹好几天。

亲戚们走后，妈妈根据一对对月饼的摆放位置，会记起是谁带来的，拿不定主意时会问问奶奶和我们。我可没关心这个，如果有年龄相仿的表兄弟、姨兄弟随大人们一块儿来，我们早一块跑着玩儿去了，谁关心这个？

妈妈用杆秤称了称月饼分量是否足，并根据月饼的软硬判断是新买的月饼还是去年的月饼，甚至是不是几年前的月饼，进而判断出某位亲戚是真心还是虚情假意。我真佩服老妈，大字不识，那么多亲戚你来我往，迎来送去好几天，居然能够记起月饼原来的主人，并根据月饼的质量和重量判断出该亲戚是否心诚。

奶奶的关注点不在这儿。热热闹闹好几天，亲戚们都走后，奶奶望着板柜上堆成小山似的月饼和挂面，又望了望小山似的月饼和挂面正上方大伯的照片，有些黯然神伤，似乎又记起了往事。

"你大伯七八岁给地主扛活儿，那年也是八月十五，人家看你大伯年纪小，干活儿不偷懒就给了他两块月饼。你大伯不舍得吃，拿回了家，可把全家人欢喜坏了。那时候八月十五哪见过这东西？哎！现在这么多的月饼，你大伯就是想吃也吃不到了。"

"你大伯那时候一口都没舍得吃。哎！想起这事儿我心里就窝囊。"我一看就知道奶奶心里不好受，却不知道奶奶为何这么不开心……

（五）

冬天的傍晚日落早，日落后的天黑乎乎的，家家户户点起了十五瓦的小灯泡，这还是屋里有人干活儿时才舍得点亮灯泡。堂屋里，妈妈收拾完碗筷，准保拉灯，怕费电。

前院后门一响，有人未进门先询问："大兄弟在家吗？""在家，在家。"爸爸在西屋回答。那时候人们真讲究，到别人家串门或借借找找，一般在院门外询问家里主事的是否在家；院落长的一般在二门询问；住在后院的一般穿过前院堂屋向后院询问，如果无人应答表示家中无人，必须赶快走人，以免沾上手脚不干净的嫌疑。

奶奶听见了说："你大伯来了!"我赶紧放下手中的玩具，跑到窗户下透过小玻璃向外看，只见有个人刚走过驴棚向堂屋走来。我不知道是谁，以为来的这位大伯是北墙照片上的大伯，我站起来指了指北墙大伯的照片。奶奶知道我想问什么，说："不是! 傻孩子，不是!"

一挑门帘，一个大脸胖乎乎，满脸红彤彤的汉子走进了爷爷奶奶屋里。

"他大伯来了? 快坐炕头，炕头热乎!"奶奶招呼道。

"好! 好! 大妈大伯身板还这么硬朗!"来的这位大伯笨嘴笨舌地向我爷爷奶奶打着招呼。爷爷靠着被垛眯着眼养神，见来了熟人，和这位大伯唠了几句。

那时候各家各户都没有电视，手机还未出现，就连收音机都少见，冬天夜长，人们吃完饭在家闷坐百无聊赖，索性串门子拉拉家常。

"他大伯有四十了吗? 有人给介绍对象了吗?"奶奶有一搭没一搭地问着，总不能干坐着。

这位大伯已经四十多了还没有媳妇，奶奶叹了气："这么大岁数没病没灾的，也没人给说个媳妇，还不是因为家庭成分高? 有合适的大妈给你介绍一个。"

"那敢情好! 那敢情好! 大妈费心了。"这位大伯求之不得。

"来了也不知道带点啥? 没个当大伯的样儿。"爸爸一挑门帘进来，对这位大伯也不客气，开着玩笑。

"我一个光棍汉能有啥? 看看家里有啥要干的活儿，大兄弟你说一声。"这位大伯心眼实，跟爸爸交情不错。

"你大伯攒了不少扫帚苗子，哪天你有空儿，带着你的家伙件，给我绑几把扫帚。"爸爸说。

"中! 中!"大伯愉快地接下了这活儿……

第三天早饭后，这位大伯真的带着他的勒扫帚的工具来了，有钢丝绳、铁丝、老虎钳子、削刀。大伯将钢丝绳一头固定在堂屋门槛子上，一头捆在腰间，将扫帚苗子捆在钢丝绳间，双腿一前一后用力向后蹬地，钢丝绳绷紧，勒得扫帚苗子深深地凹进去。大伯转动手中的扫帚苗子，将铁丝掺入其中，再转几圈手中的扫帚苗子，用老虎钳子拧紧铁丝，将多余的铁丝剪掉，压下，扫帚第一道铁丝固定好了，紧接着第二道、第三道……

大伯勒完第一个扫帚，削圆头部多余的秫秸秆，将扫地的苗子分开，压实成型，试了试还算顺手。

没想到这位大伯还有这手艺!

大伯将长的秫秸秆做成扫地扫帚，短的秫秸秆做成扫炕扫帚，做了一把又一把，直到快中午了才忙活完……

（六）

又一个春节到了！

春节前，大队干部高大哥登门拜访，操着一副沙哑的嗓音对爷爷奶奶说："大爷、大奶，孙子给你拜年来了，祝您二老福如东海、寿比南山。"说着还要真的跪地磕头，被爸爸一把拦住："都新社会了，不时兴这个。"

奶奶笑盈盈地看着："快坐炕里，天气冷，别冻着。"

"不了，不了。过年了，大队决定给您老人家送来十斤猪肉，让您老人家欢欢喜喜过个年。"说着拎猪肉的二胖将猪肉递给了我爸，全家人看着过年的猪肉有了着落，高兴得合不拢嘴。

说完，高大哥和二胖将一副对联贴在堂屋门外的门框上，并将一个写着"光荣之家"红色铁牌钉在门楣上。爸爸、妈妈留高大哥和二胖吃饭，他们坚决不肯，又寒暄了几句，爸爸、妈妈将他们送出了门外。

正月里，亲戚们前前后后都来家里看望爷爷奶奶，有说有笑的，从正月初三一直持续到正月十五，甚至正月十五后仍有零零星星的亲戚来走动。妈妈做了一桌又一桌的饭菜款待亲戚们，屋里屋外欢声笑语一直持续到正月底。

正月初六是奶奶的生日，每年这一天最是热闹，这一天来的亲戚也最多。这年正月初六上午，我正在屋里玩儿，奶奶和几位早到的亲戚唠着闲嗑，忽然听到一个大嗓门从后院传来："爹，还忙呢！歇会吧！别累着！""不累不累！柱儿来了？快进屋里吧！"后院传来一阵爽朗的说笑声，和爷爷说话的声音。

"你大伯来了！"奶奶说。我以为是北墙的大伯回来了，指了指北墙上大伯的大照片。奶奶看了我一眼，"嗨！这个傻孩子！"

随着带门子"哐当"一声响，一阵笑声进了堂屋："兄弟媳妇！忙着呢！我大兄弟下班了吗？"

"下班了！下班了！你大兄弟又到外头唠嗑去了！大哥来了！冷吗？快进屋吧！"妈妈答道。

门帘子一挑，一个个子高高，尖尖的头，头顶冒着热气的男人，手里拿着帽子，怕撞到门框，低着头走进了屋。"妈！我看你来了！身板挺好哇？"

"好！好！柱儿来了，冷吗？道上好走吗？"奶奶拉住大伯伸过来的大手，"手多凉啊！快脱了鞋坐炕里。"

"不冷！不冷！"

"妈！你的气色挺好！"

"好！好！""小文！"奶奶叫我。"快叫大伯！"

"大伯！"我怯生生地小声叫道。

"小文这么大了！几岁了？"大伯耐心地询问。

"过了年就六岁了！"奶奶知道我不爱说话，替我回答道，我也借此机会跑到屋外玩去了……

这位大伯多才多艺，会唱皮影戏。当然了，这位大伯是他们那儿皮影戏班子的成员，左邻右舍和好几位亲戚都认得我这位大伯，哪能轻易放过他，鼓动他清唱了几段。吃完晚饭这位大伯看人多，来了兴致，捏着嗓子前前后后唱了好几段皮影戏，赢得围观的人群阵阵喝彩。

大伯住了一宿，第二天吃过早饭，大伯执意要带爷爷奶奶到他家住几宿。无奈爷爷奶奶年事已高，哪儿都不愿意去了，大伯只好赶着马车走了。

大伯走后，我问奶奶这位大伯是北墙上的大伯吗？奶奶说不是，说来的这位大伯是她的干儿子，是十多年前爷爷从水库边上救起的外乡人。当时这个外乡人在家里和家人生了气，跑出了家，到了我们村北看见有个水库，一时想不开，想一了百了跳水库得了。正巧爷爷从地里回来，看有人要寻短见，和村里的几个人硬拦着没让跳水库，后来爷爷和村里的几个人连拖带拽地将这个人带回了家，在爷爷奶奶的好一番开导下，此人才放弃了轻生的念头。这个人在我家住了几天后，他的家人寻到我们村，他才和家人回去了。得救后的这个人懂得感恩，就认了爷爷奶奶为干爹干妈，我爸又多了个干哥。大伯每年有空准会来我家看望我的爷爷奶奶……

这么多大伯都不是北墙上照片的大伯，真把我弄糊涂了。照片大伯到哪儿去了呢？什么时候能回来？为什么奶奶时常望着北墙大伯的照片喃喃自语？我百思不得其解。

（七）

夏天到了，屋子里的苍蝇、蚊子可真多。苍蝇、蚊子好像事先商量好似的，白天苍蝇负责骚扰人类，夜里蚊子袭击人类，让人们片刻不得安宁。

其实，夜里的蚊子要好对付一些。爷爷每次去自留地收拾完庄稼，回来时都要薅一背筐艾草，在院子里摊开晾成半干，编成一米多长的大辫子，挂在北厢房屋檐下风干，于是，驱蚊用的艾草辫子就制成了。

夏天夜里蚊子多，临睡前，爷爷取下一条艾草辫子，在院子里用火柴将其一头点燃，注意此时不能用明火，只能用阴火，艾草辫子有火星产生烟就行了，明火一会儿就会将艾草辫子烧完。

爷爷将艾草辫子提到屋里，放到地上，拉灯睡觉就可以了。还别说，艾草驱蚊效果相当好，有香气，蚊子躲得远远的，即便夜里艾草辫子烧完了，由于屋里空气中到处弥漫着艾草香气，保管蚊子一宿都不敢骚扰我们。

苍蝇就比较难对付了。夏天的早晨温度适宜，正是睡觉的好时候。早晨我还未睡醒，躺在被窝里睡得正香，苍蝇不知什么时候钻进了屋里，"嗡嗡嗡"地叫着，成群结队地满屋子乱飞，有时落在额头上，有时落在脸上，有时落在手臂上，这个啃一口，那个吻一下。苍蝇"嗡嗡嗡"地叫着，像是在说："你怎么还不起来呀！你个懒汉，你不起来我们就啃死你！你甭想在这儿美美地睡懒觉。"

我挥动着手臂驱赶着苍蝇，这个飞走了那个又来了，真应了那句话，敌扰我疲，看样子我不起来是不行了。我气得觉也不睡了，一骨碌爬起来，发现奶奶早起来了，盘着腿坐在炕头，挥舞着蝇拍帮我驱赶着苍蝇，爷爷不知道什么时候起来的，正在外面扫院子。

我气得从奶奶手中接过蝇拍，拿着蝇拍满屋子追打苍蝇。苍蝇太多了，我很轻松地就打死了几只，报了点仇。但我仍不解气，继续满屋子追打着。

此时，不知从哪儿飞来了一只大个儿苍蝇，明显比别的苍蝇大许多，绿头，就连身子和翅膀也泛着绿色荧光。这只绿头苍蝇一会儿飞到窗台上，一会儿飞到墙面上，一会儿飞到窗户纸上，我一次次扑打都没打着。这只绿头苍蝇很狡猾，每次我刚挥动蝇拍时它就起飞了，所以我每次扑打都会落空。

绿头苍蝇飞到窗户纸上我可不敢用力打，只能驱赶它到别处，否则一定会把窗户纸打个窟窿。就在绿头苍蝇飞到墙面上，我挥动蝇拍发狠这次一定要把它打死时，奶奶看见了，低声说："别打，别打，那是你大伯！"

我的脑袋"嗡"的一声！我一下子怔住了。这只绿头苍蝇是我大伯？我真不敢相信这是我奶奶亲口对我说的。

"这个绿头苍蝇怎么可能是我大伯？它只是个蝇子。"我看了看北墙上仍在瞅着我们的大伯照片说。奶奶怎么说，我也不能将绿头苍蝇和我大伯联系在一起。

"这个绿头苍蝇是你大伯！"奶奶泪眼婆娑地望着窗外对我说……

"那些年你大伯可能参加了游击队打鬼子，经常不回家，日本子的狗腿子来家里找你大伯好几次，每次都混不讲理，连骂带抢，见什么拿什么。好说歹说才能把人家哄走，那日子过得，整天提心吊胆。"

"有一年你大伯几个月没回家，过年午介黑介（除夕）你大伯突然回来了，把我和你爷欢喜坏了。赶紧把过年的东西拿出来，你大伯正吃着，突然有人来砸门，前后门都有人砸门，不用问肯定是有人通风报信，狗腿子来家掏人来了。"

"跑是跑不了了！正好你姑去别人家玩儿还没回来，我赶紧让你大伯屈腿面朝里躺好，你大伯头发本来就乱，我把你姑的小被子给你大伯盖上。"

"开了门之后，狗腿子们还是东翻西找，吹胡子瞪眼睛，看见炕上面朝里躺着的你大伯问那是谁？我说是闺女，发疟疾呢。"

"我拿出过年的全部东西，说过年了，求老总们行行好。这帮家伙看见好东西，眼睛乐开了花，骂骂咧咧地走了。"

"这帮家伙走了一会儿，你大伯估摸着他们走远了，赶紧跳下炕跑了，跑到山里躲了起来，那年你大伯捡了一条命，过年是在山里过的。"奶奶将家中的往事向我娓娓道来。

"又过了些年头，日本子打败仗走了。第二年八月中秋节前我从坎下你姨奶家回来，走到一处苘麻地里，我头晕了一下，好像有人说道'你大儿子不行了，快看看去吧'，定睛一看四周并没有人，我心里画着魂儿。这时候一个绿头苍蝇'嗡嗡嗡'地围着我转，怎么赶都赶不走，三四里地一直'嗡嗡嗡'地叫着跟着我到了家里。"

"我没往心里去。第二天一早县支队来人了，说你大伯挂花了，让赶紧去看看吧，再不看就来不及了。"奶奶仍旧自言自语地说道。

"啥叫挂花了？"头一次听到"挂花"这个词，我原以为是大伯带上了大红花呢！

"挂花就是打仗负了伤、流了血！"奶奶说道。

"我心里乱得很，不知道你大伯是啥情况，县支队的人说快点走吧，晚了可能见不着了。他这么一说我心里更没底了，简单地收拾了一下，忙三火四地就跟着县支队的人走了。"

"我问县支队的人你大伯现在在哪儿，县支队的人说你跟着我走就是了，没告诉我去哪儿。"

"我跟着那个人一路向东，不敢走大道，净走小道，过了一道河，走了一段路，又过了一道河，继续走路。哎！道可真远呐！怎么那么远，河汊子怎么那么多！"奶奶望着窗外仍然自言自语。

"越是心急，越想早点见到你大伯，越觉得路长。"

"整整走了一天，路上连口水都没喝。天黑了，才赶到了一个叫郎庄的地方，见到了我的儿子。"

"我的儿子直挺挺地躺在那儿，哪儿还有一口气？我一下子就晕了过去。"

"等我醒来的时候，一群人正在七手八脚地抢救我，'大娘、大娘'地叫个不停，生怕我真的死过去。"

"你奶我是个刚强的人，虽说你大伯离开我时是一个好好的大活人，现在躺在这儿不会动了，但我心里明白，你大伯是为国牺牲的，死的光荣！"

那时候我还小，不懂得"牺牲"和"光荣"是啥意思。但我看到奶奶严肃而刚毅的表情，我觉得这两个词肯定是特别庄重的。

"我问部队上的人你大伯是咋死的，部队的人说前天你大伯带着他的一个排伏击了'伙会'。"奶奶继续说道。

"啥叫'伙会'？"我问道。

"你还太小。'伙会'就是县边上一群地痞流氓凑在一起，国民党给他们发枪发粮，他们凑到一起同吃同住，专门坑害老百姓，入他们这一伙的就叫'伙会'。'伙会'没干过好事，是你大伯他们部队的死对头。"奶奶继续说。

"听部队上人说，你大伯他们以前和'伙会'已经打过几仗，但收获不大。这次部队集中了县支队全部力量，发誓要打掉伙会的嚣张气焰。"

"你大伯带着他的一个排伏击后发起了冲锋，无奈枪少子弹也少。第一个冲锋你大伯就挂花被抬了下来，送到了郎庄养伤。"

"部队人说，你大伯失血过多口渴得要命，要喝水。房东说正烧着热水，让等一下。你大伯口渴心急，说没有热水给口凉水喝也行。房东说喝凉水不行，会出人命的。"

"你大伯口渴得要命说死了不用你管，现在就要凉水喝，人家不给就骂人家。人家一来气给了口凉水喝了，不一会儿人就不行了。"奶奶说到这儿有点黯然神伤，低下了头。

"后来有人说那户人家是特务，存心害你大伯。让我告那户人家！"

"也怪你大伯！人家说了等热水烧好了，放凉了就可以喝。可你大伯等不及热水烧开放凉，等不及还骂人家，能怪人家吗？"

"我儿子的脾气我还不知道？你爸脾气大，比起你大伯差远了，你大伯的脾气更是点火就着，哎！"奶奶转过脸看着我说道。

我爸平时那么大的脾气，平时我们都不敢惹他生气。没想到在奶奶口中亲口说出的，我大伯的脾气居然更暴躁……

（八）

　　转眼间寒食节快到了。妈妈仍然每天早晨在堂屋做饭做菜，稀饭通常做破米粥，破米粥"咕嘟、咕嘟"地烧开了，堂屋里烟气、水蒸气混在一起，上面的房梁、椽子不见了。烟气顺着堂屋门框溢出堂屋，逐渐消散。

　　"唉！又该到寒食节了！天气冷了，咱们一家人有吃有喝的，你大伯在那儿没吃没喝的，天气冷了，谁给你大伯烧点纸钱？让他买两件衣服好过冬？"奶奶坐在屋里，望着北墙的大照片，一声又一声地唉声叹气。

　　"看看！看看！没人理他，你大伯哭了！你大伯哭了！"越是没人接奶奶的话，奶奶的情绪越糟糕，但接了奶奶的话更糟糕。

　　这顿早饭一家人都没吃好，尤其是刚下班的爸爸。

　　"净找棱子！你想你大儿子，净在饭桌上唠叨那点事儿？诚心不让大伙儿吃饭！"爸爸不满地吼道。

　　"没吃你！没吃你！我吃我大儿子呢！吃我大儿子呢！我没吃你！"奶奶蠕动着嘴唇，不服也不忿地嚷道。

　　"没吃我，吃你大儿子，快跟你大儿子过去吧！"爸爸嘴上从来不会让人。

　　"没吃你！吃我大儿子呢！这个家当都是我大儿子挣的！是我大儿子拿命换来的！"奶奶也不会让人。

　　爸爸和奶奶吵成一团。"别嚷了！别嚷了！让左邻右舍听见多不好！多让人笑话。"妈妈劝爸爸。

　　"滚一边去！谁爱笑话谁笑话！"爸爸混劲上来了，六亲不认。

　　"别嚷了！都别嚷了！你们这娘俩，一个脾气！都不知道让个人。"平时总是笑呵呵的爷爷，劝这个不听，劝那个也不听，真是没办法。

　　听到屋里的争吵声，东院的大嫂子，西院的大叔大婶两口子，南院爸爸的干爹干妈老两口都先后赶了过来。有的劝我爸，有的安慰我奶，有的怕我妈着急劝我妈别往心里去，屋里屋外乱哄哄的热闹。

　　"明明是做饭出的哈气！玻璃镜子是凉的，哈气碰上凉玻璃就凝成水流了下来，愣说是她大儿子哭了！相片会哭？净没事找棱子！"爸爸嚷道："自个心里窝囊也不让别人好受！"面对劝架的左邻右舍爸爸争辩道。

　　看着大人们又吼又叫，吵成一团的模样，弟弟、我和姐姐吓得先后都哇哇地大哭了起来。

"哭！哭！哭！就知道哭！"爸爸随手抓起炕上的扫帚，不管妈妈和众人阻拦，我和弟弟每个人的屁股上都重重地挨了一下。姐姐是不会挨打的，爸爸瞅了一眼也在哭天抹泪的姐姐，没下得去手。

面对这个不服不忿吵吵嚷嚷的儿子，奶奶气得在炕上晕了过去。众人赶紧过来摸索前胸捶打后背，好半天奶奶才缓过来。

众人对我爸爸好一番埋怨。在众人的埋怨声中，爸爸再也不敢嚷嚷了，怕再次气着奶奶……

（九）

那次吵架过后，奶奶安静了许多，或许是老年人岁数太大了，心力、体力比不过年轻人，吵架也是体力活儿。

"你翠英姑该来了！也该来了！"奶奶在炕上盘着腿，伸出凸着青筋的双手在火盆上拢着火，望向窗外自言自语道。

翠英姑我有些印象，每年都会来我家三四次看望奶奶。

这天，翠英姑真的来了。爸爸妈妈将翠英姑让到了屋里，坐到炕头上唠家常。大人们说些什么我也不太关心，奶奶说："你姑来了。"我叫声"姑"，于是自顾自地一边玩去了。奶奶解释说："这孩子不爱说话。"翠英姑附和地说道："爱玩的孩子脑子不笨，一看长大就有出息！"奶奶说："他姑真会说话！"

我看见翠英姑坐在炕头，从随身带的背包里取出二十多块钱交给奶奶，并从包里拿出一个小本子和一盒印油，在小本子上工工整整地写上"高老大娘24元"。翠英姑说："大妈，你在这儿按个手印就行了。"奶奶依着翠英姑指点的位置，用右手食指沾了沾印油，在自己名字"高老大娘"的位置用力按下了手印。

翠英姑说："我大哥走了这么多年！大妈你心里还窝囊吗？"

"不窝囊！不窝囊！这么多年都过去了，还窝囊啥！再说窝囊也不顶用，人也回不来的。"奶奶说。

"大妈你真刚强，不窝囊好！不窝囊好！啥事都要看开点，没有过不去的坎儿。"

"大妈你好好养着，我先走了，过仨月我再来。"翠英姑说着便站起身。

"别走！别走！"奶奶一把拉住翠英姑："吃了饭再走，说啥也得吃了饭再走。"爸爸妈妈听说翠英姑要走，赶紧从西屋过来，拦着翠英姑，让她留下来吃饭。

"不了，不了！下次肯定在这儿吃饭，再说东庄老杨家我还没去呢，杨嫂子那儿我也得赶快看看去。"翠英姑客气地推脱道。

东庄杨家我也知道，经常听奶奶念叨，我家和东庄杨家是我们村仅有的两户烈士户，东庄杨家男人也是为革命打仗牺牲的，也是县民政局的优抚对象。

一番谦让之后，翠英姑坚持要走，再说人家是办公事，不好强留。

奶奶坚持要下炕送送翠英姑，翠英姑一把扶住奶奶，说啥不让奶奶下炕，说过些日子还会再来，一定要奶奶多保重身体。

爸爸妈妈送走了翠英姑。

奶奶拿起炕上的二十四块钱捏在手里看了一眼，自言自语地说道："这是我儿子拿命换来的，这是我儿子拿命换来的，咋花呢？"

"哎！你大伯走了，我说心里不窝囊！那都是说给别人听的，那么大的儿子，要干啥会干啥，让干啥就干啥！"

"那么大的人，说没就没了，谁的儿子走了当妈的心里不窝囊？不窝囊？"奶奶看着我。我知道奶奶心里不好受，不敢惹奶奶生气，也不知道怎么劝奶奶。

（十）

每季度一次发给爷爷奶奶的抚恤金，爷爷一分也见不着。

不知道奶奶是怎么花的。爷爷的要求也不高，给个三块两块的，没事儿到村里的供销社（我们都管它叫小社）买几个糖块（爷爷管它叫糖疙瘩），二分钱一个，能吃好几天，爷爷就知足了。

可是就这点小小的要求奶奶也满足不了，有一回爷爷真生气了："是你的儿子也是我的儿子，抚恤金也有我的一半，为啥一分不给我！"

"你个老头子要钱有啥用？要钱有啥用？这一家老老小小哪儿不需要花钱？"奶奶毫不退让。

听说钱用到了一家老小上了，爷爷不吭声了。是的！奶奶拿着每季度给的二十四块钱抚恤金，这么大岁数还能买什么？还不是贴补家用？

有一回，奶奶托人买了一件棉大衣，说花了三十二块钱，让我穿上试试。我将棉大衣穿在身上，大衣可真沉，像是里面塞满了石头，可见大衣里的棉花分量十足。棉大衣也很长，大衣下摆快到了我的脚面，我穿上它妈妈说我像个大褂子先生。

"长点好！长点好！我孙子将来还长个子，长大了穿着这件大衣正合适。"

奶奶一边欣赏我穿大衣的样子，一边说："本来也不是为现在穿买的。等将来我孙子长大了，白天我孙子穿，夜里给我孙媳妇睡觉压被子。奶奶没了，我孙子看见这件大衣就想起奶奶了。"

真像奶奶说的那样，我现在穿着这件大衣，除了我肩头宽感觉有些紧以外，长短正合适，大衣沉甸甸的，真压风。到现在我依然仔细地保留着这件奶奶留给我的棉大衣。

往事如昨！看见大衣我就想起奶奶，回想往事，奶奶的形象历历在目，会不自觉地浮现在我眼前，我感觉奶奶从未离开过我。

谢谢奶奶！实际上奶奶一直在暗中保护着我、保佑着我……

（十一）

日子一天天地过去了。我上完小学，又上了初中。上了中学我离家远了，每周才能回家一次，周六下午回家，周日下午返校。每次返校我都依依不舍，倒是奶奶每次都鼓励我："我孙子快上学去吧！好好学习！长大了要有出息！总守着奶奶会有什么出息？奶奶舍不得你，但是奶奶也不能耽误我的大孙子。"我为奶奶的深明大义而感动。

过了年的第二个学期，五一节后的一个周末我回家看望爷爷奶奶，周日下午我需要返校了，我要与爸爸一同走，爸爸上班正好顺路捎上我。

中午吃完饭我美美地睡了一觉，醒来却没有看见奶奶。我心慌得要命，越见不到奶奶越心慌。

我见到爷爷问："爷，看见我奶了吗？"爷爷说："你奶是不是去了院外？"

见到妈妈我问："妈，看见我奶了吗？"妈妈说："你奶是不是串门去了？"不可能，奶奶不可能在她大孙子我还没出门就自管自地去串门子。

爸爸催促我："快走吧！下礼拜回来再看你奶。再不走，我上班要迟到了。"我无奈只好跟在爸爸后面，爸爸推着自行车，出了后院，穿过西院二叔北屋檐下的小道，过了打谷场。爸爸像骑驴似的，大长腿先跨坐在自行车上，脚一蹬自行车开始向前滑行了，我纵身一个弹跳，跳到爸爸自行车的后座上。爸爸用脚缓缓地蹬了几下，自行车沿着小后山子西坡小道顺坡滑行……

走了没多远，我回头突然发现奶奶就站在小后山子半山坡上，孤单单一个人向西方望着，风吹得奶奶的衣衫飘动，几缕稀疏的头发丝也随风飘动……

奶奶就那么一动不动地站在那儿，像一尊雕像。

奶奶在看着我吗？

不是！我一眼就发现奶奶的目光一直在向西望着，奶奶的目光并没有随爸爸和我骑的自行车而移动，而是那么严峻地一直朝西望着、望着……

西面有什么？不用想我都知道，正西方是大伯的坟墓。大伯的坟墓离这儿只有二三百米的距离。奶奶站在这儿，一定是在眺望着她的大儿子，这个一辈子都没能让她放下的儿子……

我真想跳下自行车和奶奶说两句话，无奈爸爸的上班时间是提前算计好了的，去晚了会迟到，会被考核。

只能下周和奶奶见面时再说吧……

谁知与奶奶此一别竟成了永别！

不知为什么，返校后那两天我心里一直慌得很，没有着落……

第三天我正在上课，在本校任后勤管理的一位本村二叔敲了下门，老师出去后和我那位本村二叔嘀咕了几句。老师回教室后走到我跟前说："你回家吧，你奶奶病了，你回去看看吧。"

我脑子一片空白，稀里糊涂地跟在二叔后面，坐了自行车回了家。

到了家，奶奶直挺挺地躺在炕上，已经永远地离开了我们。我痛不欲生，后悔那天没有和奶奶说上几句话。

我问爸爸奶奶怎么突然就离去了。爸爸叹了口气，说："你奶奶整天放不下她那个大儿子，前天念叨了一天，昨天不年不节的自个儿去了你大伯坟上哭了半天。家人昨天上午找了半天没找到，和村里人打听才有人说看见你奶奶去了你大伯坟地里。把你奶奶劝回家后你奶奶就一直精神恍惚，也不吃饭，没想到昨天晚上一觉就没再醒过来。"

……

（十二）

奶奶去世后，每次我从学校回来，仍然和爷爷住在一起。爷爷九十多岁了，确实年岁太大了。据爸爸说，我走后，爷爷每天都会坐在门口大石头上，望着南方，那是我从学校回家的方向。

上了高中，学校规定一个月只能回家一次。爷爷盼着我回家，每天都坐在门口大石头上等着我……

就这样，我陆陆续续地和爷爷在老房子东屋又住了三年。爷爷去世后，我感觉回家时，心里都空落落的。爷爷奶奶走后，我感觉我的灵魂也仿佛被抽走了一部分。

老房子年久失修，爸爸妈妈住的西屋门柱都被压劈了，北门压得轴得要命，开门都费劲。

老房子已成了危房，我们一家搬到了干爷干奶曾经住过的南院。老房子成了杂物房，除了偶尔翻找些东西，很少有人再去老房子了。

有时候我去老房子东屋找东西，发现北墙大伯的挂像被翻个面，后面朝外地挂着。也对，老房子已经不住人了，如果谁偶尔进屋找东西，发现一个挂像正看着你，虽然你心里有准备，恐怕也会觉得瘆得慌。

又过了几年，不知何时，挂在老房子东屋北墙大伯的挂像不见了，在挂像原来的位置只留下了黄色墙面镜框那么大的痕迹，与周围墙面反差很大。

我没问爸爸大伯的挂像哪儿去了。爸爸胆小，我想，可能是爸爸把大伯的挂像烧了吧……

（十三）

大伯就这样从我们的生活中永远地消失了吗？

没有！每年春节前、清明节、寒食节，我和弟弟都要给爷爷奶奶、大伯上坟、扫墓，清明节在坟头上填土。

爸爸有时也去，但必须是和我、弟弟一同去，至少有一个陪着爸爸才能去。否则，用爸爸的话说就是："我一个人可不敢去上坟，害怕！"

老爸人高马大，人前从来不会说软话，怎么噎人怎么来，却独独胆小，一个人不敢走夜路，一个人不敢去上坟，甚至一个人不敢到老房子拿东西，一时传为笑话，村里人没少拿这些取笑我的老爸。

（十四）

后来我参加了工作。听说县里建了博物馆，有一次我专门到县博物馆参观。

进了县博物馆我发现博物馆里藏品真丰富，有一具家乡远古时代棱齿象骨骼化石，据说是全国保存完整的仅有的两具棱齿象骨骼化石之一，还有距今比较久远的夏代陶罐葬婴儿骨骼……

　　没想到老百姓眼里的穷乡僻壤，居然有这么丰富的藏品，居然有这么悠久的历史和灿烂的文化。

　　我参观完县博物馆一层古代史部分，又参观了二层近现代史部分。参观完近现代史展览后，我发现最后一部分是本县的烈士英名录，整整一面大墙全是烈士的英名，一个挨着一个。每一个英名都对应着一位为国捐躯的烈士，对应着一个为国牺牲而破碎的家庭……

　　烈士英名录上会有我大伯的名字吗？我相信一定会有！

　　我急切地寻找着大伯的名字，从头至尾看了一遍，没有！

　　我又急切地从头至尾看了一遍，还是没有！

　　我快绝望了，难道大伯不是烈士？还是大伯的事迹不够突出，未录入烈士英名录？

　　我不死心，这次从头到尾仔仔细细地寻找，确认确实不是大伯的名字后我再看下一个名字。我看到多一半时，烈士"高刚"的英名映入我的眼帘，我心里一阵高兴，终于找到了，大伯的英名没有被埋没。

　　我为自己刚才的粗心和急切而自责，久久地看着墙上大伯的英名。这是奶奶她老人家日思月想、为之骄傲了一辈子且挂念一辈子的大儿子的英名……

　　我深深地鞠了一躬，移步正准备离开时，发现身后一位女士也在静静地注视着墙上烈士英名录，仿佛眼前的我并不存在。

　　喔！那也一定是哪位烈士的后代吧……

（十五）

　　2014 年国庆节，我回老家看望爸爸妈妈。爸爸和我商量，说县里来人征求家属意见，是否将大伯的墓迁葬到县烈士陵园。

　　其实，爸爸作为大伯唯一的弟弟，完全能够自己决定。但爸爸征求了我的意见，我感到很高兴。我说："我大伯去世了这么多年，奶奶一直没有放下，就别再将她们娘俩分开了。"爸爸最终同意了我的意见。

　　春节前县里运来了大伯的墓碑和碑座，弟弟说等明年清明节再为大伯立碑，我说怕有人偷走或墓碑被破坏。弟弟说："谁偷这个？再说现在天寒地冻，水泥受冻开春就粉了，还是等清明节再立碑吧！"

　　第二年清明节，我早早地回了家，爸爸心情好，和我们哥俩儿一块儿给我的爷爷奶奶和大伯上坟。我和弟弟为爷爷奶奶、大伯墓上填土、上香烧纸，乞求逝去的亲人保佑家人平安、身体健康、孩子事业有成……

　　然后我和弟弟和水泥，在大伯坟前为墓碑挖基坑，将墓碑基座用水泥固定，再将墓碑插在碑座里，用水泥填充缝隙。墓碑和墓碑基座都是实打实的好石材，我原以为一个人就能搬得动的墓碑，谁知一个人根本搬不动，我们哥俩儿合力抬着才将墓碑就位。

　　我和弟弟认真擦拭着大伯墓碑上的灰尘，墓碑正面红色五角星下写着六个烫金的大字——"高刚烈士之墓"；墓碑背面写着："高刚烈士，1923 年生，1946 年 5 月参加革命，任县支队排长，1946 年 8 月在解放战争中牺牲"。

　　烈士英名永垂不朽！

　　……

（十六）

　　2022 年爸爸去世一周年后，我回老家整理爸爸的遗物。以前，我动老家的任何东西都要提前和爸爸妈妈说一下，免得他们找不到时互相猜疑、埋怨。现在我不需要征求任何人的意见了，偌大的院落，除了弟弟偶尔过来照看一下，平时根本没人来。谁想到几十年前，甚至几年前这个院落是何等的热闹，人来人往、进进出出、说说笑笑……

　　这一切随着奶奶、爷爷、妈妈、爸爸相继离世而离去。

　　真希望眼前的这一切不是真的！真希望我们仍然处在那个快快乐乐的童年时代，在这个院子里打打闹闹，欢声笑语，跑来跑去……

　　我准备将照片镜子里爸爸妈妈的照片和一些有纪念意义的照片取下，带回北京，以便随想随看。

　　我将镜框取下，背面还是那个硬纸板，仍像过去那样用几枚小钉子别着。我取下小钉子，拿开硬纸板，硬纸板下是整张的相纸，直觉告诉我这可能是大伯的那张画像。

　　我将相纸翻过来，真的是大伯的画像！

　　这么多年来，我还是第一次仔细地端详大伯的画像，我觉得大伯的画像已经没有了我小时候感觉的那么老气。相反，透过大伯的眉宇间，我发现了只有年轻人才有的一丝英气。

　　虽然我小时候无数次看过大伯的画像，虽然我小时也擦拭过大伯画像的镜面，那时的我不敢直视大伯的画像，一想到大伯已经去世了就有点莫名的恐惧。

小时候和爷爷奶奶在一起，即便夜里起来撒尿，我都不敢朝北墙多看一眼，因为大伯一直在那儿静静地看着我……

在相片镜子里重新发现了大伯的画像后，我该怎样处置呢？

这么多年过去了，我原以为肯定是爸爸哪次上坟时将大伯的画像在奶奶或大伯的坟头给烧了，谁知竟然一直在家里好好地保存着。

这么多年过去了，大伯的遗像居然仍留在老家。

家里需要重新挂起大伯的画像吗？

不太现实，家里人肯定不会同意。即便我苦口婆心地解释也没用，谁会同意逝去多年、素未谋面的、非直系亲属的遗像一直挂在家中？况且又是那么大幅面的遗像……

我决定在合适的时机将大伯的遗像捐赠给县博物馆。在那里，让年轻一代，包括我和我的家人，世世代代敬仰和追思我们的亲人吧！

毕竟，他们为了新中国的建立曾经奋斗过、拼搏过，甚至为此奉献出了自己宝贵的生命……

秋　生

孙杨[*]

　　还有不到一个月，秋生就七十岁了，一个人生活久了，他早就记不清自己是六十岁、七十岁还是八十岁。老伴离世多年，儿子也早已娶妻生子极少来看望他，就连那条陪伴他十多年的老狗，也在前几天悄无声息地死了。

　　那狗子叫春娃，几个月前，秋生渐渐发现它不再叫了，每天只是安静地趴在窗边，发出"呜呜"的声音。也不知是什么时候，春娃的鼻子和腮帮变得肿大，它愈发安静，行动更加迟缓，总是把鼻子浸泡在水里。再后来，它不再吃任何东西，连呼吸也变得困难，吸气和吐气声像老旧的鼓风机一样沉重。终于，在立秋那天清晨，秋生推开卧室门，看见趴在窗边一动不动的春娃已发不出任何的声响了。

　　"也好，你走在我前面，先享了福。"秋生说。

　　秋生招呼老孙把春娃埋在了后山，老孙是秋生十多年的邻居，平时最大的爱好是念诗和唱戏，听众就秋生和春娃两个，现在春娃没了，老孙也像失去一位知音般难过。

　　这之后，秋生的日子更加简单，他把自己关在屋子里，每天对着一张发黄的旧照片反复地看反复地摸，那是他和老伴唯一一次出国时留下的，有时看着看着，眼泪就吧嗒吧嗒地往下掉……

一

　　秋生出生在一个红透了树叶的深秋，那是东北最美的季节。为了起名字，父亲想了整整一夜，第二天一早，父亲睁着满是血丝的双眼说："还是叫秋

* 作者简介：孙杨，1994 年 5 月 29 日生于吉林省辽源市，现就职于国网长春供电公司，吉林省青年作家协会、长春市企业文联作家协会会员，文章散见《作家》杂志、《亮报》《关东文学》《中国散文诗研究中心》、《国际诗歌网》官方微信公众号等各类媒体。

生吧。"

秋生是家里最小的孩子，也是唯一的男孩，他原本有两个姐姐，二姐在两岁多的时候夭折了，大姐比他大了六岁。父亲和村里大多数年轻人一样，在煤矿上当矿工，每天非常辛忙。这座小城因煤得名，源源不断的煤炭，养活了周围的几座村庄。

秋生的童年几乎没有父亲的影子，父亲吃住都在矿山，一年只能回家一两次，但只要是他回来的日子，就是全家的节日。母亲会准备丰盛的饭菜，大姐会把屋子收拾得一尘不染，而秋生，则会爬到房顶，热切地望着父亲回家的必经之路。

父亲总是匆匆忙忙地回家，又匆匆忙忙地回到矿上，然后所有的消息就只剩下不定期往家里寄回钱。秋生的母亲和大多数农家妇女一样，总是把更多的心思放在自己的小儿子身上，她会把丈夫每次寄回家里的钱单独分出一份，为秋生增加一顿夜宵或添一件过冬的衣服。

有一回，大姐带秋生去集市买文具，秋生贪玩，趁姐姐转身的工夫跟着卖糖葫芦的走了几条街，大姐急得找了一下午，最后哭着回到了家。母亲带着人在集市上挨家挨户地问，哭肿了眼睛，喊哑了嗓子，最后是秋生玩累了自己回的家。

那天晚上，母亲拿着柳条一下下狠狠地抽打大姐，每打一下大姐身上就多一道血印子，秋生在旁边被吓得浑身发抖，任凭大姐如何哭喊母亲都不罢手。过一会儿，柳条又重重地落在秋生身上，从小被宠到大的他吓得忘记了逃跑，跪在地上号啕大哭，眼泪和鼻涕淌得满脸都是。

看着秋生的样子，母亲也心软了，丢掉了柳条一把抱住秋生，眼泪也跟着倏倏地掉，边哭边对秋生说："你知不知道妈有多担心你"，秋生趴在母亲肩膀上哭得更厉害了。

大姐蜷缩在旁边静静地看着，眼神中有失望、有怨恨、有冷漠。

重男轻女是农村最普遍的观念，大姐一心想通过读书离开这里，为此她拼命学习，在学校成绩一直名列前茅。母亲希望大姐多分担些家务事，就总在父亲在家时对她说："一个丫头读那么多书有什么用，浪费了钱，最后还是嫁作了别人家的人。"秋生父亲往往会回应："孩子想学就学吧，念了书总比没文化强。"

但父亲也总在背地里找秋生对他说："秋生你得好好学习，你姐学得再好也没有用，咱家的香火在你，不在她。"

二

大姐高三了，成绩很好，去重点大学很有希望，这年秋生也读到小学六年级，家里经济压力更大。煤矿上的收入微薄，父亲只能拼命工作，一天假也不敢休。

煤矿坍塌的那天，矿上的人把消息带回村里，整个村庄都慌了神。隔壁的刘姐丈夫也是矿工，她哭哭啼啼地找到正在地里干活的秋生母亲，对她说："矿上出事了"，秋生母亲一愣，反问："你说啥？"

坍塌时有四十多个工友在井下作业，秋生父亲也在。救援队找到人的时候，有九个当场没了，但，天见可怜，秋生父亲由于紧紧靠着支撑架，硬是保住了一条命。

秋生父亲在矿难中活了下来，但也失去了双腿。从医院回来，家人才知道他由于长期生活在潮湿晦暗、充满粉尘的井下环境，硅肺和风湿已经非常严重，而且在大型机械周围工作得久，听力也受到严重损伤。秋生母亲瘫坐在他床边一遍遍地哭，秋生怯生生地握着父亲的手，这手既坚硬又粗糙，摸着直扎人。

晚上，大姐被父母叫进了屋，秋生躲在门口偷听。门闭得很紧，里面传出的声音很不真切，只能听到最开始细碎的谈话声，到激烈的争吵声，然后是大姐的哭闹声，最后一声响亮的耳光声。过一会儿，房门打开了，走出来满脸泪痕的大姐，她平静地看了一眼秋生，然后又平静地回到了自己的房间。

这既怨恨又冷漠的一眼，秋生不能明白，但却深深刻印在他的脑海里。

第二天，红肿着双眼的大姐独自去学校办理了退学手续，从未走出村子的母亲去城里的袜子厂打起了零工。

秋生考初中那年，有人给大姐介绍了对象，母亲收了两万块钱彩礼，用作秋生的学费。

对于出嫁这件事，大姐是最后才知道的，婆家人到家接人的时候，大姐只带了几件贴身衣物，就匆匆跟着离开了家门，一路上连回头都不曾有。

秋生有点生气，觉得大姐太绝情，这个生她养她的家，就这么不值得留恋吗？

三

大概秋生真的不是读书的料，初中还没毕业，他就实在读不下去了，和老师大闹了一场，收拾东西进了城，那年他16岁。

秋生没有文凭，在城里找不到舒舒服服的工作，几年来，他在饭店当过服务员，在理发店当过学徒，在搬家公司当过伙计，最后在一家不大的五金店停了脚，老板人很善良，秋生也是勤勤恳恳，日子算是安稳了下来。

这几年，母亲在袜子厂流水线上的手法越来越熟练，十双袜子打成一包能赚五分钱，母亲手快，一天能打一千包。

大姐成了两个孩子的妈妈，每天照顾好孩子后，也经常会回家伺候卧床的父亲，但她从不逗留，每次把需要做的工作弄好后，就立即往回赶，任谁也留不住。

年岁到了，母亲总是催着秋生结婚，给他介绍了同村的小安。秋生一直心里喜欢老板女儿，但想了想自己的条件，还是摇摇头回村和小安见了面，看了后觉得还行，就稀里糊涂把婚给结了。

秋生在城里打工，一年极少回家，这次婚礼，也算是一家人难得团聚了一次。也是在这个时候，秋生意外地发现，那个曾经心比天高、从不服输的大姐，早已被生活磨平了棱角，现在的她皮肤黝黑，身材粗壮，习惯性用大嗓门交流，会对最琐碎的小事斤斤计较，成了最普通最平凡的农村妇女，成了母亲的模样。

婚礼前一天，大姐一家人帮着秋生收拾婚房，小外甥女活泼好动，牵着婚房的彩花玩，秋生看见了就问："闺女几年级了？"

"五年级了。"大姐回答。"现在就得攒钱了，以后上学费用高。"

大姐夫在一旁插话，"上个初中就得了，女孩子家念那么多书干什么，没有用"。

"有用的。"大姐很坚定地说，顺手轻轻抚摸女儿的头发，又小声地重复了两遍。

那时秋生隐隐觉得，大姐没变，那骨子里向往天空的倨傲仍在，那股倔强仍在。

一年后，父亲因肺病去世。葬礼上，大姐没流一滴泪。

四

秋生二十五岁那年，小安为他生下了第一个孩子。

小婴儿白白嫩嫩、不哭不闹，任谁看了都会心生喜欢，可秋生却在屋子里踱来踱去，脸上的阴云始终化不开，小安在一旁委屈得直掉眼泪，秋生看了，叹了口气，轻轻握住妻子的手说：

"行吧，女孩就女孩吧。"

女儿出生在春天，秋生便给她起了个名字叫"春娃"。秋生虽然不喜欢女孩，但毕竟是自己亲生的，而且春娃从小聪明伶俐，也让他感受到肩上的责任，驱使他更加努力地赚钱。

几年下来，五金店的业务秋生已经完全能独当一面，老板也愈发喜欢他。后来，老板一家人移居到省会，念秋生多年来劳苦，便把五金店低价兑给了秋生。

店面虽小，但好歹也算是在城里站住了脚，那些年里房价还不高，秋生拼凑了些，在城里买了房子。应秋生的请求，母亲便不再在袜厂打工，搬到了秋生的新家。

房子不大，但母亲还是忍不住夸："还是儿子好。"

日子越过越顺，春娃四岁的时候，小安产下一男孩。小孩降生那天，秋生喜极而泣，抱着孩子这儿坐坐、那儿走走，几天里几乎忘了吃饭睡觉。

秋生给孩子起名叫小宝，在他心里，儿子是宝贝，有了儿子才算是有了完整的家。

后来孩子们渐渐长大，秋生便和很多父亲一样，对子女非常严厉。春娃从六年级开始就要做家务，和母亲一起做饭，照顾整个家庭。而小宝则被要求努力学习，时时被告诫没文化要吃很多亏。

秋生总是给小宝报了很多补习班，小宝叛逆不肯学，为此挨了不少打。小安经常劝秋生："宝不想学就别逼他了，春娃想学，你让她去呗。"秋生回以严辞："她学没用，不行不行。"

和母亲一样，秋生打心里认为女孩是要嫁人的，女儿养到最后不过是"泼出去的水"，只有儿子才是这个家的香火。

所以，在这个家里，春娃往往感到委屈：一家人在一起吃饭，有肉的菜永远摆在弟弟的面前；弟弟吃完饭可以看一会儿电视，而她只能回到厨房和妈妈洗碗筷。就连逢年过节时奶奶给的压岁钱和新衣服，都从来没有春娃的份，倒是母亲心疼闺女，会偷偷给她钱，作为新年的好彩头。

在这种环境下，春娃成绩始终不算好，但她在美术方面的天赋，却从中学时代就开始慢慢显露出来。她是校园绘画大赛一等奖的常客，她画的漫画被班上同学传阅，一时成为流行，慢慢地，就连一直认为她"不务正业"的老师也发现了她的潜力，开始引导培养她的特长。

那时候，她始终试图从家庭带来的委屈和压抑中逃离出来，投身到自己热爱的画画中去。她对这个家越失望，就对自己的美术未来越向往。这是年幼的春娃对自己人生标注的唯一方向，有了它，生活就有了光。

可这样的梦想和情绪，作为父亲的秋生却从未留意。

五

许多年后，在深夜里的秋生依旧能被那天春娃漠然的眼神冻到无法入眠。在那个夏蝉最噪的晚上，秋生第一次质疑自己、怀疑自己，一个他怎么也想不通的问题，竟然要用余生来回答。

那天，五金店里收到两张百元假币，秋生带着财产损失的怒火和被戏弄的羞愤回到家中，用酒杯狠命地撞击桌面，声音和他粗糙的呼吸声一样大。母亲躲在屋子里不敢询问，小宝紧紧低着头噤若寒蝉，小安则慌张地在厨房里，准备着一家人的晚餐。

也正是在这天，春娃拿着校徽设计大赛一等奖的奖状回家，兴奋又小心地向父亲汇报，她是如何设计出一个在四家广告公司中杀出重围斩获一等奖的画稿，这个画稿又是如何作为这个集体最简洁的精神文化标志，被展示在学校最显眼的地方。

也许是春娃太小，没能感受到家中不同寻常、一触即发的气氛，也可能她感受到了，但是依然对这次战果足以令父亲对自己改观，得到来自父亲的第一句称赞感到自信。

可秋生正在气头上，轻蔑地"哼"了一下，目光随即绕过春娃落稳在了电视上，自始至终表情没有任何变化。

春娃颇觉失落，但依然怯生生地向父亲提出了请求："老师说我在画画上有天赋，就……就帮我报了美术学院，但现在还需要些学费，老师说我学美术肯定会有出息的……"春娃的声音越说越小，以至于后面的话连自己都听不清楚。

"用不了太多钱的，之后我可以边上学边打工把钱还上。"春娃又忙着补充着说。

接下来发生的那些片段，深深地刻印在秋生的脑海里，无论岁月轮换年岁增长，它都渐化成一块金属沉淀在秋生的记忆深处，成为至死都深插神经的一根针，每当秋生想起这些画面，他都无法原谅，也无法明白自己为何这样绝情、残忍：他愤怒地撕掉女儿手里的奖状，并指责她："你脑子里都在想些什么？不想好好读书就赶紧出去打工，别浪费老子的钱，没人指望你出息！"

秋生不是不明白自己女儿的优秀，只是他害怕，他骨子里觉得女儿就从来不算自己的孩子，她越优秀，越强大，就会越质疑自己的权威，就会发觉父亲的渺小，他就不能再去掌控主导这个家庭，就会和他的大姐一样，与父母形同陌路。

那天春娃不顾一切地向父亲大叫："你们有人关心过我吗？我就不应该存在！是不是只有我死了你们才满意！"

秋生怒不可遏，第一次动手打了春娃，大骂着："我生你养你，挣钱给你花，你就是这么回报我的？"

秋生母亲也冲出房间，大声叫喊："养女儿有什么用，还不都是白眼狼！"

小宝在一旁煽风点火："姐你怎么这么和长辈说话？父母教给你的你都忘了吗！"

春娃歇斯底里地叫着"你真的爱我吗？爸爸，你真的把我当作你的孩子吗？"这一刻，这个十七岁的孩子嘶哑着用尽了全力，鼻涕眼泪混在一起横流。

小安慌忙上前将春娃揽在怀里，轻柔地说："爸爸爱你，当然是爱你的，我们都是爱你的。"女儿的脸颊紧靠着小安的肩膀，她轻吻着春娃的发顶，眼泪也跟着倏倏地掉。良久，小安轻抚着重复道："是爱你的，我向你保证。"

秋生冷冷地盯着这蜷在一起的母女，这时春娃缓缓抬起头望向父亲，这一眼，秋生感觉自己在一瞬间被击中了，女儿那冷漠、倨傲、不甘的眼神与记忆中大姐的忽然重叠，恍惚间感觉又回到了六年级时父亲出事的那天夜里，这同样的眼神，穿越时空地产生了共振，让他呆在原地、恍然失神。

也许春娃真的有恨吧，她恨父亲，恨这个家，恨那渗到骨里血里的偏见。

那天晚上，秋生拿着取好的学费在春娃房门外踱来踱去，几次抬起手想敲门，又几次放下了，最后还是把钱放在门口，心神忐忑地回到了自己的房间。辗转反侧了一夜，第二天一清早秋生发现，女儿门口的钱已经被取走了，房门是虚掩着的，他推开门看，房间被收整过，女儿应该已收拾好行装出发了，在女儿的书桌上，秋生看到了她留下的欠条。

这张欠条被仔细放在秋生的床头柜里，从未被打开过。

六

秋生四十八岁那年，母亲去世了，母亲生前不喜铺张，丧事便从简而办，在殡仪馆里，只有秋生两口子和大姐一家五个人，显得有些冷清。

秋生沉不住气，对大姐说："是不是只有妈走了，你才会过来再看她一眼？"

秋生觉得大姐会生气，但此时大姐已经五十四岁了，早已没了当年的锐气，她绕开质问、很平和地向秋生介绍："我闺女现在有出息了，在省里当公务员，比我们都厉害，你说是不是？"

秋生这时忽然意识到，大姐这些年怨的恨的，就是母亲那根深蒂固的观念，因为这深远的偏见，让大姐错过了本该拥有、会萌发无数种可能的人生。

两边都沉默了一会儿，良久，大姐转移了话题，问："对了，春娃现在怎么样了？"

提到春娃，秋生的心忽然紧缩了一下，其实从那次不辞而别之后，春娃就再没了消息。这些年里，秋生找不到女儿任何有效的联系方式，秋生尝试过写信，但是邮不出去，家里的信件一封封叠到老高。秋生给女儿的银行卡打钱，但无论怎么转之后都会被退回来。从未出过远门的秋生独自一人来到春娃的学校，在周围一住就是一个月，这期间他每天守着校门口，拿着春娃照片不厌其烦地向每一个从校门口里走出的人打听，但和当初他贴在大街小巷的寻人启事一样，没有得到任何结果。

最后，秋生意识到，那晚他犹豫着却没能行动的那次敲门，是他和女儿见面的最后机会，春娃走了，走得骄傲又决绝。

"她很有才华，应该会过得不差。"秋生对大姐说。

当天晚上，秋生对放在床头的欠条反复地摩挲着，这是家里最后留有春娃痕迹的东西，看得久了，喉咙处就觉得发堵，于是转头问小安："我们是不是做错了？"

小安不答。

秋生五十五岁那年，家里收到了一封来自国外的信封，打开看了，里面是一张照片和一张银行卡，照片上是一脸笑容的春娃和一个外国男人，旁边站着一男一女两个孩子，背面是一串数字，应该是银行卡的密码。

秋生翻来覆去看了好久，又在信封里摸索了半天，终于确定，除了密码外不再有别的信息了。

看了许久，秋生对小安说："娃有出息，去了国外，过得挺好的。"

七

小宝大学毕业后，在外面闯荡了几年，碰了壁，心灰意冷地回到了父母的身边，秋生想着自己的年纪也大了，便把五金店交由儿子经营，自己则不再过问，安心过着退休生活。

小宝结婚生子，老两口便主动包揽了带小孩的任务，大孙子虎头虎脑，身上始终能看到小宝和春娃的影子——一种他们家人共有的倔劲，这让秋生总有着瞬息的失神。仿佛女儿未曾离开过，他现在仍然经历着春娃的童年，那些年里对春娃的冷漠、偏见、吝啬、埋怨，那些对春娃"女儿"和"优秀"两个身份的鄙夷、不屑、傲慢甚至恐惧，不过是一场漫长又受折磨的噩梦而已，就像他现在每天经历的噩梦一样。梦境里，他一次又一次回到女儿的房门前，看见那天夜晚拿着学费的自己走来走去，怎么也放不下所谓父亲的"尊严"，那是他们家几代相传的属于"男人"的地位，那是他对"父亲"和"丈夫"身份天经地义的理解。梦境里，他叫不出声，走不出来，被折磨得满头大汗，直到天亮。

那几年，他每天都会到春娃高中校门口转悠，看着由女儿设计的校徽，心里就五味杂陈。

春娃的房间秋生从来没使用过，一直保持春娃离开时的样子，秋生想着，春娃在国外受委屈了，有难事了，也许就会想起这里还有她的家，想起那两个日夜惦念她的老人，也许就会在某一天悄无声息地回来，回到那个一直属于她的房间。

时间会冲淡怨恨吧，秋生对着被小心翼翼粘好的奖状自言自语。

秋生五十八岁那年，小安进了医院，医生通知说是胃癌，而且是晚期，没有治疗的必要。

小安对秋生说："陪我去见见春娃吧。"

于是秋生第一次拿出春娃寄过来的银行卡去了银行，发现里面有三十万。

秋生拿着钱和春娃邮过来的照片报了家旅行社，就带着小安去了国外。

可他们没有春娃的联系方式，不知道春娃现在叫什么，住在哪里，他们不懂外语，只能拿着照片，小心翼翼地跟着旅游团，走着走着，小安流下了泪水说："原来这就是娃生活的地方。"

最后，他们找到了一个和照片里背景相似的地方，让团里的同行者为他们留下了一张合影。

回来后不久，小安便走了。一夜之间，秋生老了十岁，那些陈病旧伤仿佛都找了回来。

八

秋生一辈子没什么爱好，就爱清静，他从外面买了一只土狗，小狗安静乖巧，便给它起名叫作春娃，秋生每次唤它的时候，都觉得春娃还在自己身边。有时秋生躺在客厅的摇椅上，狗儿在屋里跑来跳去，他看着看着就走了神，仿佛那是春娃小时候，扎着马尾辫在屋里绕着他和小安嬉闹，音容笑貌活灵活现，惹得秋生忍不住伸出手抚摸，可是眼睛一错，周遭就忽然静下来，只有夕阳的余晖洒在地板上。

秋生每天都会牵着春娃去听隔壁老孙念诗，一来二去，这两人一狗成了至交，老孙也是自己一个人生活，知道春娃是秋生的心病，但有时也会试探着问："不再试着找找闺女了？"

"不找了，"秋生说，"找到了也不知道说什么。"

那年中秋，秋生和老孙在楼下摇椅上乘凉，老孙闭着眼睛轻念："海上生明月，天涯共此时。情人怨遥夜，竟夕起相思"，秋生没读过什么书，却也听出了感触，他掏出那张自己在国外的留影反复地看，心里想着，天涯共此时，此时的春娃会在哪儿呢？在做什么呢？又想起春娃离开的那天晚上，与他仅仅隔着一道薄薄房门的她是在干什么呢？她会知道爸爸在几米外纠结地徘徊吗？她是噙着泪、狠着心麻利地把房间里属于自己的、自己保管的，还有自己要付出的、要融入的、要信任的东西统统收拾好？她会心酸吧，因为这个家里真正属于她的东西也不多，她唯一能做的只有划清界限。

她有预感，她知道这个家一定会毁了她，所以她坚决地要离开这里，可是她那么小、那么匆忙，在那样的夜晚离家出走，她必须不得有一点健忘才行，她得想起那些数目可怜、不得不反复利用的旧衣服、旧书包，得想起那些永远做不完的家务，得想起每天只针对她的限时洗漱洗澡时间，得想起每天顶风冒雨接送弟弟上下学的路程，得想起被撕碎的一张张画，得想起自己永远严厉、永远冷漠的父亲和奶奶。得拼命地想起这些，她才真正有勇气离开这儿，才真正有勇气独自出国、闯荡出自己的世界，再把那张三十万的银行卡邮寄回家里，把生恩养恩一劳永逸、一刀两断地支付了，从此不论度过多少个中秋夜，都不再释怀。

想到这里，秋生面红耳赤、泪流满面，情不自禁轻声地说了句："春娃。"

手边的小狗耳朵灵敏，立刻抬起头，对着主人"汪汪"地回应。

九

秋生是凌晨两点走的，走的时候只有儿子小宝和邻居老孙在身边，医生和护士抢救过后，神情肃穆地对着二人摇了摇头。

在临终前的半梦半醒之间，秋生感受到了前所未有的轻松，仿佛从一种疼痛和沉重中解脱了出来，在一瞬间的光线与色彩中，他又回到了那个在他梦境中出现无数次的地方，那个夜晚，那扇门前，这时，他像是做了什么决定似的，悬起以往无论如何也抬不起的手臂，轻轻地敲击门板，咚咚、咚咚，时间仿佛拉长了、变慢了，在意识即将消失之前，他听到了门被开启的声音，一个他怎么也看不清楚的女孩站在门后，刹那间，一切归于黑暗……

老孙最先发现异样，他把耳朵紧紧贴在秋生的嘴上，那张嘴微微蠕动着，呼吸般发出气息的声响。

但老孙听得真切，他说：

"娃，爸错了。"

浪　花

徐善荣*

　　1960 年由于自然灾害，全国各大城市机关企业都不堪重负，开始精兵简政，下放职工、削减人员，大城市下到小城镇、边远地区，小城镇的一批祖籍农村现在又不在重要岗位的工人、职员等都在下放之列，这个政策很快落实到了我家。我妈是单位里的小干部、共产党员，那时候的干部大部分都是吃苦在先，重活累活抢在先的共产党员。1962 年妈妈工作的单位给她戴着模范共产党员带头为国家担重担的光环，她带着不满 17 岁的哥哥下乡了。哥哥小学五年级得了血吸虫病缺课太多，期末考试差了几分留级，哥哥嫌丢人死活不肯读书，妈妈到学校跟老师商量后答应让哥读六年级，结果到报名时又不行了，哥哥不干了，死活不肯上学了。爸妈没法，又怕小男孩一个人在家闯祸，就找了个手艺人拜师学艺，那时每个单位都有下放名额比例，妈妈下乡连带着哥哥也下乡，娘俩顶了两个名额。爸爸自幼父母早亡，13 岁就在酿造厂（当时叫姚福顺）里做小烧饭，学酿造。某个星期天妈妈带着哥哥回到了父亲 13 岁就离开的老家。我们全家 5 口乘上一只不大的船，载着屈指可数的破旧家具和锅碗瓢盆，从魏塘镇北门出来，一直往东在嘉善市河摇了不知多久，出了市河又摇了很久，然后拐进了一座没有桥栏的小石桥，里面的小河七拐八拐的，忽宽忽窄。河边零星有农家住房，那个年代整个农村都很难，也有几户外来人家，用稻草盖了住房，看着很新奇，据说这叫草屋的居所还有冬暖夏凉的优点呢，后来我进去过。里面蛮高爽的，开了几个天窗也蛮亮堂的，不像外面看上去像枯草一样又矮又旧。终于在小河的东边靠岸停船了，那是一个老式七路头的砖瓦结构破房子，单壁的破砖墙是四面透风八面有光，大门的门槛有三四十厘米高。原来门槛做高大门的料就可以省好些。进门抬头就看见家堂，就是供奉祖宗牌位的地方，这里的穷人大多这样，在客堂间正梁下往里筑一个 1 米高左右横跨两墙的类似壁橱

---

　　* 作者简介：笔名篮海，浙江嘉善人，女，1952 年出生。1968 届初中毕业生，下过乡，当过工人，1998 年下岗。成了自由职业人，平时有什么事情喜欢记录一下，感慨一下。自嘲涂鸦。

的东西，把故去家人的牌位放在上面。整个屋子是三开间。这就是我们的家，客堂间还有生产队放在这里的稻种，上面用类似印章盖的印，地是七高八低的泥地，每次扫地都得泼上水，轻轻扫，不然泥是扫不完的。船停稳后大人们忙这忙那，我也干着力所能及的事情。在收拾房间时在一个墙洞里我一扫扫出了一个银圆来，有我手掌大小，之前大人们都没扫出什么，之后大家又仔细扫了一遍，什么也没有。这银圆被我哥卖了 5 块钱，在当时可以买 100 个肉馅糯米团子呢。若放到现在，可能还要值钱些。大人们忙这忙那，在家我排行老三，才刚 11 岁，不期望我挑重担，干干零星杂活。现在想来也没什么记忆，搬到农村后，我和姐姐继续在镇上读书，妈妈很快进入了角色，从工人摇身一变成了农民，每天起早贪黑面朝黄土背朝天地拼命干活，修理着地球，因为一家五口人开门七件事，都不能马虎。尽管离开农村近 20 年，在我眼里妈妈是最棒的，最能吃苦的人，星期一我依然住在父亲厂里，那是一个走在上面都吱吱叫的两层破房子，二楼一大间被工人用破板什么的拦成好多间，我爸在他小间里给我搭了一张小竹垫的床。我已读三年级了，妈妈下乡后的第一个星期六，我背着书包一个人回乡下家里。三年级的孩子头脑简单，只沿着街道一直往东走，走出街道还要过一座很高的大石桥。来到乡间沿着一条大河顺着官塘道，踩着高低不平的泥路，一路蹦蹦跳跳往家走，然而走了很久我却不认识路了。因为前面有座小石桥，没有桥栏看似很危险，再说上星期也没过什么小石桥呀？四处看看不见人影，没办法，只有按心里的家找，不远处有一个房子很像我家，就向着不管田埂又窄又陡又不平，杂草丛生的泥小路走去。正值早春，小田埂上时不时还有盘成一堆还在冬眠的蛇，由于它们不动，我提着心，东一跳、西一蹦地走。走近一看，不是我家，一颗提着的心绷得更紧了，眼泪在眼眶里直转，我知道我迷路了。在那个原始闭塞的农村，一个在镇上长大的 11 岁女孩，第一次没有大人在身边，独立面对，心里充满了恐惧，硬着头皮四处找寻，真有叫天天不应叫地地不灵的感觉。抬头四处眺望，不见人影，只能继续找去。又不对，这时我已经慌了手脚，不知如何是好。看看天色已经半下午了，再找不到家天就黑了。

怎么办？家在哪里呢？那个年代通信很落后，一个大队只有一部电话机，手机还没有出生呢。正犯着愁，一筹莫展，那边妈妈她们干活发现了我，在向我招手呢。原来那天坐船回的家，今天还得走过这座小石桥，少走了一座桥，才找不到家，一个个相似的小瓦房，一条条相似的七高八低的小田埂，一片片庄稼，还有关键的小石桥。这是农村给我这个 11 岁的孩子的第一烙印，太深刻了。以至于六七十岁的我说起这些感觉它们就像发生在昨天似的。60 年代的农村太穷了，什么都缺，物资十分匮乏，田角里不是一个坟堆就是一块高地，还有没入土的棺木被放在地面上用稻草盖着，还有一块缺角一块打个弯，真是百废待兴，既要兴修水利，又要平整土地，是干不完的活，就像一把乱毛线要理整齐来。耕作还是原始的，田里拔草都要拔三茬。草帽，用棕草编的雨衣、草裤、草鞋、扁担、箩筐、粪桶等，是农民的看家工具。生产队里干活要活计拿得起不比别人差，工分报酬是大家开小队会评的，男子满分是 10 分，女子满分是 8 分。妈妈延续五六十年代共产党员优良品德吃苦在前、享受在后，所以 8 分。哥哥个子不高，干活却很厉害，号称"挑不死"，也拿到满分。就算满分一年做到头，扣除稻草和口粮，基本上年底也分不到几块钱了。我爸爸是工人，每月有工资，也就是农村常说的活来钱，每逢周末爸爸会买上猪肉什么的给我们解解馋。本来妈妈单位领导和妈妈说好妈妈和哥哥下乡，我和姐姐一个 11 岁一个 13 岁继续留在街上读书，户口依旧在单位里是老工人，不下乡，政府还要把他的血吸虫病治好。由于家乡是水乡，新中国成立前血吸虫病肆行，新中国成立后政府非常重视，派解放军医生到单位、到农村普查，我爸爸被查出有脾块，需开刀切除。这里还有一个小插曲，现在想来还觉得心里酸酸的，当政府安排我爸爸去嘉兴解放军医院动手术时，我小妹刚出生，姐姐帮着带妹妹，我妈走不开，叫我请假去服侍，我爸爸刚要动手术，我却发起了高烧，本来就在医院，检查、化验、打针吃药，挂了几天点滴后，医生嘱咐回嘉善治疗，原来我得的是急性血吸虫病。那时国家对消灭血吸虫下了大力气。解放军医生来到单位、农村普查，大批患者得到了有效医治，是免费的。在医院退烧后我回到嘉善治疗，一间教室地上铺着稻草，病人自带被子，能住几十个人，每天上午一针、下午一针折腾了十几天，终于上学了。当我爸爸在解放军医院切脾块，开刀动弹不得，需要人提茶倒水时，唯一能指望的我却也生病了，当时还小，也不懂，没多想，待到懂事起，每每想起总是唏嘘不已，终身遗憾！妈妈在当时不是一个苦字能表达的农村，劳动人民吃苦耐劳的本质表露得淋漓尽致，很快妈妈又当选上了妇女大队长。白天带头田里苦活累活抢着干，晚上小队、大队会议不断。还有东家夫妻吵架、西家婆媳矛盾、邻里小孩打架等都得去劝解、安慰，离我家不远还住着一个瞎眼的公公，是个五保户，每当我爸爸买肉回家烧好后，我妈第一个任务就是叫我给瞎眼公公送一小碗。我们吃饭我妈规定一人一块肉。当我很高兴地吞着口水把肉送去后，心里真的很有愉悦感，这大概就是赠人玫瑰手有余香的意义吧。妈妈常说我们嘴上省一口，身上不会少块肉的。所以从小我心里的党员干部都应该是吃苦耐劳冲在前，休息享受落在后，这才是应有的模样。忙完集体的事回家还有猪羊鸡鸭一大堆活口等着侍候呢。

终于可以歇息了，妈妈又拿出针线来煤油灯下，一家人的鞋袜补丁是干不完的。不知什么原因我妈下乡不到一年我们两姐妹的户口又被催着迁出，那时小妹才出生，妈妈左思右想，没有办法，正好姐姐小学毕业，只能让她停学，回家帮助带妹妹，我的户口寄挂在父亲同事家里，继续读书。那个年头大多数人家都很穷，读不读书在一般人看来不那么重要，大人们辛勤劳作，养活一家人不容易。所以我妈待我姐特别好，估计是觉得亏待了她，没让她读中学。一直到我妈粮户可以回上去时，为了让我姐和妹的粮户能上调至镇上，我妈还叫我哥签字承诺赡养妈妈，代价是我妈放弃回调后获得单位养老金的生活，而作为家庭妇女，靠我爸爸吃饭，这样一来全家人又都以粮户回到城镇。不一样的是，我嫂子是农民，哥哥又像我爸爸一样，在街上挣钱。妈妈年纪有点大了，和孩子们一起有代沟了，就到街上和爸爸居住在街上房管所的房子里，房租才几块钱一个月。渐渐的身体健康也时不时地出现状况了。有一次住院和一位副县长的妈妈住一个病房（她女儿陪着），那时我们已在外地挣钱，得知妈妈住院我赶到医院，哥哥也在，喝了一点小酒，跟我说了几句，我就让他赶紧回家，家里有干不完的活。我帮妈妈擦洗干净换了衣服，陪她聊东聊西，又预交了住院费用，那个阿姨她看在眼里，她女儿跟我聊天说想知道一下最基层干部老了以后的状况，也说起哥哥的直言，女姐妹的什么，她自己兄弟在海盐当副县长，最近可能要调动、提升。她妈妈有病，直言120都叫过两次，因为发病时孩子不在。听着阿姨的言辞，可以看出她心中对孩子的自豪感满满的。吃过晚饭，阿姨好心地对我说："你还要回去，再晚就没车了，你走吧，你妈有事有我们呢。"她们见到我七八个小时的陪伴，和所作所为，她们愿意帮我，几十年过去了，我记忆犹新，谢谢你们！好心人！好人有好报！当时妈妈生病，作为新中国成立初期入党的妈妈来说，她是无愧于她多次获得的全县劳模和嘉兴地区劳模称号的，奖状见证了她的付出。县委领导也派人来探望和慰问过。妈妈得的是类风湿病，很痛苦。哥哥按三个月的频率去富阳挑两大包中草药回来，妈妈每天熬药吃，儿女们无可奈何。想着妈妈年轻时的刻苦奋斗，终究到老了落下一身疾病和痛处，妈妈在病痛中度过了她人生的最后的日子，她很平静地对我说现在天气不冷不热，正好。我眼中滚着泪花，不敢说话。看着妈妈瘦得只剩一把骨头，和畸形的手，心里难受极了，听着妈妈吃力的话语，我知道妈妈是多么的不甘呢，又是多么的坦然！妈妈！天堂没有辛劳、没有病痛！

我们那遥不可及的亲情

刘　薇[*]

　　虽然说家庭和睦是这个世界上的常态，但在我们未曾踏足的地方，也总有些人难以拥有这些幸福。他们对亲情失望、对亲人失望，每每看到或听到"家"这个字眼，内心便会隐隐作痛。去年的"十一"是举国同庆的日子，老公接到了婆婆从四川老家打来的电话，虽然婆婆的七十岁生日早已过去了，但是她还是要大操大办。打电话来，只是通知我们一声：十月二日是个好日子，她的生日宴席定在了那天。老公一如往常的沉默和叹气，因为婆婆的生日礼金早转给她了，几个月之前因疫情影响没有办成她的生日宴，在我们看来已经尘埃落定的事情，现在又被提上了日程。没有母子之间的时间商量问题、疫情过后的跨省出县的交通问题，以及孩子学校的管制问题等。有的只是一意孤行和自以为是的面子，人到七十古来稀，别人都办了，自己不办显得自己很掉价似的。老公叹息的主要原因是：这么多年，母亲和妹妹从来没有站在自己的立场和角度去思考过问题，一直想的都是自己和自己的家庭。我不知道怎么安慰他，似乎也无从说起，于情于理，婆婆的七十大寿，本是我们做儿子、媳妇、孙子尽孝道、行跪拜之礼的时候，但疫情还未散去，回与不回成了我们目前的难题。经过再三思量，还是决定带上孩子踏上了归乡的旅途。三十日赶到儿子的学校，接上儿子后，一家三口马不停蹄地开车驶离了东莞大朗，害怕堵车耽误了行程。经过老公日夜兼程地赶路，我们花了近三十个小时，到达了目的地（老公老家的县城），入住了我们早已定好的酒店，匆匆洗漱完，简单吃了点儿东西，垫了一下肚子，倒床便睡着了。因为第二天一大早还要赶往十几公里之外的乡下（婆婆男朋友的家），接上他们去镇上宴席的地方。早上六点，老公被闹钟叫醒，叫醒我和儿子后，我们简单吃了点儿早餐就出发了。也不知道颠簸了多久，上坡下岭的，终于停了下来。一看时间已经八九点了，老公匆匆下车，上到山坡

---

　　* 作者简介：刘薇，是一名宝妈，在家顾得了孩子却顾不了工作。生活中的诗和远方一直都是信仰和向往！低下头，柴米油盐酱醋茶才是生活的全部，也是一地鸡毛。我一直努力地在一地鸡毛中寻找最漂亮的那一支，因为美好的生活是善于发现美、寻找美和享受美！活在当下，志在远方！生活不易，且行且珍惜！

上，去喊婆婆和她男朋友。因为要赶去镇上的宴席场所，等候客人们的"大驾光临"！可我只看到婆婆的男朋友（张生）背着一个背篓，和老公一前一后，向我们走来。我奇怪地问为什么婆婆不一起去？因为这个地方到宴席的场地开车需要半小时或四十分钟，老公沉着脸说："把张叔送过去了再来接我妈。"我莫名其妙地问："车上坐得下，为什么不一起去？"车子的后排目前只有张生和我儿子，再加上婆婆不是正好吗？老公很不耐烦地吼了我一句："你怎么那么多废话？一会儿我一个人来接，你们到了都下去，不用你一起来接。"我看着老公阴沉的脸，也不好说什么。后来老公和我解释：之所以分开接他们，是因为一次接一个人才能显示出那个人的重要性！也是他们的交代和决定，我当时诧异地望着老公，搞不懂重要的人非要浪费别人的时间和辛苦，才能够显示那个人的重要性吗？反正我是看不懂，也想不明白。那天的宾客并不多，预定的宴席还多了三桌，空着没人坐。总的来说，整个过程和氛围还算"凑合"。我的感受是，凑合着吃，凑合着喝，凑合着由着他们开心，憋屈自己。第二天一大早，老公又带上我和儿子去接婆婆回老家祭祖。老公的老家也在几十里地之外，那天快马加鞭地赶往张生家，只接上了夜宿在那里的小姑子，婆婆说是她男朋友不让她回去。老公一听这话脸上便挂不住了，看着他乌云密布的脸，我只能息事宁人地把老公推走了。

　　那天在去老公老家的路上，望着窗外连绵的群山和山坡上绿树掩映、错落有致的民房，心情似乎豁然了一些，因为今天是我们行程中的最后一站，想着明天就可以踏上归途，心情也美美的！

　　经过一个多小时的兜兜转转，老公的车终于停在了一个"小桥流水人家"似的农房前。推开车门，听着桥下潺潺的溪水，哼唧着欢快的旋律，旅途中所有的疲惫和烦恼似乎在这一刻便烟消云散了。祭祖上山的路很陡峭，没有爬过如此难爬的山路，儿子在我和老公的鼓励下，跌跌撞撞地上坡下山。我们要祭拜的是老公的爷爷、奶奶和因病去世的父亲，奶奶的坟在老公家老房子的后山坡上，祭奠一下相对容易很多。爷爷的坟在奶奶坟对面的山顶，公爹的坟墓在爷爷坟左手边山的半山腰。最难爬和花费时间、精力的是爷爷和公爹的坟墓，小姑子祭拜了奶奶的坟之后，就不去了。说是昨晚上没睡好，所以去了老公的叔叔家补觉去了。

　　我们一行人（我们一家三口加上老公的堂哥），对于我和儿子来说，是咬紧牙关踏上了祭祖的旅程。当我和儿子灰头土脸、汗流浃背直喘粗气，累得直不起腰时，才听到老公欣喜若狂的声音："来，我拉你们一把，这就到了。"这个过程花了一个多小时，当我和儿子不嫌脏地一屁股坐在老太爷坟墓前的空地上时，透过头顶树叶缝隙间的光芒嗅着扑鼻的树叶清香味和刺鼻祭祖的纸屑味，这一刻，真的不想动弹和挪一下屁股，可环顾四周，尽收眼底的是青翠连绵群山，又突然觉得心底更加豁然了！

下到公爹坟墓的半山腰时，儿子已经饿得直叫唤："饿，饿，饿死我了。"在离公爹坟墓的 100 米左右，已经没有路了，全被藤蔓植物缠绕，堵住了路，老公和他堂哥拿着镰刀大刀阔斧地砍了起来。老公歇手的空隙给他妹妹打了个电话，希望她能来祭奠一下自己的父亲。小姑子以自己很累为由拒绝了，我们猫着腰，像侦察兵一样祭拜了一下便回去了。回到老公的叔叔家，我和儿子已经饿得前胸贴后背了，儿子已经顾不得那么多，洗完手让我给他夹了一点儿菜，端着一碗米饭蹲在门口狼吞虎咽了起来。

我们一群大人围上桌吃了起来（老公的叔叔、婶婶、堂哥堂嫂、小姑子加上我和老公）。刚吃饭的氛围还比较好，酒过三巡之后，堂嫂开始絮叨着让我和老公拿个三五万修一下老房子（婆婆也提过这事，但婆婆的意思要政府的拆迁款，而不是重新翻修房子）。我和老公对视了一下，都默不作声，继续吃饭。在堂嫂和堂哥演了半个小时的双簧之后，见我们两口子依然无动于衷，小姑子对我俩的白眼也翻上天了，冲我连声"嫂子"都不喊了，一口一声地直呼其名。我只能是苦涩地笑笑，无语了。

在这种尴尬的氛围下，也在众人含沙射影、夹枪带棒的逼攻下结束了饭局。坐上老公的车，刚拉上安全带，还没插上，我就催促着老公赶紧走，早一分钟离开这是非之地，让自己喘口气儿！晚上又拐回婆婆的男朋友家，接上她，去老公的二舅家吃饭。婆婆一上车便开始对着我们两口子破口大骂起来，说我们怎么去了她的死对头（老公的姉儿）家，应是昨天老公的姉儿和婆婆通过电话，不知道她们说了什么，竟让她以为我们倒戈相向地"背叛"了她。什么恶毒的诅咒话语都用上了。我不时回过头去望一眼儿子，害怕他会被这污言秽语所吓到，但儿子抱起双臂除了时不时转过头去望一眼面目狰狞、"口吐莲花"的老太太，也是露着疑惑的眼神，若有所思……

这就是我们四川之行的故事。有苦涩、有疲惫、有心酸，也有满目疮痍、破碎不堪的亲情。久而久之，我们对亲情失望了，不明白别人唾手可得的幸福为什么会变成自己的奢望？但也无力扭转这些局面，只能独自哀叹……

夏天的回忆

左喜波 *

　　夏天是童年的世界，是儿时最美的记忆。那里有蛙潮阵阵，有蝉鸣声声；有萤火虫的闪闪烁烁，还有那眨眼的星星。有在沟渠间捕鱼摸虾的快乐，有爬树捕蝉摘果的惊喜！但最让人记忆深刻的还是那在水中游乐的趣事及对祖母深深的回忆。

　　小时候，我是祖母手心里的宝，祖母走到哪里都要带着我。最常去的就是大姑和小姑家。大姑家远在 60 里外的麻城宋埠，每年一到暑假，我们就吵着要去大姑家，因为那里是林场，种着好多果树，如桃树、梨树、板栗树，还种着许多瓜果，如西瓜、香瓜、甜瓜等。祖母就带着我们姐弟及小姑家的孩子去住上一段时间。我们到了那里，就如孙悟空进入了蟠桃园，我和表弟们经常偷偷爬上果树摘果子吃，有时用竹竿捅下带刺的板栗，用石块敲开，稍不小心那小手还会被扎出血来，几个小脑袋凑到一起，剥开那嫩嫩的板栗肉，笑嘻嘻地分享着美味。有时匍匐着爬到瓜地，偷摘那金黄的香瓜，或圆滚绿油的西瓜，躲在坡坎里或水渠旁边吃边回味着那份刺激。吃饱了就到那灌溉农田的水渠里洗澡嬉戏，或仰躺在水渠随着渠水流淌好远好远的。有时，在水渠里捕捉小鱼小虾或抓那青蛙。有时爬上树去逮那鸣蝉，或将竹竿头上绑一小塑料袋，袋口张开，伸向蝉鸣处，捕捉率极高。总之，那里就是我们的玩乐天堂！

　　小姑家离我家不到两千米路远，祖母一人要照看两家的孩子，就常常带着我住到小姑家，或把表弟们带到我家，我和表弟们常年在一起玩耍生活，感情极深，以至于表弟们称呼祖母和小姑不是喊家婆和妈妈，而是随着我的称呼而喊她们，到表弟们结婚生子后都一直是延用小时的叫法。表弟们长大后许多人诧异于他们对妈妈的称呼，怎么连自己的妈妈都不喊妈妈，其实是有这个渊源故事的。

---

　　* 作者简介：左喜波，男，1964 年 8 月生，武汉市新洲人。喜欢用文字记录生活的美好，喜欢在生活中品味美好的人生！以一颗淡然的心态处世！用一颗真诚的心待人！以一种恬淡豁达的心去欣赏人生沿途的风景！

　　我家门前就是一方池塘，每当太阳落山，倦鸟归巢时，那些劳作了一天的大伙子小青年，就会跳入池塘，去洗掉一身的疲惫和炎热，每当看到他们在水里尽情地嬉戏，我们这些小伢们就围坐在池塘边，充当最忠实的观众，时不时拍手大叫，时不时又高声呐喊。你看，有的仰八叉地躺在水里，慢腾腾闲悠悠地，间或用双手不紧不慢地在水里划那么几下，有时，手也懒得动，只用双脚在水里就那么蹬几下，人就自由自在地在水里游荡，也不沉。有的贪嘴的，还一边往嘴里塞黄瓜，一边向岸上的人们炫耀呢！那份悠闲，那种姿态，宛如无所事事的艄公，有一桨没一桨地闲荡，又如一条叼着青草的懒洋洋的鱼儿在游玩。有的半大小孩们，爬上池塘边的歪脖子树上，一个猛子扎下冒出去，等我们屏住呼吸紧紧盯住那扎下的水花时，好久好久，好远好远的水面又会冒出一个水淋淋的又是得意扬扬的脑袋来，简直比我们在荷塘边看到的从高高的荷叶上猛地扎入碧绿的池水里的小青蛙还调皮。有的还双双在岸边一、二、三一声令下，看谁先游到对岸；有的一起一伏地，像蛙儿一样的游法，真的很可笑，直撩得我们这些小伢们心痒痒的，总有一种跃跃欲试的冲动，无奈，在大人们的监护下，我们不敢下水，只得将小手拍得更响了！

　　但有时，实在按捺不住，就会在白天等大人们在队长的哨声中出工之后，瞅空儿瞒着祖母，率领着我的小伙伴们，光着小屁股蛋儿，在池塘的浅岸边过过瘾儿了。有的，手撑着岸儿，一双小脚将水拍得砰砰响，那水花儿就和着惬意的笑声四下飞溅；有的，在大孩子的双托上，手脚乱划，时不时在大孩子冷不防撒手的当儿，呛得哭笑不得，但仍赖着要学；有的划起了"闷咕啾"，即将头扎入水里，一双小脚拍得喷响，小手不撑地能游他那么几下，虽然只有一丁点远，也宛如一位夺冠的英雄，被小伙伴们羡慕好一阵呢！但最最扫兴的是，正玩得兴起，突然被祖母或谁家的大人一声呼喊，我们就得赶快爬上岸，抓起衣裤，光着小屁股蛋朝另一个方向撒丫子跑。有时，有的害羞的想穿上衣裤而跑慢了的被大人逮着了，一张小屁股上就会留下红红的巴掌印，或挨上几扫帚条，那是最最活该的！哼，谁叫他假正经呢？而最最可气的是那些厉害的大人们，不管逮住没逮住，我们回家都得罚跪，在"下次不敢"的保证之后，我们才能重新获得自由！

　　我是从来没挨过打的。这一半在于父母的忙碌，父亲在大队当书记整天忙于开会和检查，根本无暇顾及我们。母亲更是忙碌，里里外外都得靠她，白天忙于挣工分，收工后又得忙着到自留地栽菜、浇水、施肥，往往总是到掌灯时分，在我们姐弟的再三呼唤下，才挑着一担水桶或粪桶之类回到家。第二天一大清早，又得到三千米之外的戴山村旁边的沙河挑沙为生产队积肥（因我们那里土质为泥质土壤缺沙），一担沙百十来斤，可得两分工。回家后，匆匆喝上两口稀饭，又得在生产队长的哨声中上畈下田！这种勤劳的本质，母亲直到现在还保留着，总是闲不住，种着许多蔬菜和庄稼，而最令我愧疚和心疼的是，到如今还不能令她老人家享享清福！

另一半则归功于祖母对我的疼爱和她那双小脚了！每当她拿着扫帚条追我时，她那双颤颤巍巍的小脚怎么也跑不过我那双撒丫子腿。记得从前见她解那长长的裹脚布洗脚时，我就觉得麻烦和不解，好好的脚丫子裹得细细的有什么好处？也曾暗自痛恨提倡裹脚人的馊主意，以致将祖母的脚裹得又红又肿的，该有多痛啊！没想到，这对于孩子来说，最大的好处就是免了不少的打！

其实，祖母是不会打我的，她只是吓吓我而已！记得她曾暗暗地嘱咐我，"我要是打你，你要记得跑哟"。她那颗慈爱的心，我心里明着呢！然而有一回，我却吓坏了许多人，也害苦了我祖母。那是在我刚上学的一个夏天，由于所带水瓶里的水喝完了，下课后，也随着许多同学一起，到学校侧面池塘里的石板上想用瓶装点冷水喝，但由于小手一下够不着水，继而一用劲，竟一下子连人带书包一起栽入了水里，真正倒进深水里。这可不同于在岸边打那种"闷咕啾"，我直吓得手足乱舞，但人就是浮不上来，而且盲目中竟是游向深处。此时，岸上的同学们也吓得大呼小叫，有两个高年级的大同学，闻讯急忙奔来，纵身跃入水中，一个推，一个拉，将我救上岸来。等老师们将我送回家中，我就大病了一场，父母忙着给我请医生。

打那以后，祖母就再也不让我玩水了，我亦再也不敢到那水中寻乐了，只有在岸上观看大伙伴们的畅游及小孩们的嬉戏了。一天，在离众多孩子稍远处，我突然发现有一双几经沉浮挣扎的小手，在渐渐地淹没着。我的眼前顿时竖起了一个大大的惊叹号！"快，那边有人淹水了"，我边惊呼，自己却毫不犹豫地和衣跳入了水中，朝那小孩游去，并奋力将他救起！等我上岸之后，惊魂初定之时，我才惊异地想起，我自己并不怎么会游泳呀，就只会那么几下"闷咕啾"，为什么在此时却能以最快的速度游向小孩并救起他呢？原来心无杂念，有的只是一个目标和爆发全身的勇气！于是我又在人们的赞许声中，信心十足地学起了游泳，祖母也不再阻拦，只是不准我偷偷去玩，一定要有她在场看到才行。果然一学就会，且深深地体会到了那种游泳的畅快和惬意了！

但有一次，我和几位同伴偷偷到田畈中的池塘里玩耍，一位玩伴突然腿脚抽筋，拼命喊救命，同伴们吓得直往岸上爬，眼看那位快沉下去了，我奋不顾身地游过去，刚想拉他时，他却在胡乱的挣扎中竟一下抓住了我，并死死地抱住我脖子不放，使我既不能喘息，又不能施展救人的本领，以致自己亦连呛几口水！幸亏邻村几位青年刚好路过并及时将我们救上岸来，要不然，后果真不堪设想。从这件事上，我顿时悟到，凡事仅凭一腔热血勇气，而不运用智慧，讲究正确的方法，不同样适得其反吗？

回忆起少儿时的游泳趣事，顿悟到了人生的许多真谛！人生不也正如那浩瀚无边的大海吗？在这人生星辰大海的征途中，我们又该做怎样的弄潮儿，怎样地去斩风劈浪，自由自在地畅游呢？

守 望

杨瑞冰[*]

日已入夏，我的列车带着黄昏而来。

记得去年夏天，天气燥热。那时正逢高考，父亲特地从老家过来照看我一个月。看着父亲脸上豆大的汗珠，手上仍在为我忙活这一顿临行前的早餐。起锅，烧油，烙饼，收火。香气飘得远了，我的心神也随着飘走了。渐渐地，我恍惚般地醒来，看着手上那一个黄澄澄的饼，油油的，但也暖暖的。

我在路上循环着 *Hey boi.*，空旷的感觉藏在心底，放松的舒适浮在脸上。似乎一切的车马都不重要了，一切的阳光都变得再次明媚起来。

一路上见过了形形色色的人，也有三两熟人经过。有的愁眉苦脸，有的严阵以待，而平静的往往是少数。要么自我放弃，要么极度自信。而我，也走进了属于我的考场。这一瞬间，所有人的动作就跟事先排练好了似的，整齐到让人以为这是什么军事演习。

从考场走了出来，看到满脸焦急的父亲，那豆大的汗珠快落到地上也忘了擦。我这一刻终于明白，我曾经的叛逆，多么可笑而又幼稚。

结束了，这高中三年的青春到此完结。看着同学们泛红的脸颊，在我的耳边谈笑。似乎一切都就此过去，所有的故事都发生在昨天。我戴上耳机，再一次听起 *Hey boi.*。指尖在吉他上的敲击是我们离别的送行曲，平淡的琴调是我们青春里的难忘。

是啊，人生总会有些别离的时候。但我们的身后永远有一群人在守护你，哪怕在天涯海角，他们都一直在。

记得在我小学五年级时，萌发了青春期固有的逆反心理。我开始抗拒，抗拒他们给我安排好的一切。而他们似乎无视我的抵抗，我压抑已久的愤怒终于爆发出来。我要离开，远远地离开这个家，独自生活在另一座城市，自由地安

---

* 作者简介：杨瑞冰，17 岁，来自云南省昆明市，目前在读高二学生。文学爱好者，热爱文学写作，曾参与过网易云集版出书活动。"信纸上的平仄恰当，所以过去的日子变得长"。

排自己想做的事。随着年纪的增长，这样的想法越来越浓重。终于，我脱离了长达五年的煎熬，去往更大的天地：上海。

自古以来人便是群居动物，离开自己的族群越久，那一份思念便会愈发深厚。这是一种无法抵挡的思念的浪潮，是来自家温暖的呼唤。

对于真正爱你的家人来说，他们会去照顾你。也许他们望子成龙过于心急，也许用了错误的方式，但请相信，他们会一直守望你，哪怕相隔万里。

初中，那大概是我这一生中最快乐的时光了。那时候有了一部手机，就能和朋友们炫耀得找不到北，抓到一只虫子，便能自顾自地吹嘘一整天。

我的课桌上放了一个做工并不精致的盒子。我大概猜到了是怎么回事，前几天在路上看到邻桌的汉子被欺负顺手搭救了一下。我略有深意地看了一眼那空无一人的座位。盒子里摆放的东西很简单：两包薯片，三瓶牛奶，一袋方便面。那时候这些东西对于一个尚且年幼的初中生来说却是很宝贵的财富。我做梦也不会想到这五大三粗的汉子也会有细腻的一面。

上了高中后，大家难免各奔东西。有的去了甘肃，有的去了黑龙江。而那汉子因为成绩的原因，只上了一所技校。自那以后，再也没见过他。在他的身上，我似乎看到了我父亲的影子：厚重，沉默。这或许就是古人说的父爱如山。在不语与沉默中给予自己力所能及的最大关怀。

Hey boi.，这首歌就像是在讲述我们。一开始的平淡，偶然间的激奋，最后的分散。似乎每个过程都是对我们间友谊的促进，我们初中时代的经历，告诉我：会有人在守护你，在你看不到的远方，在你听不到的彼岸。

高考结束后，我进入上海的一所大学就读。都说大学是步入社会的开始，果不其然，刚开始的劳累差点把我的整个身子骨压垮。大学的生活原来并没有我想象的那么轻松，可我除了咬牙前进，没有任何退路。

上了大学后认识了一群新的朋友，大家时常聚在一起谈天说地。我闲来无事提了一嘴与家中的矛盾，大家劝我回去与父母和好，我婉言相拒，其实还是放不下自己所谓的面子罢了。某次假期，大家便提议去云南大理玩一趟，不知道这是巧合还是蓄意而为，云南是我许久未回的家乡。我在这几年一直对我的父母有着亏欠，我青春期的叛逆与不懂事，伤了他们一颗炽热的心。

我们先是坐飞机来到昆明，我贪婪地呼吸着这令人舒适且怀念的空气。我便以自己有点事情为借口，打了辆计程车。虽然路上拥堵，不太顺利，我终于回到了那魂牵梦萦的故乡，看着这日新月异的城市，我不免紧张，害怕我的故乡不再是那个回忆里的故乡。还好，一切都如往常。家的那边的格局没什么太大的变化，只是又盖起了几座高耸入云的摩天大厦。我抱着尝试的心态用那把已经有点生锈的老钥匙战战兢兢地打开家门，打开的那一瞬间，竟有些不争气地流下了眼泪。

走进去的第一瞬间不是惊喜，不是高兴，而是一丝没久久陪伴在家人身边的自责与愧疚。看着家里的几盆绿植，那青葱的不只是我的青春，也是父母悉数的照料。我四处寻找着父母的身影，卧室，厨房，客厅。我不免有些担心和焦虑了，便认真地想了想父母曾怀揣着怎样的愿望。忽然，我想起我小学那年尚且懵懂之时，母亲搂着我说："等你以后有出息了啊，妈妈就在庭院里种几棵枇杷树，不用太大，温馨就好。"我连忙翻找着庭院的钥匙，十多分钟后，在母亲最爱的兰花旁边找到了这一把钥匙。

我颤颤巍巍地打开庭院的门，多么希望能第一眼就看到我魂牵梦萦的父母的容貌。我小心翼翼地探出半个头张望，父母的确在其中，但令我更加意外的是我的悉数好友也尽然在场，旁边的音响播放着 *Hey boi.*，悠扬的曲调难平我内心的惊喜。看着那一个个微妙的笑容，我似乎明白了他们前来云南的意图。我再一次流下了泪水，对他们笑骂着说："你们这群损友，也不告诉我一声。"他们也笑着说道："你当初随口说了句几年未回云南，我们所有人便牢牢记在了心上，想在假期给你一份惊喜。行了，别说这些了，赶紧跟老人家说说话去，我们就先出去了。"我转头看见父母那沧桑的容颜。是的，容颜变了，但他们嘴上挂着的笑却仍是那般熟悉，我们相拥而泣，久久未言。

对于家，是避风港，是走累了便可驻足休息的感受温暖的旅馆。在外累了，回到家，便会有一杯好茶，一桌好菜，一大家子人的欢声笑语，使你内心紧绷的心弦，缓缓松弛。是啊，家有着神奇的魔力，而父母，更是这些魔力的创造者。

听着耳边播放的 *Hey boi.*，这一次它不再那么优美，不再那么柔和。却多了几分甜蜜在心头，多了几分感动在心尖。

守望，哪怕内心形同陌路，但再次的相遇会变得再度炽热。他们从未放弃守望你，从未放弃也从未忘记。

奶奶的豆腐坊

刘朝杰 *

记不清从何时起，奶奶就倍加喜欢起我来了，只知道那次尿了炕，妈妈打了我，我哭着跑到奶奶屋里，从此就和奶奶做起伴儿了。后来妈叫过我几次，我执意不回，妈还对奶奶讲不是为了尿炕的事。奶奶说我爹小时候常尿炕，不知挨过多少打，要不屁股怎么是两半的？我也就信以为真。

我和奶奶住的是标准的北方四合院，正房要比其他两个偏房高出一大截子，且门前砌着好几层台阶，这是家中长辈住的。西屋起先是大伯住，依次是二大伯，最后轮到我爹时，他们一一搬出了这罐头盒式的封闭小院，单居独过，另起锅灶。东屋是做豆腐的，南屋养了一头驴子，在家我很喜欢这头驴，每逢奶奶喂完草，我便把驴子牵出来，让它在院子里打个滚，打完滚把它拴在桩子上晒太阳。它很听话，我就学着大人拿起小铁刷给它满身刮，舒服得它两眼直流泪，直到刮得我浑身发痒为止。有时不知怎的，这驴子扯起嗓子叫个不停，我就抄起小鞭抽它，奶奶这时就喊住别打，那是驴在打哈欠。

听妈讲，最初奶奶不主张几个伯伯搬出去，这些房子收拾收拾满可住下，因为她老人家高兴，逢年过节，儿孙满堂跑，儿多、孙多，家族兴旺，在她眼里这是前辈子的造化。奶奶是中国最后一批"裹小脚"的女人，且依然残存着传统的旧思想，不待见丫头。不管是啥缘故，两个大伯前后搬出四合院，自然这豆腐坊也由她掌管上，爷爷主外不太过问豆腐坊的事儿，一下子没了帮手。

平日里，奶奶管得严，不让我外出野玩。房檐上"吱吱"乱叫的麻雀，檐缝里定有蛋和窝，或许孵出来小生灵，馋得人心里发痒痒，她也不让掏。说："某年马家小孙子架着梯子掏麻雀，张嘴一笑，一条红头绿尾的大粗蛇，从檐缝爬出来，一下钻进马家孙儿的肚子里……"

那么，我只好泡在豆腐坊里看奶奶做豆腐。奶奶总是将泡涨的黄豆，从水

---

* 作者简介：刘朝杰，男，河北邢台广宗县人，乡村人才库认证作家。喜欢文学创作，曾在《博览群书》《西部散文选刊》《中国乡村》《百花园》《新村》《石油工人报》等发表作品，有散文、小小说、诗歌散见于报纸杂志，著有文集《篝火燃起的地方》。

缸里捞出，一勺一勺地，把黄豆添到驴拉的磨盘眼里。驴被蒙上眼睛拉着磨盘转圈圈。于是，豆浆在转动的两个磨盘之间流出。豆子不停地添，豆浆不停地流，奶奶一声不吭，耐烦地舀着豆子，我乖乖地依偎在奶奶身旁，手里玩着浸泡好的豆子。偶尔瞟上一眼奶奶，只见那双古藤般的双手，永不停歇地穿梭在豆缸与旋转的磨盘间。

有时我问奶奶，我家到底做了多少豆腐，奶奶半天才应上半句："从你太爷起就开始做，多少嘛！你看看驴走的磨套深浅就知道了。"我看看磨套，磨套是和地一样平，用四寸青砖墁砌成的，如今圆圆的磨套早就没了青砖的影子，已被驴踩出了半腿深坑，下面已经露出了坚实的土层。我会自问那豆腐该做的得有一房子、两房子、三房子多吧……我实在想不出，反正全村还有邻村老少，都吃我们家的豆腐，在外面，人们只说："要吃豆腐，找刘老太。"刘老太就是我奶奶。

乡里人到农历年底，更是有些讲究。除了用萝卜益肝利脾，上下通气，再就数豆腐了。"食了豆腐精神抖、吃了豆腐年年福。"吃豆腐，只管拿，豆子是自家地里长出来的，谁都不太心疼，舀上几瓢换点吃，图个吉利，又算不上什么破费。这样一来奶奶的生意更兴隆了。可忙坏了七旬老太太，年前就这几天，夜里免不了连轴转。一盏糊满油腻、香头般的棉油灯，迷瞪着眼，活像龙钟的老人，有谁还能提起精神！奶奶怕我晚上跑出去，索性把外门闩上，一边磨豆腐，一边哄着我在屋里安生待着。她这时给我拉吓人的呱："铁门拉吊，石门蹲，门拉吊上吊小鬼；石门墩上墩大神。一碗血，一碗浓，喝不了就不行。"我听了毛骨悚然，顿时觉得头发根直往上炸，害怕得我连门都不敢望。于是就怯生生地问："鬼是不是就这么吓人？"奶奶听了"扑哧"一声笑了："这是拉呱不是真的，是哄小孩儿的。"奶奶又说："真鬼，不害怕，他帮人呢！世上最害怕的还是人哄人、人骗人。"

那时年少，一点也听不懂奶奶后面说的话。

有一年秋，要过农历八月十五，奶奶忙着赶做豆腐。先把豆子磨成浆，把浆中的豆渣滤除去后，将这纯浆汁盛到大缸里。这时候，奶奶总是用自制木提子，从门后的坛子里打出来不知名的"神水"，缓缓地往纯浆汁里一掺，随着木棒均匀地搅拌，奇迹发生了。稀稀的乳白色纯浆汁，渐渐变浓，成絮状，最后完全凝固成一团。下道工序，用长把瓢，一瓢一瓢往事先制好的铺有稀布的木质格挡里舀。一个格挡舀满后用木板压上，再往上面压上几块砖，只见多余的水分从中渗出。接下来再进行下一个……直至把大缸里的豆浆汁用完为止，豆腐就做成了。

　　我好奇，问奶奶那坛子里盛的是什么"神水"。奶奶讲："那是卤水。""俗话说一物降一物，卤水点豆腐。"奶奶还嘱咐我千万不要动坛子里的卤水，喝了卤水要死人的，我听了怪瘆人的。这天趁奶奶不在家，我偷偷溜进了豆腐坊，只见门后的卤水坛子上压着一个大铁盘，我小心翼翼使劲拉开了铁盘，只听"咚"的一声，铁盘的一个沿先落了地。同时，铁盘另一个沿刚好碰到坛子的底边。随着一声"咔嚓"，坛子被砸漏，一股呛鼻液体流了一地。这一下，把我惊得六神无主，急忙跑到院子里，端来沙土盖上。等恐惧的心情平静后，我装着若无其事地蹲在门口等奶奶回来。

　　"怎么卤水坛子碎了？"奶奶一进屋惊讶地问。我结巴着嘴："是咱家那只大花猫蹬翻了坛子。"奶奶看看我，又看看现场，嘴里嘟囔着："嗯，是两条腿的猫吧……"我心里庆幸算是蒙过去了，但又琢磨，奶奶说的两条腿的猫，我没见过。

　　往事如烟。转眼几十年过去了，奶奶早已仙逝，豆腐坊原址盖上了新砖瓦房。除了奶奶的音容笑貌外，童年记忆中的豆腐坊、磨盘还有不知疲倦的毛驴……时常在脑海里浮现。

　　不过豆腐坊里"坛子的风波"，这件事的发生，至今使我无法释怀——每每想起，心里总会泛起一种涩涩的内疚感。

一个小夏果的思念

赵廷伟*

7 月份到了，家里的粮食即将吃光了，马上就要揭不开锅了，母亲催促父亲出去籴点粮食，以解无米之炊。这事发生在 1974 年。

那时，我和二哥及四弟都在上学，家中只有父亲和大哥两个男劳力及母亲一个女劳力上地干活挣工分。一年挣下的工分，全部换成粮食，还不够吃。每年都得去外地籴点粮食补贴生活，才不会让全家人饿肚子。

籴粮食的钱，是生产队每年卖水果后得到的钱，经全队工分平均后，给社员所分的红利。母亲对这些钱，一分钱也不敢乱花，省吃俭用，节省下来，当作家庭中救急之用。

说起那个时候的省吃俭用，母亲是真正做到了精打细算。生活中的开支，除了煤、面、油、盐、酱、醋、茶及孩子们上学的书本费外，再舍不得多花一分闲钱。即使是煤、面、油、盐、酱、醋、茶这七件事，其实真正开支的，也只有煤、面、盐和酱这老四样了。因为母亲自己会做醋，自己家里每年做一次醋，全家一年也够用了，不必买醋。油也不用买，生产队每年种点油麻，榨油后每家都能分到二三斤油。母亲很仔细地节省着用，每天炒菜时用小孩吃饭的小汤勺，舀上一两勺，油里再炸点杏仁，这样炒出来的菜，美味可口，有滋有味。至于茶，对于农家来说就更不需要了，你想，一年不见荤腥的肚子，每天就一次的炒菜，也只有一两汤勺素油，再被全家人瓜分，哪还需要喝茶解食。我记得家里不知何年买下的一块砖茶，每年也就是春节期间招待那些拜年的家族男女及亲朋用点儿，其他时候很少有人喝茶。

日常开销只有四种必需品。煤是过冬必需品，没煤，寒冷的冬天难度呀。

---

* 作者简介：赵廷伟，男，出生于 1960 年 6 月。山西省原平市南白乡退休教师，1981 年毕业于山西忻州师范学校，后参加成人自考，毕业于山西师范大学汉语言文学专业，本科学历。中学语文教师，先后担任初中、小学、中专、大学语文课的教学工作，退休后开始写作，先后在网络上发表《一个小夏果的思念》《能人佯存宏》《我的朋友刘铜明》《滹沱河畔原来是美丽的桃花源》《我的父亲》《二十四节气详解》《我的保安经历》《童年趣事》《买袜记》等作品。

盐，当地不产，但若缺少，会严重影响人的身体健康。酱是那个时候代替生抽、老抽的调味品。最后，就是指把生产队分配的粮食吃完后，到外边籴粮食。这是最不能缺少的，俗话说"一顿不吃饿得慌嘛"。只是那时吃的都是粗粮玉米面，吃不起细粮。因为当地不种小麦和稻谷等低产的农作物，只种玉米、高粱这些产量高的农作物，本地农民不种植小麦，老百姓自然吃不到白面了，若是买着吃，在那个时候就是天方夜谭了。白面家里可能也备着几斤，那都是家里来个稀罕客人后，招待客人的。

面都是自己家中兄弟姐妹，用石磨把玉米磨成面。凡是从那个年代过来的人，对推石磨的滋味应该是刻骨铭心，永远不会忘记的。

我们家乡属于原平同川，是闻名全国的水果产区，每块地里都栽了好多梨果或枣杏等水果树。这样的田园地拿来种粮食，粮食自然产量不高，所以生产队分配的粮食，老百姓每年都不够吃，只能去较远的产粮区买粮食吃。

我家兄弟多，还都是男孩，正是能吃的时候（1974年，那时我家最小的四弟也十岁了）。人常说，"半大的小子，吃塌他老子"，此话一点不错，父母当年最发愁的事情就是吃饭问题，时时刻刻都在为吃饭问题操心着。确切地说，就是生产队分配的粮食不够吃，操心着如何到外面籴点粮食，让全家人能吃上饭，不至于挨饿。

母亲虽然一年精打细算，但到了六七月份，看着空空的瓦缸，就开始发愁，就会催促父亲快点想办法，出去籴点粮食，别让锅吊起来，让全家人饿肚子。

给我印象最深的就是1974年籴粮食的事情。那天早上，天还没有大亮，父亲和大哥便起床了。匆匆吃了点饭后，就挑了一个扁担，拿了三条布袋和路上吃的干粮（指玉米面窝头），便上路了。

这天晚上，我肚子里边不知怎么回事，特别地饿，但家中也没有能吃的东西，我便在又饿又渴中睡着了。可是躺下后，怎么也睡不着，我盼望着父亲快点回来，能给我拿点吃的回来。我睁着眼睛等，又闭上眼睛等，等呀等。醒着的大脑又睡着，睡着后又醒来，不知过了多长时间，突然，门"吱扭"一声响，我被这一声开门声惊醒了。那时没有表，我只知道夜已很深了，父亲和大哥终于挑着粮食回来了，终于把粮籴回来了。

我急忙从被窝中爬起来，光着身子跳下地，从他们的行囊中找东西，好不容易找到一个很小的夏果（我们当地夏天的一种特产水果，由于我们是水果之乡，地里到处栽着这种树，老百姓饿了便到树下摘几个充饥。庄户人在田里吃几个水果是不算偷的）。我知道这是父亲和大哥今天外出买粮食时，路上因饥渴，从地里捡了几个果子充饥，还剩下一个没被吃掉的小果子。我也不管它是生还是熟，干净不干净，急忙就往嘴里塞，三下两下，这一个小夏果就不见了，只剩一个果核了。一个小夏果终于止住了我的饥饿。人常说，"三粒黑豆止止心呢（即饥饿之感）"，确实如此呀。止住了饥饿感后，我就钻在被窝中开始听父母亲的聊天了。

"今天去哪儿买的粮食？"母亲问。

"横山村。我们从南北尧，中原岗这边走的，从石豁子翻过山后，先到龙湾村，又转到虎山村，最后又转到横山村，询问了好多人家，才买下这么些粮食。"父亲说。

我们属于原平县，龙湾村、虎山村、横山村是定襄县的靠山村。这里人均土地多，大多是能用来种植粮食的肥沃土地，所以村里的农民从生产队分到的粮食就相应多点。老百姓把从生产队分到的粮食节省下来，就能出售点。我们家乡的人缺粮时，就会到那边去买。

两个村庄相距好几十里路，若走翻山的路，虽略微近点，但翻山越岭的艰难就可想而知了。那时的交通没有汽车、摩托，老百姓甚至连个自行车都没有，所有的路全凭步行，所有的货物，全凭人肩挑背背。父亲和大哥就是扛着扁担，拿着口袋，步行着，翻山越岭把粮食肩挑背背，买回来的。

"那怎么回来得这么晚呀？"母亲又问。

"这些卖粮食的都不敢在白天卖，怕被当成投机倒把分子，给抓起来哩。我们也怕粮食被没收了哩，所以只有等到夜晚，大街上没有行人以后，才敢买上粮食走。"父亲说。

"这么紧，那他们怎么还敢卖粮食呢？"母亲又问。

"他们的村子每年只给分点粮食，老百姓家里没钱花，所以平时节省下点粮食，想办法卖点钱，手里也有个零花吧。"父亲说。

父母还聊了好多话，但后来我渐渐睡着了，他们又聊了些什么事，我就不知道了。

感谢那晚的饥饿，让我听到了父母私下说的话，知道了他们为这个家所付出的辛劳。父亲和大哥，在这一天之中，出门在外，是如何吃的，又是如何喝的，在外整整一天，他们又是如何在黑天半夜挑着和背着粮食往回走这几十里的山路的？也感谢那一个香甜的小夏果，让我甜甜地入睡了，让我牢牢地记住了这件事。记不清那晚做梦了没有，我想要是做梦，那肯定是个美梦，一个可以吃得饱饱的，生活十分美好的幸福的梦。

以前父亲出去籴粮食，或者回来得早，或者我已入梦乡，第二天他们也不说，我也又照常上学去了。我们从来不知道父母为了我们是这般辛劳地付出着，更不会知道父亲出门买粮的艰辛。1974年的这一天，我却因为饥饿难眠，意外地听到了父母的聊天，知道了这次籴粮食的主要过程，知道了父母的不容易。

现在，我们的生活条件好了，父母却永远地离开了我们。每当想起这件事，我就不由得想到了刘和刚演唱的《父亲》，曲中那句"我的老父亲，我最疼爱的人，人间的甘甜有十分，你只尝了三分……生活的苦涩有三分，你却吃了十分……"深深地震撼着我。这就是我的老父亲，我深深地思念着的人。我们的先辈们太不容易了，我们不能忘记他们，我们一定要永远地怀念他们！

写到这里，我的眼睛被泪水模糊了，我深深地思念为我们操劳了一辈子的父亲、母亲！

存爱于心中，走遍世界

郑椀壬 *

　　大概青春总是疯狂的，在这锦瑟华年里，我倒也有一件事愿意和大家分享。

　　暑假时，在祖母家小住几日，却发生了争执，是年少无知吧，气性一上来，便是无事可挡，当即便让好友来接我，片刻便到了家。心中却忽然涌起一阵委屈，我竟是如此想念远在上海的母亲，父母离异，身边缺少父母的陪伴，心中千丝万缕的情绪，无人能感同身受。与母亲通了电话，她讲："你来上海好不好，妈妈带你玩几天，妈妈想你。"

　　决定做得十分之快，只在家收拾了一番，我便踏上千里之路。母亲是很节俭的人，却仍怕我禁不住火车高铁的时长，叫我坐飞机去。小城市没有机场，我便头天坐大巴来到了新郑，在旅馆住了一晚，第二天便踏上了路程。

　　讲真，这是我第一次出省。母亲叮嘱了我很多，甚至还要人送我来，都被我拒绝了，我是很想独立的，但我看着来来往往的行人还是迷了眼。到达机场时我努力学着和那些忙碌的大人一样镇定，却仍手足无措，但我深知继续耗下去是没有意义的。我尝试着询问工作人员如何取票，她很亲切地告诉了我，这叫我的心里涌起了一股勇气，后面的流程都顺利地完成。

　　我选择了靠窗的位置，望着天上飘着的白云感慨万千，它们终于不再是我童年里用铅笔勾勒的曲线，我从来不曾想过它们会这么真实地出现在我面前，我心中澎湃。我知道，这是对世界的向往，与母亲重逢的急迫，我感受着，在心中低语，上海，我来了。

　　下了飞机，我坐上地铁去与母亲会合，我自然是紧张的，一路上不停地看手机和地铁路线图，就像千万只蚂蚁在心口爬，同时心中有些害怕，倒不是地铁，而是与母亲不知分别了几个四季，我竟担忧起她是否还会和电话中一样爱我，喜欢我，还有是否会对我有所失望，觉得我不够好。

　　答案是什么呢？是我从闸机口走出她因为兴奋红透的脸，紧紧拥住我的双

---

　　* 作者简介：郑椀壬，一名来自河南省驻马店市的十五岁女孩，现在在郑州市上学，愿文化之火永远传递！

手，当时我觉得她竟快乐得像一个孩童一般，倒是自己像个成熟的大人。

我终于得解，因为我是她的女儿，她永远爱我，无论是怎样的我。

旅游和旅行的意义是不一样的，旅游仅仅是用双脚和眼睛，而旅行要带上灵魂和梦想。

我愿称此行为一次温情的旅行。

我见到了很多繁华到晃眼的地方，印象最深的是在夜晚站在上海金贸大厦从三百四十一米的高度俯瞰黄浦江两岸，只觉得下面的人小如蝼蚁，远处的建筑物鳞次栉比，万束灯光闪烁汇成了一条皓光闪耀的银河。它是那般的灿烂，那般的美轮美奂，魔都的魅力，实在名不虚传。

我在景色中突然明白，我自己拥有的是何等之少，而我从未拥有和永远不会拥有的是何等之多。

"人生忽如寄，莫辜负茶、汤和好天气。"我和母亲携手去的豫园，是热闹的，整条街都显得喜气洋洋。我看到了一家香囊店，便有了极大的兴趣，古香古色的装修让人不禁沉醉在悠然的环境里，在店内挑选好香囊的外观再根据描述的功效挑选好香料，看着人家细细研磨，心中似乎也被这细腻的南方情调打动，升起一股莫名的柔情。一位外国友人似乎也被打动，架起摄影机抓拍了这温情的一幕，他略微有些不好意思，我们互相点头致意后便离开了。

大致地逛了一圈儿，我们便去了城隍庙。进了庙内是要取香的，我取过后随着人流向四方敬拜，最后敬在一个炉中，万生面相皆凝重，一心敬佛洗尘埃。或是佛听所愿，下起了蒙蒙小雨，古老的寺庙在雨的笼罩下，像一幅飘在浮云上面的剪影一般，显得分外沉寂肃穆，庙顶上铺满了琉璃，金碧辉煌，屋脊上雕刻了神秘的印记，栩栩如生。

寺庙的钟声敲响，古老的声音透过世俗浸入人们的耳中，古木在风中低语，从树缝里筛下阵阵秋意，我望着母亲虔诚的脸庞，很想让时光终止于此，原来美好的尽头，是母亲。

她总要时刻牵紧我的手，嘱咐我一定要跟好她，却忘了我早已在不知不觉中长大，她很少真正陪伴在我身边，却也是为了我在千里之外漂泊数年，她总会尽她所能，给我最好的，她的爱总会在黎明前抵达，陪我开始迎接一次又一次的晨明。

我们又去了很多其他的景点，其中的繁华景象，自然是让人惊叹。原来世界上真的有很多很多种人用五花八门的方式生活着，他们拥有不同的价值观，让这个世界显得纷繁复杂又有趣，让理解他们的人有共鸣，不理解他们的人有话题。

这世界，远比想象中的宽阔。

再回小城，心境早已淡然，更有了目标，我看到了世界的繁华，母亲的不易，人生的多彩。我更深知，世界太大，自己很渺小，优秀的人不计其数，但我们的人生不能止步于此，迈过心中荒芜的野草，我们终将抵达彼岸。

路，永远在脚下，爱，一直在身边。人生如鸟，偶尔栖息停靠，但山高路远，看世界，也看自己，仰望未来，心中有爱，走遍千山，方知万水。

珍贵的纪念

诸宏明[*]

我的父亲是位"老邮政",又是个集邮迷。他平生热衷收藏的一般仅限于邮票,只是例外地保存着一枚旧钞。

父亲把它单独夹在集邮册的一页里,似乎看得比他所有的邮品都珍贵。尤其每逢国庆佳日,他总爱翻开那本紫红色封面集邮册,目光沉浸在放有旧钞的那一页里,久久不忍离去……

父亲的"宝贝"是一张中国人民银行早年首版发行的人民币,面值贰佰元。它的正面为暗蓝色,中央照例印着大写的面值:"贰佰元",左右分别是北京天坛和卢沟桥的景色。奇怪的是,反面棕色的花纹图案居然完全印颠倒了,并且偏斜到票面左侧尽头,而在右侧空白处,却又多印上一条毫不相干的花边。

这是一张已经流通过的旧纸币。它带有明显的折痕,还沾有星点油污,作为收藏品,"面相"实在欠佳。但父亲为何如此珍爱呢?

20世纪90年代,社会上突然刮起一股炒"错币"风,动辄开价成千上万元。我蓦然想起,父亲拥有的那张旧钞,不正是早期人民币中少见的"错币"吗?而且已经保存了近半个世纪,实属弥足珍贵啊。

当我兴冲冲地把想法告诉父亲时,他却淡然一笑:"印刷有误的纸币不等于是错版币,虽然因为不多见,有一定收藏价值,但绝不致价值连城!"

父亲沉思了一会儿,"不过有些东西的价值并不是可以用金钱来轻易衡量的呀!"

接着,父亲给我讲述了这张纸币的来历。

1949年春天,我的家乡无锡解放了。父亲工作的邮电局作为政府机要部门,立刻实行军事管制。

---

* 作者简介:诸宏明,笔名"黑七段"。20世纪80年代企业工程技术人员。现为退休机械工程师,终生文学爱好者。作品曾获市级征文比赛,广告语大赛一等奖,以及全国性的散文诗歌比赛银奖等。

头一天，军管会的负责人召集留下来的人员开会，欢迎大家参加革命队伍，革命不分先后，共同为建立新中国而努力奋斗！

会上还宣布了对留用人员的三不政策："一、不改变工作岗位；二、不改变工资待遇；三、不侵占私人财物。"

军管后，除了平时多一些政治学习外，一切跟以前一样。父亲和同事们，也从内心希望能多学习，赶快进步，赶上新中国前进的脚步！

本来父亲最担心的是工资待遇问题，一家老小要靠它养活啊！因为像父亲那样的邮电局资深老职员，薪金颇丰。当时不论在社会上，还是在局内部，收入都算比较高的，比招聘进来的大学生还高出一大截呢。

无锡解放后，采取的办法是：假如按新的工资评定标准，父亲如果拿不到原先那么多钱，那就按照"保留工资"补足他原来的收入。

对于共产党人真心诚意，实事求是以及说到做到的作风，父亲和老同事们无不从心底钦佩！

由于心情舒畅，父亲和军管会的同志相处很融洽。有时节假日就邀请干部、战士到家里来玩。

当时军管会有位战士喜欢到我家来看父亲的收藏品——邮票，一来二去，跟父亲相处得很是熟稔。

有一天，他匆匆来找父亲，说接到命令，马上要随部队南下。

告别之际，在山花烂漫的惠泉山下，这位年轻的战士突然掏出一张纸币递给父亲，说："这张印错的钞票，是我在渡江前夕偶然得到的。我知道你喜爱收藏，就留着做个纪念吧！等不打仗了，我再到你家来看你的集邮册。"

小战士又不无遗憾地说："虽然票面上'中国人民银行'几个字由华北人民政府主席董必武所题，但年号仍用的是'中华民国三十八年'。我想，等到全国解放，这样的旧年号就永远不会出现在新中国的人民币上了！"

他挥手而别，最后留下这样的话："我要为此去战斗！等我回来！"父亲目睹着他年轻的身影，渐渐消失在惠山山麓的阴影里，久久不舍离去。

新中国成立后，父亲却一直得不到那位战士的消息。后来才辗转打听到，他已在解放大西南的剿匪战斗中英勇牺牲了，长眠在贵州山区的崇山峻岭中。

我的心被彻底震撼了，我终于明白了这张纸币的价值，明白了父亲为什么如此珍惜它！

又是许多年过去了，父亲也早已永远离我而去。在中华人民共和国的每一个生日里，我总会翻开父亲留下的那本紫红色的集邮册，仿佛又看见父亲的音容笑貌，听到他讲述那感人的故事。

这一张两面印颠倒的人民币旧钞，仍然静静地躺在那里。它薄薄的身躯里，似乎蕴含着革命战争年代的烽火硝烟，铭记着新旧中国交替的伟大历史瞬间。

这是多么珍贵的纪念！

我给儿子当翻译

韩荣艳 *

翻译，顾名思义就是把一种语言翻译成另外一种语言。

要与残疾人交流，却要有一种特殊的交流方法。我翻译的就是儿子自编的哑语。

儿子由于出生时脐绕颈三圈脑缺氧患上了脑瘫，从出生到现在只会说：爸，妈，姥爷，阿姨，有时特别着急会喊一声妈妈。

他与聋哑人不同。他不是生活在一个无声的世界，他的耳朵极灵，肢体和语言却有很大的障碍。他的语言是自己想的也是自己编的，这就增加了与人交流的困难度。

我很伤脑筋。如何才能让别人听懂他的话，让他能和正常人交流？我细心观察他的每一个手势，有的手势很形象，一看就明白。例如，吃包子，用两只手做归拢状，就是蒸包子的手势。吃烙饼就用两手翻过来的手势。吃饺子就是捏的手势。当你每次猜对他的手势时，他会高兴地伸出大拇指夸赞你"高"。

在他妹妹没有出生的时候，他已经为我们的四口之家编出了各自的编号，我是七，爸爸是八，他自己是九，未出生的不论是弟弟还是妹妹就是十。他每天都会贴在我的肚子上听一会儿，看看十动了没有。妹妹出生后儿子可高兴了，什么吃的都让妹妹先吃。他要是想找谁就伸出手指一比画，我们就知道他找谁。妹妹两岁就给她送到幼儿园了，幼儿园的老师说："你看你多累呀，白天上班还要带儿子，把女儿整托吧，你还能轻松点。"整托没跟儿子说，晚上不见妹妹的影子，他就着急地用手比画：十呢？给妹妹整托了，非让我把妹妹接回来，我拗不过他，把妹妹接回来了。

他妹妹的出生给我们的家庭带来了欢乐，随着成长的岁月不断拉长，她也能帮我们翻译儿子的哑语了。

---

* 作者简介：韩荣艳，女，64 岁，籍贯北京，大专学历，是一位自由职业者，热爱文学写作。座右铭：上天给了我一个特别的礼物，我将用我的一生去享受拆礼物的过程——一位脑瘫孩子母亲的自述。

儿子喜欢吃酸菜，但他的酸菜的表达方式就比较特别，用了半天手势我也没看懂，急得他满头大汗。最后，他用一棵白菜，放在缸里，又拿来醋瓶，我才知道他要吃酸菜。以后，就用醋瓶代表酸菜。

有的哑语包含好几个意思，也会让我很难看懂。

面条用擀的手势表达。可是面条有好几种，挂面，手擀面，方便面。不知道他要吃的是哪种。我实在猜不出来的时候，就发动全家人来猜。问他是"挂面"吗？他摇头，是"方便面"吗？他还是摇头，妹妹说是"手擀面"吧？他高兴地咧着嘴点头。还伸出大拇指夸他妹妹聪明。

他有一个很重要的爱好就是看电视剧，所有的电视剧的名称他都有自己的方法诠释。像大家都熟悉的"戏说乾隆"用手指耳朵，"雪山飞狐"就用飞的手势，"年轮"就用手转个弧形。这些电视剧都是他当年的最爱。这么多年过去了，他依旧清晰地记得，当年有种每周都介绍电视剧名称的周刊，在我们看不懂他说的是什么电视剧的时候，他就拿出来让你看，他能正确地指出刊登的位置，那时候我才知道他是认字的，我觉得很奇怪，因为他没上过学，我们也没教过他。他现在能看报纸，看直播，还给主播点关注。他还喜欢听音乐，他可比健康的人还会听。那时候只有磁带，他就买录音机，买磁带。后来家里买了VCD，我们都出去了，回来一看他自己看VCD呢，他爸爸都认他当师傅，电视和VCD有问题的时候都要问他。后来家里买了DVD。自从有了VCD他就开始买光盘，一点也不落后于这个时代，我们经常带他光顾音像店，就算不富裕，我们也不想抹杀掉孩子的爱好。去音像店，他比谁都熟悉，当他自己能去的时候就自己去买需要的东西，在我家从录音机到DVD再到手提电视应有尽有，有人说我家都能开店了，我想也是。

转眼到了2003年，我得了阑尾炎，我儿子用他的哑语告诉我，生十的地方有瘤子，我说"你怎么知道的？"，他说那个不用管，把脖子那个瘤子拉了阑尾炎也拉了。我去妇科检查开了B超，还真是有子宫肌瘤，一年以后再做B超真没有了。我坚信我的儿子有特殊的功能，能判断天气，不看表能知道几点，上下不到十分钟。更奇怪的是能说出怀的是男孩女孩。他四姑怀孕了，问他是男孩女孩？儿子跟她说是男孩。有一天他四姑说萌萌跟她姥姥一样真聪明，我儿子指着自己意思是他也聪明，四姑没给好话，他就说四姑生的跟妹妹一样是女孩。还真生了个女孩。有时候他还自告奋勇给人家孕妇猜男孩还是女孩。美发店的老板女儿和儿媳都怀孕了，他说女儿生女孩儿媳生男孩，一个月以后我看见老板的女儿说她生的是女儿，说他说得真准。

他也很会和邻居"攀交情"。最初没有人知道他在说什么，他就让我跟在他身边，在别人听不明白的时候，我就会准确地翻译出来给他们听，邻居们很是惊讶地说："你怎么知道他在说什么？"我说："这么多年我从来没有离开过他的身边，他去住院，我就把献血休息的时间换了，陪他去住院，每天都得陪着他。"很多手势也是一点一点地猜出来的。我们全家现在都能翻译他的哑语了。时间慢慢地流逝着，邻居们渐渐地也懂得了他的语言，经常与他闲聊，他从心里感到开心。这种孩子的脾气比较古怪，经过这样的交流他的脾气也改了不少，在世人眼里也许不懂他的"语言"跟他交流很荒唐，但是他和所有的人一样会真诚地和所有人交流，想融入正常人的生活里。

虽然身体有欠缺，但人的本性并不比正常人欠缺。"人之初，性本善。"他的脑子里都有。2008 年汶川地震，他跟我打着手势说捐款，他在 300 元钱的残疾补贴款里拿了 50 元钱到居委会捐了。一次我带他去姥姥家，坐公交车，一到车上，司机就问我，我是他什么人，我想他可能又惹事了，我说我是他妈妈，怎么了？司机说我儿子可好了，经常给老人让座。我为他的善举感到自豪。

三十多年来，我为儿子翻译了所有能说的"语言"，从日常生活到与人交流，从在家里的琐事到外面的一切。还有让他对社会进一步了解，了解人与人之间的关系，只有我这个翻译做好了，才能让他的生活更充实，如今他可以自如地和周边的人交流了，我这个翻译也该休息一下，转移到下一个战场——伺候失能的老公。人就是这样，没有闲的时候！

阳光正好

黄晨欣 *

　　小兮百般无奈地趴在窗台上，呆呆地看着中午的阳光透过薄薄的浮云轻悠悠地落在窗台。阳光随着时间慢慢偏移，此时，不偏不倚，正好落在她眉心。

　　"咔嚓——"开门声伴着几声清脆的钥匙声，妈妈回来了。小兮踏着"咚咚"的脚步声冲上前去。

　　"怎么样？今天的阳光多好啊，可以去游乐园了吗？"小兮舒展双臂，抱住妈妈的腰，抬头撒娇似的咧嘴笑道。

　　"呃，今天？今天算了吧。"妈妈揉揉小兮的脑袋，将黏在腰上的手掰开。

　　"凭什么！"小兮叉着腰，嘟着嘴巴叫嚷着："前几天下雨，不去便罢了，今天天气晴朗，又是周末，还有什么理由推辞？"

　　"不关你事。"妈妈侧着脸，"哪有那么多什么理由？你也不小了，从今天起别和我们睡在一个房间了，搬去你哥哥的卧室睡吧。"

　　"那是男孩子的卧室，又脏又臭，我要和妈妈睡，才不要睡这儿！"小兮走向哥哥卧室，踮起脚，随手将桌上的几本书推倒在地，随即一屁股坐在旋转圆椅上。

　　"别转移话题！"她扭扭屁股，"哼哼"地叫着。

　　嘴上这么说，小兮却想：我睡哥哥房间，那哥哥睡哪儿？和爸爸妈妈一起睡吗？想到哥哥一个七尺男儿像自己一样夹在父母中间睡去，那脑补的情景让小兮"扑哧"一下，不小心笑出了声。

　　"小兮！"妈妈却意外的严肃，眉头微皱，厉声吼道："你怎么能说哥哥的房间又脏又臭呢？早告诉你了，你哥哥的工作很有危险性，他太累了，我们得去陪他，你何时能懂事些！"

---

* 作者简介：黄晨欣，一位高一的女生，喜欢写作，擅长散文、议论文的创作。对人生有不同的看法，写着写着易形成具有悲剧色彩的文章，其实生活中是位很爱笑的小女生，在别人眼中大概是大家闺秀的样子。有点古灵精怪，脑海中常常有些奇特的想法，有了灵感，会及时记录下来。

"他？他一成年人有什么好陪的？前几个月不是才回来了吗？看他都是笑呵呵的，壮实得很，哪有什么危险嘛！"小兮来了气，猛地站起，圆椅摇摇晃晃地摆了两下，"你们有多久没陪我了？就因为哥哥是男生，我是女生？重男轻女什么的见鬼去吧！平时就算了，但今天……"

"今天是我的生日啊！"她带着哭腔吼着。

"你……"妈妈欲言又止，转身将卧室的门"哐"地带上，"写作业去！"

"切！"小兮又委屈又气愤，坐在圆椅上，狠狠地朝书桌蹬腿，任凭椅子的滑轮使她跌跌撞撞地向后滑行。

初秋的阳光在树叶间穿梭，透过白纱的窗帘倾泻在卧室，留下满地斑驳。

良久，爸爸回到家，向沙发上一靠，用沙哑的嗓音说："怎么样？你怎么对小兮说的？"

"没有说。"妈妈激动地低声说，"今天是她生日，你知道的。生日不适合说这些。"

"嗯，她只是个普通女孩啊，我们欠她一个生日。"爸爸从沙发上站起来，"她需要普通的长大。"

"你认为，一个失去哥哥的女孩要怎样才算'普通的长大'？"妈妈的声音颤抖着。

"呼呼"，小兮猛地把门打开，随之而来的是一股悲伤。

连阳光都是悲伤的。

"你刚听到了？"

"嗯。"

"你哥哥他啊，是个很善良的人呢……"

"嗯，我知道的。"小兮站在原来的地方，"哥哥他……"

"他，他不在了，再也回不来了！"这几个字妈妈说得无比艰难。

"……"小兮虽已做好了准备倾听现实，此时心脏仍漏跳了一拍，整个世界都安静下来，只剩下急促的、心脏怦怦跳动的声音。

阳光在掉在地上的书上不停跳跃，不停闪烁，似乎也有什么东西在小兮心里反复横跳，揉得她心里生出酸疼感，痛得她眼角挤出几滴晶莹的东西。

朦胧的阳光与泪水交织，恍惚间她好像看到哥哥在不远处笑着向她招手，唤她的乳名。梦里的小兮再次成了有哥哥的幸福小妹妹。

几个月后……

"我的梦想，是做一名消防员哦！"校园里，少女们叽叽喳喳地围成一窝。

"女消防员吗？好罕见！"

"好特别！话说，小兮你哥哥也是消防员呢！"

"是啊……"小兮歪着头，"很酷，对吧！"

她看着蓝天白云，自言自语般地喃喃道："我啊，要成为比哥哥更棒的消防员。"

此时，阳光正好，不偏不倚，正好落在她眉心。

不偏不倚，正好落在未来，落在爱与希望生根发芽处。

不偏不倚，当多年后的小兮穿上橙色制服，那时的她，正值风华正茂的年岁。

阳光，落下，留下的不只是黑暗，还有即将开启的新的阳光！

谨以此文纪念牺牲的消防员，你们都是大英雄。记得有位消防员牺牲时年仅二十来岁，家中有位妹妹，大约十岁，当时的我，看了这篇文章后，顿时泪流满面，看到他妹妹捧着哥哥的遗像，我感到了深深的悲伤。致敬，英雄们！

黄丫头的郭爸爸

黄迎霞 *

1975 年，在我刚出生一百天的时候，我的父亲因病离世了。当我牙牙学语的时候，只记得我有一个郭爸爸。他是个铁匠，高高的个子，花白头发，古铜色的脸上布满了皱纹。眼睛不大，却很有神。因为长时间弯腰打铁，背有点驼。

后来，我上学了，看到同学们的姓都和爸爸一样，有点纳闷，为什么我爸姓郭，我却姓黄？再后来，有人说，我的郭爸爸不是我亲爸。可是，在我心里，我的郭爸爸就是我的亲爸。他常常给我买好吃的，还喜欢在别人面前夸我。而且总是笑眯眯的。

1978 年，妈妈生了弟弟。从此，爸爸妈妈，哥哥弟弟，黄丫头有了一个不算富裕，却也温馨的家庭。

然而，好景不长，1985 年 3 月的一天，我放学回家喊妈妈开门，好半天也没人开门，我哭着去找爸爸，当时爸爸在学校干活，刚好在回家的路上。看见泪流满面的我，爸爸急忙把我抱在怀里，给我擦眼泪。最后却等来妈妈服药自杀的噩耗！顷刻之间，仿佛天塌了一般……当时，哥哥十四岁，我十岁，弟弟才七岁，看着这三个只知道哭的孩子，爸爸也是泪流不止。后来才知道，当时，爸爸老家已经给他办好了准迁证，准备带着弟弟迁到河南。到最后，爸爸终是舍不得我们，毅然选择了留在山西，从此过着既当爸又当妈的生活。

一个大男人，既要赚钱养家，还要洗衣做饭。在那段难熬的日子里，我看到爸爸经常一个人发呆，做饭时一个人偷偷抹眼泪……那时候我就想，等我有能力了，一定要做个孝顺的女儿。我清楚地记得，我们晚上从邻居家看电视回来，不管多晚，爸爸也要给我们做晚饭吃。我的爸爸没有让我们兄妹三人没饭吃。虽然没有吃过大鱼大肉，吃的饭菜却也是可口，热乎。

那时候，家里所有的重担爸爸一个人担，本来就不太富裕的家庭更是举步维艰。家里再难，爸爸也没有让我们兄妹三人退学。爸爸说，"你们能上到哪里

---

* 作者简介：黄迎霞，女，47 岁，汉族。本人从小热爱写作。1991 至 2005 年从事乡村教师工作。期间多次参加学校总结工作撰写。多次受到学校领导好评。

我就供到哪里"。现在的我能真正体会到爸爸当时有多难，三个孩子上学要花钱，家里大事小情都是爸爸一个人扛。我想，当时最让爸爸骄傲的就是我在学校考试考第一名了吧。

记得我上二年级的时候，我们班有个女生叫郝小爱，她爸是校长，她考试老考第二名，我第一。她就很不服气，教唆我们班女生都不要和我说话，要孤立我。我气得直哭，回到家给爸爸说，爸爸气得火冒三丈，到学校找学校老师理论，老师公平处理了这件事。爸爸对我说："只要爸爸在，谁也别想欺负我闺女！"望着爸爸有点驼背的身影，觉得爸爸就是最帅的英雄！

就这样，爸爸在风风雨雨中把我们兄妹三人拉扯大，接着就给哥哥娶媳妇。哥哥结婚了，别人有的，哥哥嫂嫂都有。接着是我出嫁，弟弟娶媳妇。几年过去了，爸爸的背更驼了，腰更弯了，头发全白了。爸爸为了这个家，付出了太多太多……

一转眼，我的爸爸就老了，本该是享福的年龄了，可是他老人家一刻也不得闲。今天给哥哥家干农活，明天给弟弟家接孩子。每年到有槐米的时候，爸爸就会开着他的专属电动三轮车，带着他勾槐米的专用工具，每天早早出发，去路边采摘槐米，回来再晒干，最后卖给小商贩，赚到钱就攒起来补贴家用。爸爸还当过库管，看过大门，只要是他能干的活他都干。我们兄妹三家盖房子，爸爸给每家添两千元钱，他说，不管钱多钱少，这是他的心意。我爸是世界上最勤劳的爸爸！

每到逢年过节的时候，只要我在家，就去看他老人家，去的时候给他带些好吃的，爸爸总说，人来了就好，不要买东西、乱花钱。换季的时候我带爸爸去县城买衣服，他总说他有新衣服，啥也不用买。给他零花钱，他也不要，总说自己的钱够花。我的爸爸就是这样，什么事只要自己能解决，就不麻烦任何人。做什么事总是先考虑别人，再考虑自己。

在这个经济腾飞的时代，在农村种地，收入远远不够一家人的开销。于是，我和弟弟都去外地谋生。在我心里总觉得爸爸身体还好，从没想过他有一天会离开我们。然而，不幸的事情还是发生了。

那是 2017 年农历十一月，远在天津的我接到哥嫂的电话，说爸爸住院了，这次有很不好的预感，问我们能不能提前回去。当时我们在天津一所大学餐厅里上班，一打听，学校再有半个月就放假了，心想着，也就两个星期，应该没问题吧。谁能想到，老天竟然不给我们回家看爸爸的机会。两天后，哥哥电话又打过来，说爸不在了……一时间，我大脑一片空白，不知道该做什么……

当时，还下着大雪，高速封了，高铁也没票，幸好有机票。当我回到家里的时候，爸爸已经安详地躺在那里，从此再也听不到爸爸说的话，再也吃不到爸爸做的饭，再也听不到爸爸那爽朗的笑声……刹那间，泪水模糊了我的双眼，就像泄洪的闸门打开一样，眼泪再也止不住了……爸，我的好爸爸，你怎么能这样，不再等等我，我还没好好伺候你老人家，还没好好孝顺你老人家，你怎么就走了？多想再听爸爸说一句：丫头，你回来了。

爸爸下葬那天，天气格外冷，村里的父老乡亲都出来送爸爸最后一程，我们兄妹三人都哭得一塌糊涂，乡亲们也纷纷落泪。爸爸的挚友张老师给他送来挽词："人生自古谁无死，留取丹心照人间！弯腰驼背，省吃俭用，辛辛苦苦，只是为了这个家！"这是张老师对爸爸的评价，也是爸爸一生的真实写照！

爸爸这一生活得太苦太难太累，苦得让人心疼。正如刘和刚老师唱的那首《父亲》，人间的苦有三分，你却吃了七分，这辈子做你的女儿，还没有做够，央求你下辈子还做我的父亲！

爸，虽然这辈子你不曾富有，却给我们留下宝贵的精神财富，您教会了我们勤劳、善良和坚强！您虽然很平凡，却做到了许多平凡人做不到的事！您虽然驼背弯腰，满头白发，但在我心里您就是个顶天立地的英雄！

树欲静而风不止，子欲养而亲不待！人总是失去了才懂得珍惜。爸，我们都很爱您，只是不善于表达，您走了我们才会觉得有太多的遗憾。所以我想对大家说，家人之间的亲情之爱，也需要我们表达出来。有时间多陪陪老人，或者多和老人打打电话聊聊天，这也是孝顺老人的一种表现。最后，愿我的爸爸在天堂不再有磨难，愿所有的爸爸能安度晚年。

诗人与战士

李鲜丽*

酷暑的余热还没有褪尽，秋风就已经悄悄地吹黄了苞米，吹红了高粱。当它吹到我的脸上时，脑海里闪现出郭小川的诗句："秋风像一把柔韧的梳子，梳理着静静的团泊洼……"

1978 年在师范读书的时候，我读到了郭小川的诗《团泊洼的秋天》，也就是从那时起我知道了郭小川并喜欢上他的诗。后来我又读了他的多部诗作，可是我仍对《团泊洼的秋天》情有独钟。

《团泊洼的秋天》写于 1975 年 9 月。当时诗人郭小川正在团泊洼"五七"干校下放劳动。

正是这个原因，我每每读郭小川诗作的时候，就对他有一种父亲的感觉，总觉得《团泊洼的秋天》里有父亲的影子。

1968 年 10 月 5 日毛主席发出指示："广大干部下放劳动，这对干部是一个重新学习的极好机会，除老弱病残者外都应这样做。在职干部也要分批下放劳动。"此后，全国各地的党政机关都纷纷响应，在农村办起"五七"干校。

父亲和他的同志们响应毛主席的号召，去了位于盘锦垦区胡家公社的辽宁省"五七"干校。

当时的盘锦并不是鱼米之乡，它既不盛产优质大米，也没有肥硕的河蟹，更没有辽阔的油田和风景如画的红海滩，是一片尚未开垦的处女地。无边无际的芦苇荡、植物难以生长的盐碱地，还经常伴有洪涝、冰雹、龙卷风等自然灾害。选择这样的地方建立"五七"干校，正适合党政机关的干部，大专院校的教师、专家，文艺工作者等知识分子参加体力劳动，接受贫下中农再教育的指示。

父亲是 1968 年末去"五七"干校的。那年我 11 岁，小学三年级还没读完就"文化大革命"了，停课在家。爸爸去了干校，幸好还有妈妈在家照顾我和

---

* 作者简介：李鲜丽，64 岁，中学高级教师，沈阳市优秀教师。

两个弟弟，我们才没有成为"留守儿童"。"五七"干校有严格的纪律，除了过年过节，是不可以随便回家的。我们家里和爸爸的联系就靠我写信了。信里尽管有很多错别字，但是爸爸能读得懂，而且每次给我回信的时候都加以纠正。那时候我还不懂得查字典，后来爸爸送给我一本四角号码字典，我又传给了儿子，至今还保存着。"盘锦垦区胡家公社姚家大队'五七'干校七连"，这个地址牢牢地烙印在我的心上，一辈子都不会忘记。

记忆最深的一次是，爸爸突然从干校回家来了，因为在修建胜利塘时受伤了。胜利塘是盘锦一片大苇塘的名字。干校学员一批批开赴那里要修建一条水渠，保证来年春耕前通水，爸爸就是在这里干活时腰被大车撞了，回沈阳来治疗，这才使爸爸有机会在家待了些天。同时也让我有了机会了解爸爸在"五七"干校都干什么，在那里怎么生活，但是十几岁的孩子是理解不了"下放劳动"的真正含义的。

我记得最清楚的是：爸爸生活的"五七"干校没有淡水喝。夏天喝苇塘里的水，里面有很多活蹦乱跳的小虫子。冬天刨下苇塘里的冰块，挑回来化成水喝，水里漂着苇叶。白天劳动，晚上还要开会学习，写思想汇报。那些不是党员的人，还得好好表现，争取火线入党。爸爸还给我讲了干校里的那些女演员们（韩少云、筱俊婷、花淑兰等）是怎样参加艰苦的体力劳动的。

半个世纪过去了，童年的记忆还是那么清晰。更重要的是，从那时起，我年幼的心灵里开始理解父辈们的艰辛。知道他们要在不同的历史时期去面对突如其来的运动和意想不到的政治冲击。

尽管我的父亲不是诗人，也无法写出《团泊洼的秋天》这样的诗篇，但他是真正的战士，他有钢铁一样的意志。从攻打锦州到解放海南岛，从广西剿匪到抗美援朝，他身经百战，戎马倥偬。他就是一部鲜活的革命史诗。

郭小川也是以刚直不阿的气节表达了革命战士不畏权势、不畏强暴的信念与誓言。"是战士，决不能放下武器，哪怕是一分钟；要革命，决不能止步不前，哪怕是面对刀丛。"这是何等豪迈的气概啊，只有"战士诗人"才会拥有这种气魄！

这就是我喜欢郭小川和他的诗歌的原因。他的诗中有我的父亲，我的父亲又是他诗中的战士。

——父亲、诗人，你们都是战士。

2011 年夏末秋初

人行好事，莫问前程

钟荡 *

"人行好事，莫问前程。"这句箴言是我一生做人的标准。

父亲小时候一直跟在姑奶奶身边长大、上学。姑奶奶家是地主，姑老爷有病，过早去世了，姑奶奶无儿无女，就把我父亲当作自己的儿子去教育抚养。听我父亲说，抗日战争时期到处流亡、要饭的人只要到姑奶奶家，姑奶奶就会留他们，不管是白天还是夜里，做烙饼、滚煎饼给他们吃。时间久了，姑奶奶便给他们盖了房子、给了地种，再后来，他们娶妻生子，倒成了闫楼村的村民了。姑奶奶的善良、大爱影响着我的父亲，父亲考上西安第二炮兵学院，在那个时代能考上滕县一中（现在的滕州市一中）就已经名声大震了，由于受到家庭成分的影响，政审没有通过不能上军事大学，父亲没有怨言，去了曲阜师范学院。毕业分配，父亲没有到离家很远的城市做老师，而是回家办了一所学校。当时是当地的重大新闻，好多人说我父亲傻，公办教师不当偏当民办老师，没有工资，只有工分。姑奶奶却劝说："人行好事，莫问前程。"

从我记事起，父亲一到星期天、暑假、寒假，就带着我去十几里外的闫楼村去看望姑奶奶，父亲帮着姑奶奶种地、干活。姑奶奶总是提前把最好吃的东西留给我。上初中的一天，我和父亲去姑奶奶家，姑奶奶从屋里起身迎接我们时不小心摔倒在地上，我们急忙用地排车把她送到了三十多里外的八一医院治疗，结果是骨头摔碎。动手术安钢卡，住了一个多月的医院。这时的姑奶奶已经六十多岁了，不管是住院期间，还是在我家养病期间，闫楼村农民几乎全部出动了，来看望她。在那个贫穷年代，有的拿上十几个鸡蛋，有的买上点饼干、奶粉来看望这位曾经救过他们，改变他们命运的老人。我们家从此也热闹起来，每天都有人来，不管是亲戚，还是朋友，有的还要抢着接姑奶奶去他们家住上一段时间。这时的姑奶奶已经不是我的姑奶奶了，她是大家的姑奶奶，一年四

---

* 作者简介：钟荡，山东省滕州市人，中建八局第四建设有限公司项目安全总监。国家注册建造师、安全工程师；建筑企业管理、现场管理专家。在省级、国家级各报纸刊物发表诗歌、散文、论文等多篇，获奖多次。学习研究中国历史、国学、《红楼梦》等文化。

季大家就这么照顾着这位老人。姑奶奶一到暑假、寒假、中秋节、春节的时候就在我家住，她知道我不去上学。我趁这时候就和她睡在一张床上，她就给我讲故事。我专门从学校买回白馒头给她吃，姑奶奶最喜欢吃学校里蒸的馒头了，我告诉她是机器蒸的馒头。姑奶奶从来没有生过气，白皙的脸上总是笑容满面，遇到阴雨天气伤口疼的时候她也就哼哼两声。

我上初二时，父亲转为公办教师，全家也转为非农，教育局也调我父亲去滕州一中任校长，父亲没有去，教育局就将父亲调去了十四中任校长，一干就是二十多年，直到退休。后来我问父亲为什么不去市一中，父亲说我们一走就是去城市，你姑奶奶也要去，可是这么多的乡亲都想看看姑奶奶，是不愿意让她走的。姑奶奶也不想去，她会孤单。十四中离家近，不需要搬家，乡亲们照常看望姑奶奶。后来听母亲说一开始在村里办学校，不出去教学也是为了照顾姑奶奶。1989年我毕业后分配到一家企业当了秘书，每周回家就向姑奶奶说企业里、城市里的事，这时的姑奶奶已有八十多岁的高龄了。姑奶奶告诫我的第一句话就是"人行好事，莫问前程"。1995年春节过后，92岁的姑奶奶安详地离开了我们。姑奶奶去世一两年，闫楼村的有些村民带着钱到我们家，说姑奶奶生前借给他们的钱，要还上。父亲没有要，说姑奶奶活着时，你们困难还不上，现在姑奶奶走了，她也用不着了。

每当我回家看望父母时，看到满院的花落花开，就会想到姑奶奶吟上一句"夜来风雨声，花落知多少"的场景。

"生如春花之灿烂，死如秋叶之静美。"她的善良、温暖和大爱影响了我们几辈人。

胡适在《我的母亲》中写道："如果我学得了一丝一毫的好脾气，如果我学得了一点点待人接物的和气，如果我能宽恕人，体谅人——我都得感谢我的慈母。"他这是多么像写我的姑奶奶呀！"人行好事，莫问前程"也就成了我一生做人的标准，它给了我前进的指向，它让我一路走下去，一生都很幸福！

你们安好　我便幸福

何将*

　　我的家是一个半农民家庭，父亲是一名乡镇中学老师，母亲是农民，家里种着爷爷分下来的两亩多地，还靠养猪、养鸡来提高家里的收入。从小时候开始，除了父母的教育，做不完的农活也成了逼迫我用功读书的动力，那时也没有什么远大的志向，只想通过努力读书来避免将来种地的命运。

　　大学毕业后，经过十多年的打拼，我终于在省城安定了下来，在城里有了一套属于自己的房子，也有了一份别人看来还算体面的体制内工作。

　　想到父母为了我和妹妹操劳了一生，甚至在我们结婚、买房等人生大事上，他们都还不计回报地付出，于是就萌生了想把他们接来一起生活、安度晚年的想法。只是当时父亲还没退休，家里也还种着地，我只能暂时按下这个念头。

　　去年春节前回老家吃"杀猪饭"，当时父亲已经退休在家，我觉得这是和他们谈话的最好时机。晚饭后，趁着一家人其乐融融，我正式提出了让他们搬到城里和我们一起生活的想法，为了增大说服的可能性，我还列举了单位好几个同事的例子，都是把父母接到身边一起生活，既可以照料父母，也可以请父母帮忙带带小孩。父亲倒是没说什么，乐呵呵地说道："好啊，正好我也想去过过城里人的生活。"

　　母亲在一旁不吭声，我猜想她大概是不想去的，因为之前爱人坐月子，就是她来照顾的，并不是因为婆媳关系不好，而是不习惯城里的饮食和生活环境；在那之后，我长时间出差和外出学习期间，她也曾来过家里帮衬过几次，但她从来不多住，我一回家的第二天立刻就走，用她的话说就是，白天吃不好、晚上睡不着，城里的空气没农村的好，吃的猪肉和蔬菜都靠饲料和农药催出来的，不香也不健康。难得那天晚上，母亲没有反对，她也赞同地说道："那就春节去住几天，看你爸能不能住习惯再说。"

　　临近春节，父母终于赶在大年三十那天姗姗到来。他们是开车来的，家里

---

　　* 作者简介：何将，笔名小河湾湾，云南宣威人，1985 年出生，文学爱好者，平时喜欢看看书、写写心得，愿尽述辛酸苦辣，以证世间来过！

养的、地里种的把后备厢塞得满满的。一见面，我就问，为什么不早点来，母亲得意地笑着说："嘿嘿，今天过路费不要钱。"

为了给父亲留下城市生活好的印象，从大年初一到初五，我带着他们逛遍了城里的公园和景点，也带着他们下馆子，吃各种小吃。正月初六那天，本来计划还要带父母出去逛的，但他们主动提出要在家休息一天，说是我第二天就要上班了，这几天陪他们太累，就在家好好休息，我也答应了。

吃过晚饭，父亲突然来了一句："明天你好好上班，我们就回老家去了！"我一听，急了，忙问："回去干什么？你不是都退休了吗？""回去种庄稼、养猪啊！"父亲笑呵呵地说。我气愤地质问："你都种了一辈子的地了，还种不够？""你不懂，那是你爷爷留给我们的地，当然要把它种好！"父亲接着说，"我们在家种种地、养养猪，一来是可以有点事情做，还锻炼了身体；二来种出来的粮食和养出来的猪肉都可以分给你们一点，又健康还能替你们省点钱。"

我不甘心地又问："难道城里生活不好吗？"父亲又接话说："城里生活当然是好的，可是我们闲不住，再说孩子你们也照顾得过来，我们在这就成为你们的负担了。"母亲是打定主意不说话了，其实家里的一切大事几乎都是她说了算的，她不说，那就是他们早就商量好了的，由父亲来拒绝我也是最好不过。感到自己的一番好意被辜负，我生气地说道："随你们的便，爱去哪里去哪里！"

晚上躺在床上，我翻来覆去睡不着，怎么也想不明白，从小就是父母一直鼓励我要努力到大城市生活的，反而到他们就不愿意呢？爱人在一旁安慰我说："别想太多了，也许是他们还不习惯吧，不如就尊重他们的选择，只要他们都好好的，怎么过着舒服就怎么过！"

第二天早上，我起来准备上班，父母也早已经起来了，我还是心里烦躁，顾不上搭理他们，冷着脸就出门上班了。

上班没多久，爱人就给我打电话来，说是父母已经走了。挂了电话，我泄气地靠在椅背上，他们走得真是干脆。

下班回家后，我用微信向母亲发了个视频通话，视频里，父母还是乐呵呵地笑着，前一天的不快仿佛没有发生过，我只能叮嘱他们多注意身体，少干点农活。

时光荏苒，离父母回老家已经快两个月了，每周我都会和他们视频，聊聊他们的近况。他们又买了两头猪养着，地里的庄稼也都种下了，晚间有空了就去村里串串门，打打扑克，也能有一番乐趣。

现在，我已经能理解父母的想法了，但是作为他们的儿子，我只希望他们永远健康、平安。只要你们安好，便是我最大的幸福！

我的父亲

黄强 *

也许是年纪大了吧，现在很喜欢回忆过往旧事，这不，想着想着又想到了我的父亲。

我祖籍是江西省南昌市进贤县李渡镇焦石村，父亲是 1921 年生人，生前供职于江西省抚州公路分局南城公路段，病逝于 2004 年 9 月 5 日，距今已经近十八年了。

说实在话，我这一生最大的遗憾就是在父亲临终前没有在他的身旁守候。每每想到这件事情，我的心中总是会泛起一股涩涩的酸痛。

我的父母亲一共生育了我们兄弟姐妹七个（"文化大革命"期间，我的妹妹因车祸殒命）。父亲是公路系统的工人，母亲是个家庭妇女。在那个计划经济、物资匮乏的年代，我们全家的所有开支仅靠父亲那点微薄的工资收入维系，每个月父亲的工资都悉数交与我的母亲，仅留下少量零星开支。我的母亲是个精明、能干的家庭妇女，她要用父亲那点工资应付全家大小的开支。每月领到工资后我母亲首先要把柴米油盐添置好，然后买少许的猪肉和较多的豆芽给我们改善伙食，每人一碗豆芽余肉，而她仅仅是喝点汤而已，几乎是月月如此，这也许就是我懂事以后脑海中仅存的一点美好回忆吧。

我的父亲虽然没有文化，但为人老实忠厚，善良诚恳。工作踏踏实实，任劳任怨，性格随和，与世无争。20 世纪 70 年代末期，为了我的三哥，我父亲提前退休让他顶替进了单位上班。

改革开放以后，市场经济逐步取代了原有的计划经济，随着国力的逐步增强，物资日益丰富，老百姓生活一年也好过一年，我们家也不例外，享受着改革开放带来的红利。

我的父亲身体一直很好，近九十岁的人除头发花白外，满面红光，走路铿

---

* 作者简介：1980 年考入中国农业银行股份制有限公司南城县分公司。工作期间分别考入了江西省农业银行职工中等专业学校及江西省传媒大学，工作中多次向有关刊物投递了大量的稿件和学术性调查报告等，获得了一些荣誉。

锵有力。那年他单位组织退休职工进行体检，我父亲各项指标都很正常，单位同事还开玩笑对父亲说，老爷子活上个百八十岁是不成问题的。

然而 2004 年 9 月 4 日的那天下午，我父亲突然感觉身体不适，胸口发闷，全身大汗淋漓。下午五点多钟住进了南城县人民医院。七八点钟的时候他还吃了我二姐煮的一大碗面条，我三哥及我大侄婿留下来照看我的父亲，我准备第二天接他俩的班。

那时候我还在开轮胎店，晚上在店里值班守店，或许是一种不祥的征兆吧，凌晨四点钟的样子我就醒了回到家中，刚躺下不久手机就响了，不好，我知道一定是父亲出事了。

火速赶至医院后，只见一个医生正在给我父亲做心脏起搏，护士在他脚上打强心针，然而插在父亲身上的生命体征仪器上的波纹还是慢慢变成了一条直线……

父亲就这样走了，没有太多时间的病痛折磨，也没有留下只言片语。父亲的离世对他来说也许是一种解脱，然而他临终前两眼淌下的泪水似乎弥留老人对人世间无限的眷恋和万般的无奈。一直到现在我都觉着父亲还在，因为他走得太快了，我想，如果我能留下来陪伴我的父亲走完他生命的最后时刻，我的灵魂深处就不会背上一副沉重的枷锁，所以每年清明时节站在父母亲的墓碑前，我都会情不自禁地淌下一行行迟悔的泪水……

父亲离世二十八年了，谨以此文以示纪念。

今 夜

高二兵*

接近黄昏时，外边下起了雨，不是很大，但是能听到雨点打在窗户上的滴答声。其实，在苏州就是如此，雨，一旦下，就不会轻易地停，时而大，时而小，总是下很长的时间。家里也很冷，冷得都打寒战了，却不愿开空调，我总觉得空调的那种热与老家那种火炉的热是不一样的。那种热是自然的，是舒适的。这是在江南无法享受的，也感受不到的。

我在很久以前，也就是在县城私立学校读书的那一年，我的老师教会我写作，也告诉我江南是不冷的，一年四季春暖花开，是人间天堂。我来到江南以后发现江南也会冷，而且比北方还要冷。这边没有取暖设备，所以一年之中总有那么一段时间是特别难熬的，里面与外面一样冷。

家里也很冷清，很寂静，默儿与她回老家住一段时间，便剩下我一个人了。也没有什么朋友来往，显得很孤寂。但我还是很喜欢，喜欢我家的这个位置。后面是一望无际的阳澄湖，前面是佛光普照的重圆寺，与其说是佛光，不如说是灯光。再加上这是一个半岛，所以没有几个人，来往的多是游客，匆匆而来，匆匆而去。

我来苏州将近七年了，七年来仓促而短暂，往往觉得岁月就是从指尖一弹而过，没有觉得漫长，没有觉得难熬。整天忙碌着。在情怀无法释怀时，总会草草落下一些笔墨，多年习俗，一直戒，一直戒不掉，就如同今夜一样，漫长而孤寂，又无所适从，于是，又拿起笔涂抹起来。

早晨才得知外婆走了有两年了，闲暇时，总会想起她。每当念及外婆，就极其的痛，总认为她还在我们的身边，总认为那片极乐的天还在，可是短暂思维停留后，才如梦初醒地意识到外婆不在了，真的不在了。有时，这种无法逾越的感受真不知道向谁诉说，别人体会不到，自己也是那么的隐忍。

外婆是一个极其喜欢孩子，极其疼爱孩子的人，孩子也极其喜欢她，喜欢

---

* 作者简介：高二兵，一名文学爱好者，毕业于苏州大学外国语学院，在校期间担任过晨曦文学社的社长。

在她家。她总是一个劲儿地把家里好吃的、好玩的塞到孩子手里。有时，外婆手里的真不是什么稀罕的东西，但是当她用那双极其苍老的双手捧到你面前，你抬头看到她神秘而慈祥的面孔时，就觉得那定是好的。以至于在我的童年里，在外婆家消夏是我最开心的日子，最难受的就是暑假结束了要返回的时候，外婆也会送我们一直到村外，有时我们已经走了好远了，但蓦然回头时，外婆还在那个山顶上望着我们，此时她一动也不动，显得是那么从容，那么自然，那么慈祥。

那时我流泪是因为我消夏结束了，许多好吃的、好玩的还没有来得及享受，真不知道来年有没有了；而现在流泪是莫名其妙的，自己也说不上。总觉得那一片天还在，回到现实却发现心里真的没了。于是那种隐忍的痛再次来袭，真不知如何是好。

于是，一个人肃立在窗前，听着外边的雨声，抽着那支本来无味的烟卷，茫然望着外边点点的灯光，便知这是一切。今夜有空余，才有这一切。人，没有十全十美的，她给你的好大于给你的不好，这样就会有一段回忆，在以后的岁月长河中忆起时，仍然无法忘却，这就足够了。而外婆是一个例外，我穿梭了我的全部记忆，没有发现，一个人能如此地走在心里，是多么的伟大啊！我无法形容，唯有沉默。

四月祭

陈小英*

2002 年的春节，腊月初十我便开始与父亲拾掇摆对联摊的家当了。就等着街上放开摆摊的时节。我们找到了一处向阳、人流又密集的理想场所，正好在县城大什字饭店的门口。父亲提前将红纸裁好，宽窄不等让我收在纸箱里。还准备了报纸和透明胶带。春节置办年货的人很多，大多数是县城周边村子里的，都要买齐家里院门、里屋、厨房、猪圈、羊圈、仓库等各间房子的对联。要求有五谷丰登、今科及第的吉祥话。每回父亲都会按照来人的要求，自己翻书配对联，总要对方满意才行。写完让我用报纸卷起来，用透明胶带粘好给人家。

腊月里天寒地冻，父亲只戴了一副薄薄的棉线手套，蘸上和了汽油的金粉，戴了一顶母亲织的麻灰色帽子，笔直地站在桌子旁认真书写。父亲的毛笔字虽不及三叔，但也自己认真苦练了二三十年。路人都喜欢，摆开摊没多久，就有几个顾客在排队了。一直到年三十中午，商铺都开始贴对联准备关门过年了，我们才收摊回家。整整二十天，我们的收入接近 5000 元。父亲年三十要去单位值班，收了摊就搭车去单位了。

春节后，我去上学，父亲还未回来。一天，兰州刮了很大的沙尘暴，天地都变成了橘黄色，宿舍里瞬间变成了晚上，我想给家里打电话问问父亲回来了没有，可我得到的消息是父亲生病了，很严重。去了县医院，县医院让到兰州来看。

年后一直到 6 月份，全家都是在医院里过的。但这一切的努力都没能留住父亲。父亲走的那日，天气炎热，一圈圈烧过的纸钱飞起来和热浪一齐袭向我，我却没有感觉到丝毫的热。我只想牵一下父亲的手，那双我记忆里永远是温暖的大手……

再一次返回家乡，经过那条向西的公路，看到公路旁有人家大门、羊圈、

---

* 作者简介：陈小英，女 42 岁。祖籍甘肃省兰州市书，出生书香世家，祖父，父辈均擅书画。三叔、小弟以创作书画为生，受家庭熏陶，自幼喜欢读书、写作。自学汉语言文学本科。

仓库、车库上都贴着红对联。那深红的颜色和着阳光晃得我无法睁开眼，父亲在街头写字的身影浮现在我眼前，泪水早已涌出了眼眶。

又是四月清明，穿一身彩衣与家人一起到那向阳的山坡。这是一处山顶小岗，山顶清风肆虐，狂乱地卷起头发和衣衫。这里是父亲去世后的归所，站着看远处，一道抹得平整的田地，连着一条深深的沟壑，再往前就是一条绵延的山脊。苍凉的红色沙石山和黄土高原特有的松软土质交汇在一起。

每年的清明，站在这里，把这样的景色看在眼底，思绪会如潮水般冲进我的脑海里。春夏相交的季节，这里放眼望去仍是一片空旷的田野。黄土扬起的沙尘与打算微微探头的山坡上的小生命一起描绘着北方的晚春。手里握上一小块黄色黏土，嗅一口浓浓的土味，随着纸钱被风扬起。一切曾经可以握紧的东西，会在某一天，在你不经意间，就这样被风吹走，就拿这一抔碎土和一叠纸钱来祭奠我已故去的父亲吧。不论父亲到哪里，在何处安家，女儿都会怀着一颗崇敬的心来怀念您！

"野马也，尘埃也，生物之以息相吹也！"不再伤悲，不再只穿一身黑衣，不是因为父亲已去世多年，而是明白了人的生死就如这四季的变化一样自然。

回　家

孙慧莹[*]

我喜欢看缓缓驶过的列车外，
一望无际的平原，
也许平坦广阔，也许纵横沟壑交交错错。
我喜欢看窗外缥缈无形的云烟，
最痛快的事莫过于，
像它们这般的自由自在。
我愿意通过车窗看看这世界，
不是逃避现实雾里看花，
仅仅是身处一种朦胧罢了。
我喜欢看远处与地平线相接的天空，
橙光微微与淡蓝色的天空，
镶嵌得确实完美，
早上太阳的光芒是
充满着希望的一幅画，
绚丽却不刺眼，虚假又真实。

我喜欢看窗外阳光下的雪花飞扬，
是因为喜欢雪的纷纷，
也是因为这阳光刚好，
更是欣赏它们与风如朋友般的契合。
它们不知道目的地，
却对未来充满了期待。

---

* 作者简介：孙慧莹，女，2002 年 12 月 27 日出生，共青团员，现在是一名齐齐哈尔大学大二学生，热爱写作，热爱生活。

这路途是愉快的，
是因为美丽的景色？舒适的温度？
不，其实是我喜欢回家。

路程往往是无趣的，
但是距离的缩短，
在慢慢填补心中对家的渴求。
朋友时不时地闲聊，
让我感觉十分的享受。

也许人生就是这样，
在生活的磨难与刁难过后，
我还会因为那么一点点东西。
对世界充满期待，对生活充满享受。

生命因为爱而变得意义非凡。
正如回家的路，
因为有人在等着你，
所以才不会那么漫长。

淡水交情

致遥远的梦

王　霞[*]

冬日暖阳，心甚欣喜，不羁之处，诗和远方。

初来乍到，虽是寒岁，汗微冒犯，左右引见，同为巢穴，共担重任。

有个女孩，名美字丽，清澈眼神，冷艳酷扮，美过巢水，流连忘返，对视而望，未言片语，甜美笑容，善良温暖，暖我心房。

天下美颜，人各抒见，我觉得美，那就是美。时光荏苒，若有隐忍，夜不能寐，伏笔记案，送与远方，含情之意，华安秋香，文采不得，略表心怀。

三人之行，把酒狂欢，杯盏交错，人生几何，对歌选择，含于词间，两腮绯红，甚是好看，三旬过后，歌喉唱罢，无须宣言，一处情深，两手相执，寸肤之浅，暗涌心头，唯美诠释。一直雨下，想送归家，一人欲上，言语攻下，屋檐站罢，出入到家，车夫话语，三人同程，不必放下，酒多不事，怪我轻友，时而聊天，此人可笑，友情更好。

人各有志，离别有时，车载人还，细雨缠绵，千言万语，肚藏心间，风雨之中，看你远去，错过了你。可是思念，何曾放我，也许永远，没有道别，不敢看你，一眼都痛，但你注定，是我牵挂。

遥远的梦，仰望天空，澎湃汹涌，无尽感动，风雨过后，一道彩虹。

一个木头，一个马尾，远方的远，归还草原。

天快亮了……

　　　　木棉花开冬入子，欲言扉闻两相至。

　　　　遥望彼岸梦酣时，红尘眷刻三生石。

---

* 作者简介：王霞，男，1982年12月生，安徽省合肥市肥西县人，本科学历，工程师，国家注册一级建造师。现就职于安徽省第二建筑工程有限公司。

近乡情怯

湘西人说湘西

舒友*

我出生在沅陵县一个叫东溪的偏僻小山村。沅陵县隶属于湖南省怀化市，位于湖南省西北部，沅水中游，是湖南最大的县，素有"湘西门户"之称。当别人问我是哪里人时，我一般都会称自己是湘西人。

湘西属武陵山脉，山高峰险，沟壑纵横，溪河密布，峰峦起伏，洞穴连绵。山多田少，土地贫瘠，自然灾害频繁，生存条件特别恶劣。

一

我生在 20 世纪 60 年代，也就是我国经济最困难时期。那时候，湘西人的生活非常艰辛，很少有人能吃上白米饭，苞谷、红薯和高粱是主粮，几乎天天都要吃。现在看到这些"主粮"，我会调头就走，实在是吃多了心有余悸。孩子们穿的衣服大都磨得油光发亮，贴身穿的话，有一种冰凉的感觉，下雨天顶在头上，只见雨水顺着衣角往下淌，却不见衣湿。裤子的裤筒是接了又接，屁股和膝盖是小补丁压大补丁，还是不同颜色的。胶鞋是前见脚丫后无鞋帮的那种。活脱脱就是电影、电视里小乞丐的模样。

记得童年时，为了过车瘾，我们一帮小孩儿会偷偷，搭乘送"土将条"（一种坚韧瘦长的杂木）的马拉板车，遇上坡和泥泞路就帮忙推车，返回时我们就抓紧栏杆趴在车上兜风，来回十几公里，早上去中午就能回家，若是下午去的话，天黑了还回不了家，父母就到处擒人，找到后就是一顿棍棒伺候。我最早体会"痛并快乐"就是那时候了，记忆中，趴在马车上兜风是我童年最快乐

* 作者简介：舒友，60 后，大湘西人，苗族，爱好散步、硬笔书法和写日记、随笔。早年，在军内报刊上发表过通讯稿。近几年来，在 360 图书馆和中国访谈网等平台上，登载过一些散文、诗歌和随笔。2022 年 5 月获得了星耀华夏/盛世好文学『笔歌盛世』杯全国文学原创征文一等奖。

的事。

我5岁就跟着父亲启蒙了，好像一到三年级的《语文》和《算术》都是一套课本，语文书用得像油渣一样，翻页都很费劲，倒是课本的内容能倒背如流。

读了少许的书后，晓得了还有比东溪、比沅陵更大的地方，有比米饭还好吃的馒头，有比马拉车快，不用推、不用趴着的汽车。至今还记得小时候一个有趣的想法，看见大马路上小汽车比大卡车跑得快，想着这小家伙长大了那还了得。没想到的是，后来自己竟与汽车结下了不解之缘，由开车、修车入行到现在的汽车碰撞成因研究，几乎一生都在与车打交道，这或许就是命中注定吧。

书上的世界深深地吸引着我们那一代人，梦想着有一天能走出大山，能吃饱饭，能不再穿那冰凉的衣服。那时我的世界很窄，窄得能吃饱、能穿暖就是一种奢求。

后来，我如愿走出了东溪，在一个离家几百公里的城市扎了根。这一走就是一生，湘西成了我的故乡。

很多年了，逢年过节我都会回到湘西，我的父母生活在那里，那里是我的根，那里留下了我孩提时的苦难和欢乐，那里还不富有，甚至还很贫穷，但那里民风淳朴，山清水秀，会让你忘记城市的喧嚣，暂离尔虞我诈的花花世界。

二

提到湘西，外地人甚至我们湖南本省人，都会联想到土匪、赶尸、放蛊……生怕走在湘西的山路上，会时不时碰到几个土匪打劫。晚上，会有一队一队的"僵尸"，一群一群的赶尸人招摇过市。还有，若是哪家的女孩看上了你，吃了她给的食物或对你吹口气，你就会灵魂出窍，不能自我，一生都走不出她的魔爪。其实，这些都是过去的一些文学作品和影视作品，为了博取大家的眼球，刻意宣传和渲染湘西的野蛮文化，把湘西的人妖魔化了，把湘西的民俗文化妖魔化了，把那里淳朴善良的百姓与野蛮彪悍相关联，把那块纯洁的土地与穷山恶水相勾连。

我是地地道道的湘西苗家后人，应该把自己所知道的"湘西土匪""湘西赶尸"和"湘西放蛊"，还有那"湘西腊肉""吊脚楼"拾掇拾掇。

三

先从"湘西土匪"讲起吧。200多年前或更早的时期，湘西的自然条件特别恶劣，山多地少，田地贫瘠，长不出庄稼，但山林茂盛，野兽应有尽有。于是，很多村寨以狩猎为生。那时的捕猎手段很落后，基本上是靠人与野兽搏斗取胜，只能是一村一村的男人去围猎，有时剿杀一只野兽，要翻越无数个山峰或峡谷，饥饿难时，遇到红薯就挖红薯，见到苞谷就掰苞谷，生吃充饥。后来，慢慢地就你拿我的，我偷你的。灵活的，躯体强壮的，看到了不劳而获的商机，就结党营私，占山为王，有组织、有计划地打劫抢夺富人的财物。由开始时的顺手到故意，再到后来的恶意，都是缘于贫困和饥饿。若非如此，谁愿意去当土匪？谁天生就是土匪？很多土匪白天在家干农活，是农民，晚上是土匪。像张平、田大榜那些十恶不赦，杀人越货，横行一方，本性极坏的土匪还是很少的。

新中国成立后，解放军47军进驻湘西剿匪，经过两年艰苦卓绝的斗争，肃清残匪2万多人，湘西几百年的匪患宣告终结。1951年2月，47军赴朝参战，近万名土匪经过教化，走上自我救赎之路，加入了志愿军队伍。在松骨峰战役和上甘岭战役中，牺牲的烈士多半是湘西的铁血"土匪"。原47军军长曹里怀将军多年以后说："湘西土匪大多是贫苦农民，逼上梁山的。你们想象不到他们在朝鲜战场上打仗有多勇敢。他们打出了国威。他们中的大多数人都战死了，很壮烈，我常在梦中念着他们……"47军班师回国后移防到了西北，每隔几年都会来湘西招一批新兵，只因湘西男儿有血性、有温度，敢于担当，敢于牺牲。这可不敢瞎吹，这是1988年秋天我去临潼办事时，听一位47军的大校讲过的军史。

湘西人民淳朴、善良，热情好客。你现在走到任何一个村寨里去，打个招呼人家都会喊你喝茶，请你喝酒，哪还会有什么拦路的土匪，至少我是没碰到过，我们寨子里早就路不拾遗，夜不闭户了。

湘西是苗族、土家族和汉族，以及少量白族杂居的地方，多民族的融合，使那里的文化博采众长而又独具特色，多姿、多彩和多元化的风俗，滋养了"巫傩"文化。

四

"赶尸""放蛊""傩戏""跳香舞、上刀山"和"哭嫁"等，都是"巫傩"文化的一部分。"巫"是古代奉祀天帝鬼神，为人祈福禳灾之术。"傩"为助人避其难，"惊驱疫疬之鬼"之法。

严格意义上讲，"巫"是传承，"傩"是创建。若干年前，苗族、土家族为了躲避其他民族的骚扰或杀戮，择僻远的山区居住，在广袤的林中搭建木屋，远看与大自然融为一体。那里山高路险，势必缺医少药，疾病得不到治疗，若遇到急症，就只能听天由命了。为了生存和繁衍，苗族人、土家族人几千年来不断地探索自然规律，不间断地运用自然规律，经无数次的艰辛尝试，慢慢地形成了后来的"傩"文化。

"傩"文化包罗万象，有精神层面的，也有生存方面的。比如屠呦呦先生研究了一生的，后来获得了诺贝尔奖的"青蒿素"。其实早在若干年前，湘西人民就已广泛地将青蒿运用在生活中了，如青蒿食品、青蒿入药、青蒿避邪。每年六七月份，人们就把野生的青蒿砍回家晒干，感冒发烧时，就用青蒿根煎水服用；夏天用青蒿、车前草和野菊花等做凉茶防中暑；端午时，将青蒿、艾叶和菖蓬扎成把，挂在大门上驱虫辟邪；过年时，家家户户用青蒿叶做粑粑。

五

"傩"文化博大精深，我从神秘的"赶尸"讲起。好像是 1998 年的夏天，我的学长，香港凤凰卫视台的评论员颜先生，在 QQ 上联系我，讲他们台准备拍摄一档有关《神秘湘西》题材的节目，他知道我是苗族人，想通过我了解一下"湘西赶尸"是咋回事。我小时候正赶上"破四旧""立四新"，庙宇和祠堂都被认为是封建迷信，烧的烧，砸的砸了。"赶尸"的传说，更是腐朽的、唯心的和反动的。即便是有人知道，也不敢讲、不敢传，所以，我根本就没听说过。我只好回复他"没听说过哎，我帮你打听打听，再告诉你们"。

后来回老家，问寨子里的公公（湘西把爷爷叫公公）见过"赶尸"没有？都说没见过。公公的公公讲过，若干年前，在外谋生死去的人，都会遵照苗族的"土缘"观念，运尸还乡埋葬。那时湘西的唯一出行方式就是水路——酉水和沅江，水路回湘西是逆水，遇到险滩恶水或搁浅时，就只能靠纤夫合力拉船。往云贵川是崎岖的山路，马车不便行走，车船运送尸体几乎是不可能的。公公们讲他们小时候见过，在某天清早的鞭炮声中，得知某某家"老人了"（湘西指"人去世了"为"老人了"），死在很远的地方被送回来了，可见寨子里的晒谷坪上，三两先生（湘西称法师为先生）围着棺材做法事。乡规民约规定，死在外地的人，棺材是不能进堂屋的。尸体到底是怎么回来的都没见过。公公们讲，"赶尸"是昼伏夜行，白天在旅店歇脚，将尸体倚墙角隐藏起来。天黑后，上半夜走山路，尽量绕开村寨，下半夜才走大路。一法师在尸前引路，一面敲锣一面唤着类似"亡者路上，生人回避"的咒语，路旁的住户，都会关门关窗，有狗的人家，会把狗锁牢。遇到夜行人，开路法师会提醒，后面有"矮罗子"（即死尸），不要撞见，若撞见了，会倒霉走背时运的，胆再大的赶路人也会避开。所以，不管是白天还是晚上，一般人是不敢去一探究竟的。文人把"矮罗子"塑造成脸上贴黄纸画符，全身白布裹束画满符咒，双手伸直，两脚同时起落，跳跃式行走，大人看了畏惧，小孩子看了做噩梦的样子。我觉得，这十有八九是臆想出来的。2000年后，凤凰卫视播出的《神秘大湘西之———赶尸》节目，根据民间传说，为提高收视率，刻意将"赶尸"节目神秘化、恐怖化和戏剧化了。我查阅过相关的"赶尸"资料，在文字上无从稽考，流传上千年的"赶尸"基本上是口口相传，愈传愈神，难免会出现以讹传讹，或刻意夸大的成分。我趋向背尸或抬行的解释，这更合理一些，但尸体在送运过程中不腐不臭，就连现代人都无法做到，那时的湘西人又是怎么做到的呢？

在宇宙间，对于现代科学尚无法解释的事情，有些说法，我们无法肯定，也无法否定。客观存在的东西，唯一能做的便是尊重。

六

前几节的话题有点涩、有点沉，来说点轻松的、愉悦的。"港点别的"①，讲讲"湘西的木房子、吊脚楼"和"湘西腊肉"吧。

湘西人从穴居和简易木棚到后来的木房子、吊脚楼，楼台亭阁无不彰显着

①　湖南方言，讲点别的。

手艺人的匠心独运。木房子的建筑工艺和技巧，凝聚了一代又一代湘西人的勤劳和智慧。

建造木房子的材料以杉树为主。杉木，树干挺拔、木质坚硬，具有很强的耐腐蚀力，但杉树的生长速度远远跟不上建房的需求，慢慢地，也有用松树和株木替代的。

木房子是由多根立柱、横梁纵横交错，榫卯连接，构成富有弹性的构架，墙面用木板拼接而成。中规中矩的木屋，一般是坐北朝南的平房，人字形的青瓦房顶，屋面为了防虫防腐，用桐油三五年刷一次，显得古香古色。正屋一般为一字排开 5 间，每间的进深约 8 米，纵深 7 米左右。正中间是堂屋，是人情往来、堆放礼品和重大礼仪活动的场所，堂屋地面只夯实平整，不封地板和楼板（吊顶），层高六七米，仰望房顶，可见 7 根横梁顶撑着直向的檐木板和青瓦。最高处的那根横梁，就是正梁了，建房时，喊"上梁咯，上梁咯"就是指的那根梁。正梁很讲究，是由楠木或椿树制成的，漆成赭红色，上面画有八个均匀的圆形，写着类似"福禄寿喜，龙凤呈祥"的吉祥语的隶书字样，两头绑着红绸缎。堂屋没有窗户，南向是三组约 4 米高、2 米宽的推拉对开门，正北的墙面上镶嵌着神龛（摆放祖先神位的地方），神龛下面贴墙摆放一张高 1.2 米、宽 1 米的大方桌，左右两边放着两条长凳子，宽敞气派的堂屋，显得特别的肃穆和神圣。把门关上的话，有点瘆人，我小时候一个人是不敢进堂屋的。堂屋两边是正屋，封了楼板（吊顶），是日常生活的地方，靠南的半边铺了床板（木地板），上面有"火恰"（也叫火坑，烤火和做饭的地方）和餐桌，还有多把小松树扎成的靠背椅。"火恰"上方挂着浪炕（熏制食品的专用架子），北边只把地夯平，那里有灶台和水缸等生活用品，灶上安放着两大一小的三口铁锅，占据了北面的半壁江山。正屋的侧面就是睡房了，一般是主人的卧室或新房，有隔成两间的，也有不隔的。吊脚楼是辅楼，紧靠在睡房的两侧，吊脚楼一般为两层，由两间或三间组成，比正屋稍短一点，开面为山野式"楼阳台"，南面单檐悬挑，屋面反翘，通风向阳，干爽清新，单边吊脚楼与正屋成 7 字形，两边有吊脚楼的与正屋形成一个直角的 U 字形。我外婆家就是一栋 U 字形的正屋 5 间、两边配有二层 4 间的吊脚楼，坐落在一个三面环山，前面开阔的山窝窝里，U字里有环绕房屋一圈的走廊和低于屋基 20 厘米高的有两个篮球场那么大的晒谷坪，U 字的外围有竹林，李子树、枇杷树、柚子树等果树和菜地，靠东南角有一口水井，铺了青石板，是平时用水和洗涮的地方。整个建筑群占地约十亩，小时候，和表兄弟们捉迷藏时，因房子多且地方大，没个把小时是找不到人的。

我外公可不是土豪、土匪，是塾师（私塾先生），在当地小有名气，土匪都要敬他三分。吊脚楼的上层是女孩子的闺房，青年人的卧室或书房，下层为谷仓、柴房，吊脚楼侧边配有泊园（副楼），是厕所、猪舍和存放劳动工具的地方，大户人家有围墙和东西门楼。

随着时代的变迁，吊脚楼又被赋予了新的活力，后来的吊脚楼，多为二层或三层的复合式结构，只讲美观不讲朝向，可以依山而立，与山林相吻，也可以傍溪而建，观溪水潺潺。一楼可封砖墙，二楼为木质结构，外设走廊，二面称"转角楼"，三面称"走马楼"。吊脚楼错落有致地掩映在绿树翠竹的山寨中，给大自然增添了一道美丽的风景。

木屋，承载了不知多少代人的记忆。随着森林资源的减少和封山育林政策的深入，我们老家近几十年来，没见人砌木屋了，基本上是砖混结构的砖房，会建木屋的匠人慢慢地老去，木屋也会随着现代文明渐渐地退出历史舞台。

七

讲起"湘西腊肉"，我是有发言权的，我不仅懂得腊肉的制作，而且腊肉的烹饪技术也不错，有点泡泡①。一般我请客吃饭，不管是战友、同事或是朋友，都不准我在饭店里请，一定要在家里搞，指名腊肉是主打菜，其他菜随便。即使非要在饭店办的话，也要带上一大盒做好的腊肉，他们才认可我请了客。

冬至过后，就可以熏制腊肉了。首先是杀猪，在湘西杀猪的话，一般都会请专门的屠夫，再请上几个人帮忙，猪杀好后，把肉按需剁成或大或小一块一块的，吃过杀猪饭后，就开始腌肉了。正宗的湘西腊肉，只需要加盐就可以，也有的加一些花椒之类的香料。准备一口大水缸，把盐炒热，按10斤肉3或4两盐的比例，用手均匀地揉搓在肉上，把猪头、猪脚和块头大的放在水缸的下面，切记，盐少不得，不然做出的腊肉会松散，盖上盖子就不管它了。腌多久呢？俗话讲"鱼3肉7"，意思就是肉要腌七天，事实上十天半个月也没问题。肉腌制好后取出来，用棕树叶片穿起来，再用温水将盐、血水冲洗干净，就直接挂在离火恰（也叫火炕或火塘）1米左右的架子上。头三天要大火熏，叫收水，后面每天只要有烟火就可以了，叫冷火熏。熏肉的柴火很讲究，一定要杂

———————————

① 湖南方言，表示其真实性有水分或夸大。

柴而且要六七成湿。20 天左右，肉就会变得乌漆嘛黑的，表面也开始泛油光了。有时候，人坐在火恰边烤火时，腊肉还会滴油下来，说明熏得差不多了，这时候的腊肉口感是最好的，清洗后金黄金黄的不干不硬。冬天，腊肉一般不会收起来，会一直挂在上面，冬天过去了，火恰不烧火了，就把腊肉收起来放进谷仓里的谷子中间。这样收藏腊肉的话，可以保存很久，放上一年也不会坏，既不生虫，也不长霉。也有常年不收的，一直挂在火恰上，要吃的时候割一截，但那种腊肉到 9 月份或 10 月份，吃的时候就有点"哈"了，我不知道"哈"在普通话里是怎么表示的，意思就是吃的时候口感有点不好。

好了，一般的家庭也不会自己熏制腊肉，还是讲讲腊肉的烹饪技巧吧。腊肉的食用方法有很多，煮、烤、蒸和炒都行，看各人的喜好。我的拿手戏是炒，炒腊肉的工序复杂一些，先将腊肉用清水解冻，呵，忘记讲腊肉的另一种收藏方法了，就是洗干净后放到冰箱的冷冻室，几年都不会变味。解冻后切成一坨一坨的，越大越好，放到锅里用大火煮，记得水要淹过肉，煮到筷子能插过肉时就捞起来，把汤水倒掉（汤为盐和油脂）。稍冷后把肉切成大片，这时可见肥肉通明透亮，瘦肉鲜红艳丽，砧板上留下一层厚厚的油渍。满屋香味四溢。准备一把干辣椒和两坨大蒜子，干辣椒切成一截一截的，大蒜子切成一片一片的。把锅洗净烧干，将肥肉倒至锅里，炒到冒油后再把瘦肉倒进去，翻炒几铲后把干辣椒放进去一起炒，干辣椒进油后放少许水，盖上锅盖焖两分钟，再把大蒜片下锅翻炒一分钟后起锅，一道绝味炒腊肉就成了。这是属纯吃肉的搞法，喜欢清淡一些的，可以加蒜苗、富菜、薤头、洋葱和青辣椒等一起炒。

"穷人的孩子早当家"，我很小的时候，就跟着母亲学做坛子菜、外婆菜、烫泡菜，打糍粑、豆腐，做霉豆腐、甜酒。我制作的原汁原味的酸豆角、酸萝卜和酱辣椒在朋友圈小有名气，曾漂洋过海到了曼哈顿学区，现在，隔三岔五还往三里屯寄，快递费都超过了菜的成本。

八

老家东溪村，在政府的投资和帮助下，终于成为今年"美丽乡村"建设的示范村。我在沅陵县政府公共平台的"抖音"上看见，村里的空坪隙地种上了观赏草和风景树，小溪里堆积多年的沙丘推平了，小溪清澈见底焕然一新，原生态的"红翅光"（一种对水质要求极高的野生鱼）也成群结队地游弋戏水了。

防洪堤修整了，临溪的环村公路砌上了栏杆，各家的菜园子用制式的竹篾片围上，我家7字形的吊脚楼祖屋也漆旧如新。老屋在寨子的中央，乡政府把我公公砌的、已残垣的围墙推倒重建，还在围墙刷上了"东溪人民欢迎您"的七个大字，从村口的马路上看过来，整个寨子犹如一幅美丽的山水画。

云开疫散终有时，欢迎朋友们去湘西游玩，会会"土匪"，看看吊脚楼，赏赏那里的山山水水，体验一下神秘的传说。

临资口龙舟记

刘洋[*]

一

端午的骄阳渐渐沉了下去，落幕的红霞染绚了半边天际。随着赛事渐入尾声，"抢了水，比了赛"的龙舟，"大胜的，落败的"一条条少了，河洲上观看龙舟比赛的人群，也渐渐地散了，热闹的江面慢慢地寂静下来。

只是依稀之中，凤南大堤脚下的大彩船周围，仍暗暗地隐藏着红、黄、白三条"战舰"，他们蠢蠢欲动，暗藏杀机，同时也在等待时机，预谋在今年端午最后时刻的收官之战中，能抢占先机，给各自还在大彩船上殷切观望的助威团们交上一份节日的胜利与惊喜。

随着夜幕降临，天慢慢地开始黑下来，突然，远处鼓声点点，锣声震天，浑黄的江面上，黄白两船夹着一抹老红，三道白浪从凤南码头那边迎面劈来。刹那间，人停住了赶家的脚步，凝住了呼吸，大家伴随着一声声"划哒，划哒"沸腾了起来，呐喊声，加油声，草帽满天飞得呼呼作响声，一时间真是人声鼎沸，两岸齐欢。

这边，红船早已下了头桡，激起的浪花夹着火铳的轰鸣，像归巢的水鸭冲着洲头直飞而来。右舷的"小白龙"毫不含糊，齐心协力，喝声震天，平日里白衫立领，撑伞扶钏的老艄公此刻也双手紧紧地握住钏柄，全神贯注，凝视前方。左边老黄龙总指挥手中的"银蛇点青蒿"已是漫天飞舞，雄姿飒飒了，像极了当初杨幺力挫宋军，威震八方的大胜场面。正当三条神龙拼过半河，似离弦之箭向岸边飞驰之际，斜刺里又杀出一条乌龙来，黝黑黝黑的，落桡齐整，下水有力，气势如虹，奋勇直追。

---

[*] 作者简介：刘洋，38 岁，湖南湘阴人，爱好：文学，旅游。人生感悟：作为一名来自最底层的原创作者，总愿用最善良的文笔去书绘最质朴、最真实的人世间。

二

"宁荒一丘田,不误一年船"的龙舟精神,为什么在千年古镇临资口受到乡民们极大的热爱,得到了良好的传承呢?

临资口,顾名思义,"临"资江要扼,"汇"湘江水脉。两江相接处,清黄交错,水域辽阔,视野宽广,古韵悠悠。尤其黄昏日落之时,昂立于洞庭古庙前庭观景台,凭栏向西极目远眺,当真是万鹭齐飞,粼光点点,水天一色,绚丽多姿。

一九二六年四月,国民革命军誓师北伐,当时尚未升任第一师师长的一代名将薛岳将军,率部由水路向东而进。途经商贾云集的"小南京"临资口,恰逢端午龙舟盛事。薛岳将军有感兵士舟车劳顿,疲惫不堪,特令部下靠岸休整,调整士气。

坐镇观赛的薛将军被本地的龙舟盛事及桡手们的奋勇精神所震撼,感慨之余,不禁特意询问当地主官"贵地龙舟赛事如此精彩,为何又只分红黑两色呢",主官答曰:"此盛事为本地乡绅自发组织,每年端午都办,也不知流传了多少年月,旗帜颜服更是无从查考。"将军听罢,沉思片刻,喃喃自语道:"清末以来,战乱纷纷,如今民国初立,革命尚未成功,同志还需血染疆场,只是,先总理率领我等推翻帝制,奉行三民主义,可否再将龙舟增添两帜呢?"接着,又有本地乡贤进言:"按庙王土地与湘资水脉来分,还是有白龙府与黄龙郡之区别的。"听到如此一解,本就抱有仗剑天下、乱世扶危心怀的薛将军兴致更高了,连连热情地招呼众人道"如今世道虽然荒乱,但我国民革命军心系天下,拯救万民于水火,自当红代黑,清黄白,还世间一片青天白日,海晏河清"。自此,临资口龙舟又添了黄白两色,自然就是四彩齐飞,同江竞渡了。

二十世纪九十年代,当地乡民自发募资重建临资口交汇处洞庭庙的时候,又根据薛将军当年"海晏河清"之语,特意邀请本地书法家袁仁章老先生楷书:"晏海清河"四个镏金大字,嵌入新建洞庭庙正门门楼两侧之中,以示当今天下"盛世太平,海晏河清"。

三

传统的端午龙舟赛，都是由各村各镇自行组织，募资筹备的。每年农历四月中旬的时候，各村龙舟委员会的主要组织者就会召集村上的青壮好手，开始下水试训。

农历四月二十六开始"关头亮灯，祭天退煞"，四月二十八"齐桡初试，采青朝庙"，五月初一、初三"抢滩竞渡，逐水争雄"，五月初五为"背水一战，称霸收官"。

临资口的龙舟赛又有"赛土龙舟""划机谋船"……这些别称。比赛规则也比较简单明了，无须裁判执罚，亦无固定规则可言，从江对岸的南鸭咀或江心向南阳外围江堤下河洲上发动"渡江冲锋，抢滩着陆"，先触滩到岸者为胜。两船相交，因形作势，实力弱的一方，可以佯攻伏击，也可半途转舵溜号。当然，最精彩的莫过于两雄实力相当，满江搁钊横渡的壮观场面了。

"资水三尺平无浪，湘江暗湍可翻天"。资江属长江水系，其水流转至湘江入口处已逐渐清澈平和了，遇上从新泉寺冲向洞庭庙区域的这股浑黄浊水，两江交汇处，一缓一急，泾渭分明，水流冲得哗哗作响，处处漩涡鸣人，民间又称这股活水为"煞水"或"阴河"，其凶险不言而喻，所以，新建的洞庭庙，庙王老爷又有镇煞护水之职。

在临资口龙舟竞渡中，有"上水压下水，下水输得苦"的民谚。正式比赛的过程中，靠新泉方向的称上水龙舟，在抢滩冲岸的紧张时刻，上水龙舟占有水流冲推优势，对靠洞庭庙方向的下水龙舟还能形成压迫之态。经验丰富的老艄公，他们都能辨水文，知风向，眼观六路，察探八方。"差之毫厘，失之千里"，处于下水龙舟的艄公如果迫于压力，稍有闪失，就算实力占优，龙舟也只能随着水流一斜千米，照输不误了。

由于水下暗流在冲击洲岸的过程中，会形成一股回流之水，而这股回湍之水，往往会影响龙舟靠岸的速度与方向，所以，有经验的老艄公在这关键时刻，都会把钊柄往怀内方向进行轻轻把控，以力借力，来抵消回流之水对龙舟形成的反冲之力。这都是洞庭湖渔民于风浪之中，积累了上千年的水文经验，据悉，抗战时期薛伯陵将军发明的"天炉战术"，其中就有临资口"划机谋船"的影子。

四

"咚咚锵，咚咚锵，咚咚锵锵，咚咚锵……"一声声紧密欢快，扣人心弦的"得胜令"，从江面阵阵传来，大彩船上的助威团们手中挥舞着大红旌旗，敲着震天大铜锣，一齐竭力吆喝："赢哒，赢哒……"获胜的龙舟披红挂彩，开始沿江"收水"凯旋，接受两岸人们的祝贺与赞扬。

鳞次栉比，蜿蜒重叠，始兴于"东晋时期"的小汉口，此时真是万炮齐鸣，焰火冲天，在夜幕的映衬下，大家拥簇着得胜归来的英雄好汉，游街庆祝，享受着节日的欢乐与胜利的喜悦，这座千年古镇到处锣鼓喧天，红旗招展，焕发着栩栩新机。

结语：此文源于笔者小时候所观赏过的一场端午收官龙舟赛，笔者对其激烈精彩场面一直记忆犹新，临资口兴于水，逝于水，早在二十一世纪初已进行了全面的易地迁居，如今只能凭栏空吊，望江追忆了。

生于斯，长于斯，对于临资口龙舟的民俗传承，本人资历、文笔有限，有些史料失实及词不达意的地方，还请诸位读者朋友多多包涵。

沿着河的方向

刘传禹 *

一

我走不出辽河。

辽河幽蓝而深邃，横亘在天际，闪闪地亮着，慢慢地流着。一团团的云在河面飘成无数张帆，从我眼前飘过，极其美丽。辽河真是一条迷人的河，唐诗宋词的境界也无法企及。开始时，我也仅仅知道辽河是一条迷人的河。待发现辽河水的流动其实是一个无法穷尽的过程时，辽河已经流淌了千万年。绵亘的故事，已深嵌于那些礁岩断岸，赋予月影萧鸣。

小时候，辽河边的小城里人很多，来来往往。他们无视辽河的存在，无视城墙根儿被波浪重复地扫荡，小城不断咳喘并遍体绿苔。河岸岩榆上停落些寒鸦凤禽，偶尔冷冷地啼鸣几声。人们腮边的茸毛成为胡须，再由黑变白。某个早晨，当我背起背包徐徐远去时，河边的城及城里的人们便如假象一般消失了。

关于辽河的旅程就这样开始了。

二

我一直沿着辽河边走，其实并没有离开，几十年踽踽地走。偶尔出现的人迹或小船，大体上和我一样颠簸。辽河时喧时静，如果只沉醉于在水上震荡不已的单音节，那是一种愚不可及的行为。辽河的静却到极处，此时流动的形式

* 作者简介：刘传禹，笔名禹之，男，63岁，辽宁省盖州市人，大专学历，曾任三届铁岭市政协委员，退休公务人员。在全国各级报刊发表文学作品300万字，出版诗集、散文集、长篇报告文学著作等八部，部分作品获奖。辽宁省作家协会会员。

隐伏于水面之下。水及山都呈蓝色，是透明的寂静。在没有亲临那种如滩风如夜涛的渔歌氛围中时，静默的画面或许更能撼动心灵。只有辽河，渺渺水波之上，静中又有真切的生命之律动，我便感动而无法言说。天空无任何云迹，在我看来那也是一条无声流淌的河。我走得老了，此时无限的天空已变得有限，有限的天空又因辽河的无尽流淌得以再次回归无限。

太阳出来了，这一瞬间使我感到意外。在这之前我只是在不经意的行走中，偶尔抬头看天。那时天上荡起了云，不知从何而来，我想追着它们的行迹而去，心里便有了一点漂泊的感觉，迷失和徘徊的倒影在河水里微微颤动。太阳运行的轨迹极清晰，步履沉着而稳重。我喉咙里殊途同归的叹息，像丢出的一颗石子，落进水底。

我走着，在被云遮掩的时候，脚步依然坚定。那些废弃的古渡口，那些岩石上深刻的缆痕，那些屡遭玷污的河水……历史和现实给辽河留下的无言长文，有时令人不忍卒读。刻在无生命自然体上的伤痕，必以有生命的人类承受双倍创伤为代价。而岁月将其中所有的细节和开始都省略掉，只留下结果让人用别样滋味去体味，且这些留下的结语，亦将被匆忙的岁月和风雨悄然抹去，而我亦然。

三

阳光下的辽河依旧绵长。风的啸响犹如絮语，证明了辽河与太阳的良好默契。这时的我尤其想知道，辽河的源头在哪里，终点又在何处？

在我深思的一刻，空中的太阳被云遮挡，我突然意识到我已经迷失方向。谁知道太阳从一朵云中走出，依旧沉稳，走向另一朵云。突然有歌声渐起，那是一种苍劲而无词无曲的赞歌，震荡在这与神圣的河、山和天空默契为深刻可感受的时空。那是彻底改换了容颜的城郭，那是森林一样神秘的楼宇，那是彩虹似的高速公路、高速铁路和跨河大桥，那是种到了大车间里五颜六色的蔬菜，还有河畔度假别墅前勾肩搭背卿卿我我的情侣，这些于我似乎极其陌生。

在以后很长一段时间里，我静静地坐着，停止了行走。我被歌声中的热烈、深沉和极强的震撼力所感动，以为它是神的声音。辽河是我的家园，却又是我的异地。我的血脉里有一种如铅质的涌动，在我的旅途中，平添了具体而细微的欢乐与痛苦、智慧与灵悟。

四

辽河长流不息。

沿着辽河，我到了另一座新老并存的城。老城不大，城中矗立着褪了色的白塔，风铃叮咚。老城内人影晃动，车马穿梭，尘嚣之声不绝，一如我出发时的那个小城。

但当我倏忽间想着，这座小城或许就是出发的那个小城时，我怔住了。实际上，我在不同的时刻两次看到的小城竟如此相似。一条辽河是它们的共同的特征和背景，一切无可非议。

而新城，我面前是一座胸襟宽广的广场，宽广到可以容纳世界的目光；宽广到从容地吞吐来来往往的天下人的脚印；宽广到即使有一处称作如意的湖也无法盛下；宽广到辽河走到这里也绕了个大大的弯子。

在我的左边，是几十米高的帆状喷泉。在我的右边，站立着笔直的旗杆，旗杆上的旗帜随风飘扬。这时我看到，在这叫作钻石广场的上空，闪烁着耀眼的阳光。时而有风吹过，有鸟飞过。再往上看，在淡淡的云彩里，堆满大地的灰烬。我不知道，那几束高高的清泉，是否在为洗洁天空而飞翔。

直到这时，我知道我该致敬。以辽河的名义，致敬，从审视自己的内心开始，从推倒陈旧的乡垛开始，从摧毁保守的脑核开始。就像秋天举起它最重的一颗苹果，芳香四溢，运来大地最深沉的呼吸。包括我在内的我们，把身体和思想抛向这里，形成一片水域，一个广场，一座崇高的城市。楼厦犹如高擎的帆，坚持在水的中央。现代风犹如飞腾的浪，为阳光劈开一条黄金通道。

辽河仍然在我面前徐徐展开。开头抑或结尾都不再必要，必要的是我会在辽河的怀里一直地走下去。

太阳向着辽河西岸的峦嶂落下，霞红笼罩了两岸的一切景物。朦胧中，辽河正缓缓地、轻柔地从天上飘落倒扣过来，将我淹没。

潮州，我回来了

李玲*

跳下车，一股熟稔的气息迎面扑来。

没有丝毫的陌生和局促，不曾有半点的紧张和不适，像造访一位多年未见的老友，像拜访久未谋面的至亲，拖着行李箱，我在落叶纷飞的绿榕路孑然独行。

潮州，我回来啦!

二月的风刮在脸上，完全没有天气预报说的那么冷，我将红色大衣拿在手上，额上有点潮热。据说这两天"回南天"。难怪呢，准备好的衣服觉得有点累赘，看着精心搭配的过年衫眉头居然皱了皱。

从母校大门前经过，高大的木棉枝丫上光秃秃，将天幕分割成几个空间，几片零星叶子在清晨的寒风中抖动。前次来西湖是什么时候，记不清了。很多年前了吧。后来好几次坐在车里，西湖大门从车窗外一晃而过的瞬间我的眼前会飘起一阵雾。

一边是幽幽西湖水，一边是成排的不知名的树，印象中从前这儿可是一排土墙。如今生长着这类又细又长的树，它们在石板路的左边一字排开，每株四五米高，枝叶紧挨着，罩住半空，形成一扇天然屏风。闭上眼，想象着夏天这地儿游人如织，摩肩接踵。不觉笑了笑。

眼光投向湖心，我讶异湖水的清澄。岸上的树枝旁逸斜出，下垂的，伸向空中的，随风摇曳的无不在湖水中留下清晰的倒影。让人惊喜不已的是河对岸一栋楼宇倒映湖中，楼高、规模、楼层无不历历。让人想起蒲松龄《山市》一文的描述："危楼一座，直接霄汉。楼五架，窗扉皆洞开，一行有五点明处，楼外天也。"

公园里看上去多处做了大变动，已经找不到当年的模样了。唯有一处长廊依稀可辨，墙体在风吹日晒之下表皮脱落，上面藤蔓缠绕，参差错落，有一边

---

* 作者简介：文学是一生追求的梦，出过两本散文集。

斑驳墙体上开满鞭炮花，那金黄的色泽在早春二月万木萧条中倒衬得格外打眼。

脚步滞重，我踩上去的每寸土地，都承载我青春的记忆，石凳上的唐诗宋词似乎久远却清晰如昨，草丛里洒下失利后委屈无奈的眼泪，树荫里回荡着戴望舒、徐志摩、舒婷的声音，空中飘来长裙长发淡淡的香皂味。时空穿越，西湖，我的梦想，我的初恋，我的青春此刻都在眼前飞速倒带。

大街上人来人往，中老年人居多，年轻人似乎较少。年节中晚睡晚起是年轻人的生活方式。

再一个扎眼的是芥蓝菜一捆捆摆在地上，少年的记忆湖水般漫延，芥蓝的味道一下子打开了往事闸门，翠绿，柔细，香甜。

来到了牌坊街，牌坊多是二门一柱或三门四柱的，据说是古时统治者提倡伦理道德，为嘉奖城乡间于节义、功德、科第突出成就者而书贴坊上旌表。

牌坊街上一家春卷店人不少，上前要了一条，料足，豆鲜，吃完咂着舌头回味不已。回来时又多买几条，实在舍不得就此错过。

很仔细看了看名声在外的"潮州三宝"，在四目古井前拍了照。这井奇特，井口小，不像一般的井，而且四井两两并列，对面墙体上写道：光绪五年。扳着指头一数，四目古井还算得上"元老"级了。

目光停留在潮绣和潮州木刻上时，心里除了惊叹，除了折服，竟不知还能用什么词来赞美潮人的聪慧。最引人注目的是大街中心矗立着一栋四层楼，上面赫然写着"仰山楼"。游客的脚步至此都会戛然而止。步入其中，一幅幅当代岭南画家的作品让大厅弥漫熟悉又亲切的乡土气息。楼主陈历迭先生广搜天下丹青作品，致力传承弘扬潮汕文化，为家乡人民办实事、办好事，不遗余力。

潮州，我少年的足迹遍布大街小巷，青春的身影掠过一面面老城墙，小城故事装满我前半生的回忆。眼前浓浓的文化味和扑面而来的生活气息成了我今生浓得化不开的乡愁。

城南小学的旧址费了很大劲都找不到，虽失落但昨夜老同学握手的余温还在心海荡漾，恩师们有的作古，有的已步履蹒跚。同学们大多生活在小城，老婆孩子热炕头，朝九晚五安逸平淡。

今夜，站在车水马龙的大街上，人海淹没了我。长街满风，夜空无星，嘈杂的市声中，我兀自追忆着逝水年华。

箩筐狮子

覃庆义 *

二十世纪六十年代，六村箩筐狮子闹县城的趣事，被人传为佳话。

那一年，是中华人民共和国成立后的第十年。那时，新春佳节即将来临，村里人又在忙着舞狮的准备工作，计划春节去县城舞狮。春节舞狮子是村人的喜好和习惯，虽然村里年年都要舞狮子，但也只是在村里或附近乡镇舞狮子，还没有去过县城舞狮子。俗话说，不是强龙不过界。这次要去县城舞狮，是新的挑战，因此，大家不敢大意。

大叔是队长，他根据各人的专长安排了工作："狮头每每十叔做，现在是谁不多说。狮尾迷人又牢固，能工巧匠是十婆。""提高舞技更新颖，日练夜习巧磨合。准备工作要抓紧，舞狮出彩套路多……"村里人喜欢用山歌说事。

大家听从队长的安排，着手进行舞狮的准备工作，工作有条不紊地进行着……

经过半个月的紧张工作，一切工作已经就绪。这次做的狮头漂亮又扎实，狮尾美得让人惊喜万分！大家围在狮子前，兴奋不已："六村舞狮到县城，一定争取第一名。""六村狮子做得好，不怕宾阳大炮轰……"

你一言，我一语。你鼓励，我打气。大家群情激昂，斗志昂扬，摩拳擦掌……

几个猴急的年轻人，恨不得马上就去县城舞一下。

大年初一，是去县城舞狮子的日子，也是村人期待已久的日子！

大年三十晚上，去县城赶集回来的五叔唱道："参加队数二十多，还有新宾和狮螺。白日随时穿街过，晚间县府再定夺。""不知炮仗几万响，光电天雷十

---

* 作者简介：覃庆义，中铁二十五局工程师，曾获第七届中外诗歌散文邀请赛二等奖，2021年"三亚杯"全国文学大赛金奖，2022年"相约北京"全国文学艺术大赛一等奖——几何诗体创始人，独创了一种新诗体——几何诗诗体，就是将律诗诗体由单调的四方体，变为丰富多彩的完美的几何体，而且依然保持律诗原有的韵味，从而让律诗名副其实地达到诗情画意的境界。

几箩。八方四面烟火汇，铁尾铜头烧成垃……"

队长把舞狮队招来开碰头会，将县城舞狮的情况向大家交了底，然后征求大家的意见。大家都知道，舞狮是让主家用炮仗来烧的，直到主家炮仗烧完为止，舞狮队才能离开。现在是在县府，而且是十年大庆，县府各部门都把炮仗集中到县府礼堂来了。听说宾阳县政府还送来了几十万响的炮仗，加上县府自筹应该有一百多万响的炮仗。还有民间数量不清的炮仗，看来二十几个狮子必"丧身"炮火之下了。

二哥是舞狮队的主力，他坚定道："明知山有虎，偏向虎山行。管你几多炮，始终等于零！"十叔也毫不犹豫道："溪流东去谁能留，出口之言难回收，火海刀山何足惧，行舟逆水争上游！"最后，大家统一了意见：明天，按计划去县城舞狮！

大年初一早上，舞狮队按惯例，先到社坛那里舞狮拜社公，然后到各家各户去拜年。接着，几十人的舞狮队伍就一路直奔县城。

当村里的舞狮队风风火火地赶到县城时，县城里早已是熙熙攘攘，车水马龙，人山人海。街头巷尾到处是锣鼓喧天，醒狮狂舞，炮声阵阵。二十几支舞狮队，把县城搅得天翻地覆……

夜雾趁着喧闹声悄悄地降临了，转眼间，街上已是灯火通明，夜雾朦胧，人影绰绰。县城里的舞狮队们正陆陆续续地向县府礼堂开去，看热闹的人们，也朝着县府方向涌来。顷刻间，县府广场已是人声鼎沸，人潮汹涌，水泄不通。人们的嘈杂声、锣鼓声和炮仗声汇集在一起，形成了翻江倒海之势，一波盖过一波，一阵盖过一阵，一浪盖过一浪。波波震天，阵阵动地，浪浪惊人！

最精彩的一幕终于拉开了。由于县府礼堂容量有限，舞狮活动改到县府广场进行。二十几支舞狮队依次进入广场进行表演。舞狮队们刚进行例行拜礼，突然间，"噼里啪啦"一阵炮仗声响了起来。不知是谁先将一挂炮仗炸开，几乎同时，几十挂炮仗便迎面炸开。刹那间，炮声震天，火花飞扬，乌烟滚滚。接着炮仗便像暴雨般地倾泻了下来。

炸狮开始了，二哥便兴奋了起来。只见，二哥舞着狮子奔腾着，一会儿，来个"狮子送宝"，用狮头把从前方飞来的炮仗往前一送，炮仗又落回前方；一会儿，来个"狮子望月"，用狮头把从头上落下的炮仗向上远抛，炮仗又落回远方；一会儿，又来个"狮子回首"，将左边飞来的炮仗挡向左边远处。二哥使出了看家本领"狮子推磨""狮子奋蹄""狮子探海"等舞狮特技，将从四面八方飞来的炮仗挡住。这时，炮仗并没有减少的意思，反而越来越多，越来越密，越来越猛。有几个舞狮队见势不妙，已经落荒而逃。

这时，整个广场已经被炮仗炸得昏天暗地，烟尘滚滚，火花四溅，两面相对都难以分辨出对方是谁。这时，十叔的脚被一只装炮仗的箩筐给绊了一下，十叔一下子就来了灵感，他又去摸来一个箩筐，这时，刚好三哥和五叔来接棒了。十叔顺手给二哥递上了另外的一个箩筐，然后，两个人一左一右，在狮子旁边舞了起来，十叔一边舞，一边叫敲锣打鼓的兄弟们猛敲起来，以便让气氛更热烈一点。此时，只见那两个箩筐像两只猛虎在奔跑着，忽左忽右，忽上忽下，忽前忽后；转眼间，那两个箩筐又犹如两只雄狮在奔腾着，左挡右推，前抛后甩，上腾下跃，把四处飞来的炮仗，挡出狮子身外。此时此刻，虽然炮仗很猛烈，但是，狮子几乎已经安然无恙了。

炮声依旧，可是锣鼓声好像弱了很多。隐隐约约，似乎只听到六村舞狮队的锣鼓声……

终于，炮声渐渐地消退了，偶尔还有零星的几声炮声。烟尘也渐渐退去，广场上显得明朗了许多。放眼看去，广场里，除了六村狮子安好如初之外，其他队的狮子都已成了"筛子"。但是，二哥和十叔的双手几乎变成了烧火棍，两人的脸像刚从炉子里爬出来一样，黑不溜秋的，赤膊的上身如同穿了一件黑皮衣，活脱脱的两只大黑熊。

事后才知道，当天晚上，大丰、白圩、澄泰、亭亮等附近的圩镇的炮仗全部卖光了，而且所有炮仗都是奔着县府广场炸狮去的。其他舞狮队在炮仗的猛烈轰炸下，早已"歇菜"了。所以，六村狮子至少承受了近千万响的炮仗的狂轰滥炸。

六村"箩筐狮子"，从此成为人们的美谈。有人用山歌唱道："箩筐狮子闹县城，千万炮轰显神威……"

千里单骑回故乡

孙红旗[*]

  2012 年 9 月 28 日，凌晨 3 点，我准时从享誉世界的"上有天堂，下有苏杭"中的苏州出发，骑上我不吃草的"千里马"——捷安特自行车，归心似箭般按照早已制订好的计划回故乡——山东省烟台市福山县，现改为了福山区。古语曰："父母在，不远游。"我的父亲孙茂礼，于 2012 年 8 月 15 日下午 3 点，病逝于苏州市中医院。我的父亲，是一位老党员、老军人，有关父亲的战功事迹，由迟浩田在上海《文汇报》发表的《上海战役亲历记》一文中写道："我（迟浩田）和萧连长商量，确定先夺取小楼，我们叫来掷弹筒的孙茂礼，对他说，你瞧好了！楼顶上有敌人工事，楼下住的是老百姓，只准你打楼顶，不许打到楼下，把你的看家本事拿出来吧！" 22 岁的孙茂礼是学徒工出身，入伍后八次立功，被称为"神炮手"，几发掷弹筒，把敌人打得晕头转向。孙茂礼荣获了第九兵团战斗模范。

  凌晨的苏州城，路上行人不多，偶尔有环卫工人在清扫马路，我骑行了 20 多分钟，来到了苏州城北火车站。这时，有一辆出租车在路口停下等待红绿灯，我急忙上前问："师傅，常熟怎么走？"师傅说："方向是对的，沿东环路朝北走，前方因修路不通行了。"所以，我立马由东环路朝北走，开始离开苏州城，直奔常熟。因东环路已多年未去过，高架桥的建设，让我一个老苏州几乎也分不出东西南北了，常熟距苏州 40 公里，这是我女儿孙婧文从网上帮我查到的具体里程数。我用了两个小时来到了常熟地界，由于天未亮，在骑行到三岔路时，我分不出具体到常熟的路，又一次被岔口弄糊涂了，实际已到辛庄了，我依然分不出路的方向，这时，我问了一位年长者："老师傅，到常熟怎么走？"他答道，从这条小路走。路名我没有记下。不敢贸然前行，又等待了一个骑电动车约 50 岁的男人，听口音为常熟当地人，说："这条小路走。"我给他递了一支

  * 作者简介：孙红旗，男，1959 年 6 月 6 日生，山东省烟台市人，出身革命军人家庭。已退休。著名作家姚雪垠是我少年时代写作的榜样，而我在二十世纪八十年代写下，以言克之，天下人，是我感悟人生。

烟，对他说："谢谢你。"我按照两个人的说法来到了辛庄农村小道，这时，我肚子饿了，远远看到一家卖蔬菜的店，后来交谈得知他们夫妇从苏北到江南卖菜，我对他们说，能否卖点饭给我吃？老板姓林，说不要钱！可以给我吃！这就是朴实的农民啊！此时此景，林老板的不要钱，给我吃！这是人间最暖的一句话！我说，你们不要钱，我不吃！林老板连忙说，给两元钱吧；我说，太少了，给5元钱；这时老板娘说，是给他们儿子炒的饭，平时，都是给儿子留的，昨天，饭多了，说我真是有吃的福。这时，我想起有一次我到丈母娘家中，恰逢岳父把刚下好的馄饨放到桌上，我就到了，随后我就吃了一碗。由于返回苏州时未再走这条小路，便再也没有见到林老板他们。我于7点50分离开了辛庄小店，按照林老板的指示，我朝着204国道开始了真正意义上的远行征程。中午十二点，我骑行到张家港江边小饭店，点了半个鱼头，13元；一盘青菜，6元；一瓶啤酒，6元。酒足饭饱，收拾好我的行李，来到了江边，等待渡轮。这时，也是一位骑车的年轻人，问我，到哪里？我告诉他，我回山东烟台老家。年轻人告诉我，他是莱西人，我对他说，我们是真正的山东老乡啊！

渡轮航行40分钟后，便停靠在了南通市的江边，下了船，我们就踏上了南通江北的土地，我们结伴而行，开始骑行！夜色已晚，七点半，我们来到了如皋大润发一家如家旅馆住下，分别住进了四楼的客房。随后，我们来到一家水饺馆，点了两份水饺，一盘花生米，两瓶啤酒，我们是AA制。在办理住店时因打电话不要钱，我给远在苏州岳父家中的女儿通了电话报平安，已顺利抵达了苏北小县城如皋了。第二天，29日，早六点，我和小李出门吃了早点，从如皋开始朝着东台县城进发。南通是我国近现代纺织工业的发源地，有着两千多年的历史，苏州大学的医学院就是从南通医学院搬迁到苏州发展起来的。在南通前往东台的路上，我们在南通的一个小学门口的点心摊吃了两个韭菜饼，两根火腿肠。年轻人开始自我介绍，姓李，李萧江，26岁，属兔，他们公司在9月27日放假，他从上海青浦到苏州拙政园游玩了一天后，在常熟住了一晚。真是，天助我也！他告诉我，204国道走到底就是烟台了！下午3时，我们骑行来到了东台，东台汽车站的外形和苏州的南门汽车站几乎一模一样！不知是否是苏州设计建造？东面是火车站，小李的时间已来不及在10月1日国庆节赶到家乡莱西给母亲过生日了，他准备把车卖掉。当即，我在前往盐城的路上拦了一辆长挂空运货车，我们给了司机100元，顺利到了盐城。在连云港海边留了影，在盐城车站和小李分别后，我独自骑车朝着连云港方向骑行，10月1日下午3点我到达了滨海，10月2日7点半，我开始离开滨海198宾馆，看到在我前方约

20 米处有一年轻人骑行，我追上去，问他，到哪？他说，回老家莱西。又见山东老乡，张靖，26 岁，也属兔！我们一路骑行，到达了赣榆小县城。华灯齐放，人来人往，车水马龙，人头攒动，第一家旅馆客满，第二家旅馆，年轻小伙张靖告诉我，还可以上网预订，只要 40 元。他还帮我把我在连云港海边拍的照片发给了我的女儿和在苏州的我的多年挚友钱冬平，让我的女儿、妻子、岳父母看到了我在海边的身影。谢谢你呀，山东的小老乡张靖，让我的身影留在了孙悟空的老家！

10 月 5 日，顺利抵达故乡。到达了山东省烟台市福山县姑妈的儿子家中，用时八天，完成了长达 1000 公里的长途骑行，锻炼了我的身体、心理！这是我一生最难忘的记忆！在此，特别谢谢你，山东莱西的李萧江。另外，谢谢我自己，我实现了骑行回故乡的梦想！

老 屋

梁卫东*

家有老屋，皆土砖，久不住，年久失修，破败不堪。前些日子因家中有事，回家探望，至老屋前，老屋更加破败，似不日将坠。

问过母亲，老屋始建于20世纪60年代，虽为土筑，却于风雨中坚持了近一甲子，比起当下许多钢筋水泥的现代建筑，其生命力要强大许多。在这里，我度过了快乐的童年与少年，至大学方才离开。

老屋总共有五间房。每一间房都贮藏着许多记忆，但最让我难以忘怀的是我的书房。那是老屋最里面的一间小屋，起初是我和二哥的卧室。二哥参加工作之后，就成了我一个人的书房。书房其实很简单，仅有一张床与一张桌。床是很简易的那种，书桌也仅是一张旧餐桌而已。很简陋的一间房，却成了我快乐的小天地。因为我平时不好外出，母亲与邻人都说我大类女郎也。放学回家的我一般都待在这小天地里，就着简易的书桌做完家庭作业后，就在这里或幻想或思考或阅读。受梁启超的影响，我将书房名之曰"少年书房"，并将其书写于纸上挂于门框上。往来家里的亲戚大感诧异，多夸我不同于一般少年。我听了后虽自喜但并无傲情，暗自发誓，要用功读书，借以成才。为了遮掩土墙上的灰尘，我将语文课文与英语单词抄写在学习本子上，然后撕下来糊在墙上，一则装饰了土墙，二则还可随时从墙上复习知识，我称之为"知识上墙"。从此，这"少年书房"真正名副其实，成了知识之屋。也正是在这里，我默默地努力，初三中考前夕，我竟一跃成了年级前十名的学生，让学校老师大为惊诧，惊诧之余是惊喜，而后又推荐我参加了当年的中专考试。只可惜发挥不好，中专没考上，只好接着上高中。要不然，我估计比现在有出息多了。当年与我一同参考并考上中专的戴同学，如今早已是省里组织部的官员了。

老屋后面就是一片不大的石山竹林，环境很清幽。我时常于清晨时到竹林

---

* 作者简介：梁卫东，男，现年49岁，湖南涟源人，中学语文高级教师，现任教于平江颐华学校。因为工作所以写作，纯为记录生活与感悟。发表过些许作品，离真正的创作还差得远。

石山上大声读书，这时候一个人独享这清幽环境，很是惬意。当时就读的初中学校离我家不远，大概就三四里路光景。有在学校住宿的同学来我家玩过之后，发现了这竹林石山，竟也喜欢上了这儿，于是他们也经常在早晨跑出学校来这儿晨读。从此，每天这竹林石山上都传出琅琅读书声，清早起床干农活的邻人也不禁驻足静听，似是为这一群读书少年所吸引。

自读高中起，因离家较远，这书房、这竹林石山便住得少、去得更少了，而今"少年书房"已久无人居住，只剩空壳，墙壁上当年的知识墙纸早已脱落，不见了踪影。而老屋后面的竹林石山也早已被比人还高的杂枝乱草堵得找不到进去的路了。

家有兄弟三人。我读小学时，大哥、二哥也都还在学校读书；我读初中时，大哥、二哥都参加工作了，但未成家。逢年过节时，父母兄弟五人相聚一团，其乐融融，好不快乐。时大伯、二伯、大叔、二叔、外公、外婆、舅舅、姑父等各路亲戚皆在世。我时常随父母于亲戚间走动，虽有贪点糖果的嫌疑，但于我而言，感受更多的是亲人相聚的幸福。特别是正月里，邻里亲戚要互相走动拜年。亲戚长辈们都健在，我们一群小辈们合在一起这家出来那家进，好不热闹。我长大后，大伯、二伯、外公、外婆等年纪大的亲戚已相继不在人世，来往的亲戚少了不少，正月里相聚而乐的氛围也就淡了许多。再也听不到外婆叫我吃饭时亲昵的声音，再也吃不到三伯娘家那让人垂涎三尺的酸辣萝卜条。大哥二哥各自成家后，一家人逢年过节相聚一团的机会又少了。有时就我一个人回家陪陪父母，一家人围坐火炉开心话聊的情景也多只存在于回忆之中。幸好后来三兄弟把父母接到了城里，从此，老屋就空着了。而我自从到了浙江工作后，回老屋的次数于十几年里也是屈指可数。即便如此，在我的脑海中老屋的样子却一直未曾模糊。

三十而立，四十不惑，不知不觉，我的孩子也渐渐长大，老屋于他们而言只存在于我给他们所讲的故事中，老屋终究只是他们父亲的老屋。

前年父去，今岁嫂去。此二人皆吾之至亲也。丧事都还是在老屋举行，长于斯而最终又返于斯，也许这就是所谓的轮回吧。在外奔波二十年，总以为"月有阴晴圆缺，人有悲欢离合"离我很远，因而每每与父母作别远行时，总是踌躇满怀。两至亲之先后离去，余始觉人生之悲渐起，愈觉亲之可贵，情之可依。

立于老屋前，人生中诸多画面如电影般在脑海中高速驶过，让人感慨不已。静默良久，忽然一片落叶飘至脚下，心中不觉更加悲怆，江湖之一飘，何日归故里？

美人迟暮纺织街

刘彦平*

几乎每晚，我都要绕着棉一至棉四转一圈，锻炼身体嘛。忽一日，当转到棉二东侧新开的小马路时，只见路口矗立着一个路牌——纺织街。我眼前一亮，心里一惊：太贴切了。一路遛弯，"纺织街"这个名字在我的脑海里不断地翻腾。

看来地名办的才子们不是吃白饭的，该路叫纺织街真是量体裁衣啊。从棉一到棉四我天天丈量着这块近五公里周长的土地，从"一五"到"十二五"，半个多世纪了。今天，它终于有了一条属于自己的名字——纺织街。

夕阳无限好，只是近黄昏。老夫喜作黄昏颂，满目青山夕照明。纺织街像一块平坦的石碑，记载着这块土地的辉煌历史。如果有一天，棉一到棉四都变成像纺织街旁"名门花都"那样的高楼林立时，我们漫步在纺织街上该会别有一番感触吧。向后人讲述，这里的过去；向同事回忆，曾经的往事。

珍惜今天吧，就像一个美人珍惜即将不再的美丽。当我们漫步在纺织街时，我们为在这块土地流过汗而骄傲，我们为在这块土地献出过青春而自豪。我们为有一条能想起我们，记起我们的纺织街而驻足乐道。

也许，我们就像这条纺织街那样，名不见经传，湮没在繁华的都市里；也许，我们就像这条纺织街那样，被人匆匆走过而不知街名。但是，我们就像这条纺织街那样，默默地奉献社会，"你见，或者不见我，我就在那里，不悲不喜"。

几乎每晚，我都要绕着棉一至棉四遛弯，一年又一年，一天又一天，一圈又一圈，像一枚纱锭把一条又一条洁白的纱线缠绕在身上。直到亲戚、朋友、同学看向我的目光里，有了纱线，有了布匹，有了纱锭的旋律，布机的轰响。

---

* 作者简介：刘彦平，男，1953 年 10 月出生。1969 年参加工作，曾任助理工程师、副工段长。1976 年在《石家庄日报》发表诗歌《晨读》，陆续在各种报刊发表诗歌、散文几十余篇。现为河北省散文学会会员。诗歌《在西柏坡的山岗上》被收录在花山文艺出版社出版的《太行礼赞》中。

直到我看见一块新矗立在街口的路牌——纺织街。

随着城市化进程的加快，不久的将来，这里的纺织厂都会陆续搬出市区。唯有这纺织街像一面旗帜矗立在这块土地上。在这转折时期，围绕搬迁的议论不绝于耳，企业面临着生死存亡，工人面对着行业艰难。工厂在艰难拼搏中一年一年地挺过去了；工人在辛苦劳作中一年一年地走过。

不知为什么，一踏上这块土地，热血就沸腾，心潮就澎湃；不知为什么，一走进这块土地，人们就亲切，四周就熟悉；不知为什么，一融入这块土地，就像到了家乡，就像输了氧气；不知为什么，一喜欢这块土地，就付出了一生，就舍不得离去。在纺织街上我叩问着自己。

知道为什么，一踏上这块土地，就进入了角色，就忘掉了自己；知道为什么，一走进这块土地，生活就充实，日子就甜蜜；知道为什么，一融入这块土地，节奏就奔放，心中就灵犀；知道为什么，一喜欢这块土地，就扎根永驻，就不离不弃。在纺织街上，我找回了自己。

是该有一条叫纺织的街了，当年一、二、三、四厂中间夹着印染厂，森严壁垒难以插进一条街。今天，一街平铺南北，西牵一、二厂，东连三、四厂，此街不叫纺织街又能叫什么街呢？美人就是美人，天生丽质，青春永驻，岁月苍茫，美人迟暮。我就这样信步在这条美人迟暮般的街上。

转眼十年，我又来到纺织街，只见路面加宽了，中间的隔离带，绿树成荫。金梭银梭、纱筒缕缕，这些标志物旁竖立着《纺织记忆》的展示牌，一张张反映纺织女工的工作照摆放在那里。当年人们说一、二、三、四厂是四个闺女，中间夹着的亚洲最大的印染厂是小子。四个闺女一个儿子，就在这纺织大院里生活了半个世纪。印染厂先行搬迁，建了高档小区"名门花都"，开辟了纺织街。街角建了"织锦园"休闲区，棉一的办公楼被保护了下来，这个当年的国家一级企业现在成了博物馆，成了人们追忆的地方。两万名纺织工人，一条纺织街，是这座城市的骄傲，是纺织基地的自豪。我绕着纺织大院走了走，走出了骄傲，走出了自豪。纺织街，你走进了新时代，我走进了新世纪。

我家的小院

张振华 *

我的老家位于美丽的冀中平原，那里有勤劳质朴的人民，那里有我最爱的老爸老妈，那里有我曾经朝夕相处的左邻右舍，那里有我难以忘怀的快乐童年。人终归要老去，当你年老的时候，家里一定要有个小院；在小院里有阳光、有风声、有鸡鸣、有狗汪、有花有果、有水有草。有了小院，便有了新娃出生的喜悦；有了小院，便有了亲朋好友的你来我往；有了小院，就有了老人百年走后的"恋恋不舍"；有了小院，便有了年老后"落叶归根"的强烈愿望。我更爱老家的小院，那里是生我养我的最美小院。

"谷雨前后，栽瓜种豆"，每每到了谷雨前后这几天，勤劳的父母在自家平整的菜园里，最喜欢栽种一些瓜瓜菜菜。乡下人在自家的菜园里种菜，是勤劳农民亘古不变的天性，一是自家种的瓜果蔬菜无公害，吃起来特别放心；二是除去地里的农活之外，在家里有个菜园，可以将自己的闲暇时间，充分利用起来，既给餐桌增加了多样化菜系，又体验了劳动带来的无限乐趣。忘不了儿时院里的"沙土堆"，孩子们有个小木铲、有个破瓷碗、有堆烫脚的"沙土"，就可以美美地玩上一天；更忘不了三伏天的夜晚，遥望星光闪闪的夜空，一家人坐在老槐树下消暑纳凉、谈天论地、有说有笑，其乐融融！

"晨起听风雨、暮落赏秋风"，又是一年深秋时，秋风送爽、硕果累累，秋花更美。一夜之间，树上的叶子变得金黄。寒露过后，树上的果子大都陆陆续续被采摘下来，唯有院里西南角的那棵秋海棠，依然高傲地迎风笑语，淡然自若。母亲说："挂满枝头的海棠，是一道靓丽的风景，就让它自然生长吧，不要去打扰它。"家人一致认同母亲的说法。我最喜欢院里的叶子，在秋风的亲吻下，纷纷扰扰四处飘舞的样子。但是它们飘得再张狂、再绚丽、再遥远、再淋

* 作者简介：张振华，河北廊坊人，1975 年 9 月 7 日出生，大学本科学历，自幼酷爱文学。作品多发表于《天津青年报》《廊坊日报》、全国美篇、永清微生活、永清生活圈等多家媒体，主要以农村人文风貌为题材，接近大自然，语言朴实无华、言简意赅，深受广大读者喜爱与好评！

漓尽致，它们终归会飘落到树根周围，黄的如金、红的如霞，铺满了院里的每一个角落，这不正是人们对"落叶归根"的真正解读吗？

记忆里勤劳的农民，只有到了冬季，才真真正正结束了一年的辛勤劳作。下雪的日子，是农民最闲暇舒心的日子；院里的雪花尽情飞舞，鸡鸭也早早躲进笼里"嘀嘀咕咕"。早起的父亲，早已用铁锹、扫把、推车，将当院厚厚的积雪，清理出一条干干净净的小路。整个上午，母亲可以坐在暖暖的炕头上，做一些针线活；任劳任怨的父亲，守在一大笸箩"棒子锤"前，紧锣密鼓地搓着玉米。人老了一定要在老家有个小院，有了小院，自然有了自己的归宿；有了小院，才可以唤醒儿时的美好记忆！

乡 愁

汪海安[*]

　　光阴似箭，日月如梭。自正月初六离家来沪，一转眼，八个多月的时光便在不经意间悄无声息地从身边溜走了。往日的激情和渴望在日复一日的单调而枯燥的生活中消失殆尽，代之而起的是难以名状的浓浓乡愁，挥之不去。

　　上班了。晚秋的阳光从高高的窗户照射下来，虽懒洋洋的，软绵无力，却明晃晃地刺眼。一愣神，思绪便飞回了千里之外的家乡。不知家乡此时的阳光是否也像上海的这样？田里的稻子快收割了吧？地里的棉花应该已经采摘完了吧？——当心，可别走神！到时犯错了处罚通告上榜上有名可就丢人了。

　　下班了，急急地往住处赶。马路上来来往往的车辆闪着大灯，不近人情地从身边呼啸而过。渐透寒力的风一阵紧似一阵地扑向略显单薄的身体，把那离愁别绪吹得泛滥成灾，一塌糊涂。到了，开门，开灯，面对着空荡荡的屋子，心里一片茫然。这就是家？——忽又释怀，这不是家，这只是暂借的栖身之所。欣然点着一支烟，踱了出来。外面很黑，没有月亮。但也知道，新月就在黑暗后生长，再过几天，就能同心说话了。

　　夜已深，该睡了。躺在床上，翻来覆去睡不着。空中不时掠过的飞机的轰鸣声声声敲击着已显危机的信念；远处火车疾驰的"哐当"声划破夜的宁静，碾碎了原本单纯的心；桌上的时钟还在"滴答，滴答"一刻不停地转动，乐此不疲，伴我度此长夜。如果这心儿，也能插上翅膀，便让我飞回故乡——不知道老母的头发是不是全白了？不知道幼儿是不是要换牙了？不知道……不知不觉中，两行暖流自双眼溢出，滑过面颊、滑过耳际，无声地滴落在枕畔。

---

　　* 作者简介：汪海安，安徽望江人，现年 54 岁。好读书却不求甚解，喜钓鱼而鱼获甚微。

匆匆那年

初见念笑眸，此生长相守

尹琦超 *

01

一往情深的热爱，是遗憾。常感慨，花前月下醉风尘，满蝶飞，是青春。

学生时代的年华如清泉般清澈细腻，如天使般光洁美丽，最有价值的怀念，便是在学生时代。

在我的记忆里，尤以高中时代最为记忆犹新，每每想起，总是耐人寻味，不能自已。

从小到大，我都是一个内向到极致的人，我不懂人际交往的方式方法，相比熙熙攘攘的小街闹巷，我更喜欢清静的图书馆，倒并不是因为我爱读书，我只是单纯地喜欢图书馆的安静而已，我总觉得，在安静的地方，心会变得纯净无比。

直到有一天，她的出现，使我悄然改变。

我与她初识，是上高中的第一天，还没进校门，她便映入我的眼帘，新学生尤其是住宿生都有家长陪同，只有她独自一人，只有大大小小的行李与她为伴。

"你好，可以帮我把行李箱拎去寝室吗？我家长没有来，我自己一个人拎不动。"

这是她对我说的第一句话，我到现在都记忆犹新。

"好吧。"我条件反射般地说道。

然而，我刚说完，就后悔了。

---

* 作者简介：尹琦超，就读于山东科技大学数学与应用数学专业，曾获山东省龙门杯写作一等奖、传统文化三等奖，在微信公众号上发表过文章，在起点中文网上发表过20万字的小说。

我其实根本就不想帮她拎什么行李箱，因为快迟到了，开学第一天就迟到，总归是不好的，可没办法，我由于过于内向，从来都不好意思拒绝别人的请求。

那行李箱仿佛千斤重，我实在是不知道她那行李箱里到底装了些什么，关键是她那个行李箱由于太重，两个轮子都被压坏了，这给我的运输增加了巨大难度，没办法，君子一言，驷马难追，尽管行李箱非常沉，我还是拼死拼活地给她拎到了宿舍楼下。

得亏我不住校啊，我要是住校，就这行李，我不得累死。这是我当时最真实的感受。

"谢谢你，你哪个班的，我一会儿给你送点吃的喝的。"她的目光纯净真诚，微笑无比纯真，清新自然，语气中却充满着坚毅，仿佛是在命令我告诉她我是哪个班的。

"不，不，不用了。"我强行收回和她对视的目光，回头跑向教学楼。

我能感觉到，当时我的脸一定红得不行，晚霞来了见到我的脸也得退避三舍。

从来没有人这么真诚地感谢过我，更何况是个女生。在别人眼里，我一直都是一个不折不扣的书呆子，没有情绪，也没有朋友。

那天之后，我一直记得她，虽然不知道她的名字，但她的音容笑貌已然深刻心底，久久不散。

02

"一笑而过，佳人语，经年无可比，踌躇不前，心灵乱，久念病无医。"

我在一次以情感命题的作文中写下了这样一句话。

当时，我的作文，还被当作范文，全校刊印，人手一份，我真真切切地体验了一把丢脸的感觉。

她会不会看出来这篇文章的作者就是给她拎行李箱的我？

我心里老有这个疑问，好几晚都被这个疑问纠缠，久久无法入睡。

忘记了是哪一天，我去办公室交作业，偶然在办公室遇见了她，此刻的她，虽然低着头，但眼中满是倔强，任凭老师训话。

"夏离，你到底怎么回事，你来上学带一些铁制管具干什么？双节棍，甩棍，你闲着没事玩这些东西干什么？你还随身带个双节棍，你的成绩要是再提不上去，我就把你家长叫过来，和你家长好好谈谈！"老师拍着桌子大声怒吼。

我认识那个老师，九班的班主任，出了名的脾气暴躁，人送外号"核武器"。

好在我们老师待人温和，要是刚才被训的人是我，我恐怕早就鼻涕一把泪一把了。

九班，夏离，从那天起，我就记住了这个名字。

我不光知道了她的名字，我还知道了我那天拎着的行李箱里面竟然是一些铁家伙！

基本没怎么锻炼过的我不由得惊叹我竟然有如此神力。

之前我因为害羞，从来不敢去办公室问问题。但从那之后，我每天都会去办公室问问题，问的全是一些高难度压轴题，甚至老师都做不出来，不为别的，就是想在办公室多待一会儿，想着能再见到夏离。

这方法果然奏效，我发现夏离基本天天都会被叫到办公室训话，可不管"核武器"言辞多么犀利，态度多么暴躁，夏离始终面不改色，始终都是那么潇洒地离开办公室。

她挥一挥衣袖，不带走一丝情绪。

每次在办公室里见到我时，她都会对我微笑着打招呼，那种微笑，简直和初见时一模一样，我所有的坏心情，在那个微笑面前都一扫而光。

久而久之，我发现，我竟然也有勇气和别人打招呼，虽然我的打招呼方式只是板着脸挥挥手，但对我来说，已经是迈出了一大步。

有一次，我依然在办公室问问题，她依然在办公室挨训，可能是"核武器"发现了什么，开始了和往常不太一样的训话："夏离，你对着人家笑什么笑，没看见人家正在问问题吗？人家可是年级前三，没看见人家都不愿意搭理你吗？人家那是烦你不想跟你说，一天到晚嬉皮笑脸，把成绩搞上去才是正事！"

我一整个大无语，这个"核武器"，随意揣摩我的心思，还揣摩得完全不对，离大谱。

03

高一下学期刚开始，我们就开始了选科分班，我选择了物理、政治、地理。

可能是老天开眼，我竟然跟夏离选择了同一个组合，而且分在了同一个班！

本以为苍天有眼，结果天有不测风云，苍天好像要闭眼睡觉了！

我们组合有两个班，我们是一班，二班的整体水平比我们班要好很多，我才在一班待了一个星期，隔壁班主任就来要人，说要把我调到他们班去，而我们班主任，竟然还同意了！

后来想想，倒也是，隔壁班班主任是"核武器"，也是级部主任，我们班主任才上任没几年，自然拧不过"核武器"。

临走时，夏离主动帮我搬书，她说是为了报我的"行李箱之恩"。

我问她，为什么要在行李箱里装那么多铁家伙。

她跟我说，她脾气犟，又大大咧咧，像个野孩子，从小到大没少惹事，难免会有一些社会小青年骚扰她，于是她就随身带着这些铁家伙，以防万一。

她的解释，属实震惊了我。我没想到，她竟然如此坚强，要是我遇到混混抢钱啥的，估计只能乖乖束手就擒。

她帮我安置好我在新班级的座位，还帮我搬了好几趟书，新班级里的人顿时议论纷纷。

不过，这次我并没有丝毫紧张，相反，内心无比平静，如无风清湖，不起涟漪。

"行了，最后一趟书搬完了，我不欠你的了啊。"她擦擦额头上的汗珠，大口大口喘着粗气说道。

"谢谢啊。"我破天荒地开口道谢。

我自己都有点震惊，"谢谢"这两个字我曾经是多么羞于说出口。

"谢什么，我都说了，报恩局。"她大手一挥，倒有几分大侠风韵。

"看你也没什么朋友，搬书都没人给你搬，以后我罩着你吧，有事记得找我。"说完，她重重地在我肩膀上拍了两下。

那一刻，我又解锁了一个新技能：自然地微笑。

"哈哈哈，你……你笑起来怪傻的。"她几乎是爆笑着把这句话说了出来。

"滚。"我故作愤怒。

她从不把我当成一个有社交障碍的人，在她的世界里，好像所有人都和她一样大大咧咧。

"夏离，你干什么呢，别耽误人家学习，回你班去！""核武器"不知什么时候出现在后门门口，直接对着夏离铺天盖地一顿训。

"你多保重。"夏离小声地对我说了一句，然后把随身带着的双节棍塞给我，便像兔子一般跑出了教室。

04

一年后。

"现在是高二下，马上就高三了，你们两个还参与打架！经我们课研组研究决定，你，没资格留在这个重点班，即刻起回你的一班！""核武器"指着我的鼻子吼道。

这要是在以前，我早哭得低头认错了，可跟夏离混熟了一年后，我发现我的脸皮也逐渐厚了起来，虽然跟夏离相比依旧有较大差距，可是也算是有两三座城墙那种厚度了。

"好的老师，我这就去收拾东西！"我低头鞠躬，闪出办公室。

"好的老师，我这就帮他收拾东西！"夏离低头鞠躬，随我闪出办公室。

我心中暗自窃喜，难道这就是因祸得福？

三天前，中午，学校外牛肉面馆。

"离哥，第一、二、三宇宙速度给我说一下。"

"7.9，11.2，16.7。"夏离嘴里含着一大口牛肉面。

"光数字啊，单位呢，算你答错啊。"说完，我很自然地从她碗里夹出一大片牛肉。

"喂喂喂，这么严格，还夹我这么大一片牛肉，脸皮真厚。"夏离可怜巴巴地看着我筷子中的牛肉。

许多学生的欢声笑语充满了面馆的每一个角落。

高一下学期，我便和夏离约好，她平时教我双节棍，并且跟我说以后我出事了她顶上，我有时间就给她补习功课，在我们的共同努力下，夏离已经从当初的"渣子生"晋级为妥妥的"一本生"。

我的成绩倒还是一如既往地靠前，妥妥的"双一流"。

每天中午我们都会一起吃饭，我都会随机问她几个问题，答对便就此罢了，答不对我就要在她碗里夹几片肉吃，这已经成了一种惯例。

就在我们两个为了一片肉吵得不亦乐乎的时候，几个小混混直接冲进了面馆，径直朝着夏离走来。

"小妮子，就是你啊，我大哥看上你，然后你就把我大哥给打进医院了？"为首的一个花臂青年色眯眯地看着夏离。

"这种流氓，姑奶奶见一次打一次！"夏离猛地拍了一下桌子，气氛骤然紧张，尘埃凝固，大战仿佛一触即发。

"小妮子这么冲，看来得先把你打服，再说后话了，动手！"花臂青年率先动手，一个巴掌就朝着夏离抡过来。

"啪！"我的巴掌和花臂青年的巴掌正好对上，发出清脆的响声。

"呦呵，小子，英雄救美？"花臂青年有些挑衅地看着我。

我的手掌现在火辣辣地疼，但我还是故作轻松，轻蔑地说道："她是我大哥，我护着！"

在场混混爆笑如雷，嘲笑之意毫不掩饰。

倒是夏离，眼角分明出现泪水。"核武器"怎么吼怎么凶我都从未见过她流泪，我一句话却触动了她的神经。

"说好了出事我顶上，你去找老师！"夏离使劲把我往后拉扯。

"等老师来了，咱俩早被他们揍趴下了，今天，我就让他们知道知道，学霸，也是会打人的！"

说罢，我掏出随身携带的双节棍，开展搏斗（画面暴力，不可描述）。

倒是夏离，只是在一旁傻傻地看着。

······

05

整个高三，相当苦闷，整天喊着坚持、加油、奋斗的口号，整天刷着一本又一本的练习题，为给青春不留遗憾，我们都在奋斗的路上一去不复返。

我和夏离在高三的来往逐渐变少，但是心中的感情却未曾减弱丝毫。

拍毕业照时，虽然无人开口，但我们两个还是心照不宣地站在了一起，在校服上签名留念时，我们互相给对方留出了一个最大最显眼的位置。

高考结束后收拾寝室，她与我谁也没开口，她收拾完所有行李，我在她宿舍楼下乖乖等候，像初见时那样，帮她拎着满是铁家伙的行李箱。

我送她出了校门，心中想说的话却一直不敢开口说出来，仿佛曾经那个社恐的我又回来了。

她叫的顺风车到了，临上车之前，她对我说："你是不是有什么话想对我说？"

当时我那个不争气的脸颊又红了……

我犹豫了好久，终究是没能说出口。

倒是她，对我倾世一笑，清新自然，没错，就是初见时的笑……

06

一些毒鸡汤里写到，高中毕业之后，大部分人都会由熟悉，到陌生、疏远，直至遗忘。

而我和夏离不同，上大学之后，每天晚上必视频聊天。

她依然用大哥的语气和我说话，我也时不时地考她几个高等数学、大学物理的知识。

有时我们也一起回忆高中趣事，回忆"核武器"的霸道，回忆初见时的羞涩与分别时的不舍，她回忆打架时我有多么蠢，我回忆给她讲题时她啥也不会，有多么笨……

许多琐事，是要用一辈子来分享的。

异地恋固然有距离，但爱没学过地理，所以爱不知道。

某一天，我和她的朋友圈同步更新：初见是你，余生是你。

心中有条河

赵方燕*

昨天，有同学在群里发了一张大汶口镇的油菜花的照片，引发了同学们的集体回忆。

多年前，我们在那里留下过身影，留下过不少的豪言壮语……

在我所学的历史课本上，有段大汶口文化的介绍，之所以被提及，是因为这里的文化正处于由母系社会向父系社会转变的时期。大汶口文化遗址就立碑在此。

泰山巍巍，汶水汤汤。

我的母校泰安三中位于大汶口镇，就在大汶河旁。

我们泰安人，应该是得到了上天的垂青，命中注定，非常幸福地与泰山相依，与汶水相戏，山水融合，骨脉相连。

我印象里的大汶河非常壮阔，河道宽，水流缓慢，总是一副风平浪静的样子。

那时候，去求学，不可避免地遇到一个问题，如何过河？

三中的学子们，家的位置不同，分为河东的、河西的。河东的同学们需要过汶河，一般来说分为以下四种模式：

一、搭船

夏天水量大，在北滕村渡口，有当地老百姓用竹篙撑船，小船悠悠，别有一番滋味在心头。

我们那时候的交通工具是自行车。

我们会把自行车搬在船上。周日，河东的同学们要返校，大家都是邻村或者邻近乡镇的，又在一个学校求学，彼此熟悉，打着招呼，有说有笑，非常亲热。

---

* 作者简介：赵方燕，笔名燕方赵，山东泰安市电视台记者，擅长新闻采访、专业片制作；业余时间，笔耕不辍，所写的散文、小说多次获奖。

学校食堂是可以用麦子换馒头票的，所以，大部分同学的自行车后座上驮着一袋麦子，袋子被五花大绑捆在自行车后座上。

也有的同学自行车驮着煎饼，那是从家里带的口粮，回校的前几天，先吃煎饼，没了煎饼，再去食堂买馒头。在我的记忆中，高中三年，都是煎饼、馒头、咸菜老三样。

撑船的艄公，用竹竿儿轻轻一点，船向前行驶，速度不快不慢，偶尔有清风拂过，河水的水气，环绕在身，炎炎夏日，非常凉爽。现在想来，竟然是一种难忘的享受。

上了岸，问题又出现了，大汶河的河堤非常高，坡度非常陡，这时候，男同学的优势就表现得很明显了。我们几个男同学，需要先奋力地帮助女同学推车子。

车子载着一袋麦子，又高又陡又长的坡道让柔弱的女同学望坡兴叹。男同学们大显身手，吸气蹬腿，气沉丹田，一声喝，发力，必须从河岸上跑起来，一鼓作气，不能歇，直到连人带车到达坝顶。

现在，在同学群里聊天的时候，推车成了焦点。

不少女同学纷纷回忆，到底是哪位男同学为自己推过车。但时光飞逝，有的实在想不起来了，女同学们纷纷在群里感谢那些做好事却被忘记名字的"无名"男同学们！

二、过桥

这种过河方式，主要出现在冬天。

冬天的河水，虽然没有断流，但是水流很小。窄窄的水面，适合搭桥。村民们会用木头，搭一座小木桥，当然是临时的，水大的时候会拆掉的。

这时候，开船的艄公，身份一变，成了渡口管理者。哈哈，此路是我开，要想从此过，留下买路财。

我哼着歌谣，推着车子，甩下毛票，大摇大摆，扬长而去。比起其他过河方式，踏桥过河就显得简单得多，幸福得多了。

我当时记得，坐船好像要五角钱，过桥应该便宜一些，好像是两角钱。现在，两角、五角的钱，能干什么？还是那个年代的钱值钱！哈哈。

三、绕路

虽然那时候，坐船或者过桥，花费只有几角钱，但对于我们这些穷学生来说，还是舍不得。因此，我们会选择绕路。

我和另外两位同学，从老家出发，蹬着自行车，绕道华丰镇、磁窑镇，虽然多走了一个多小时，可是不用花钱啊。

我们三个骑着车，一路畅谈理想，意气风发，说着说着，到了学校，也没感觉到累。一路上，我吹过的牛皮，讲过的笑话，现在都忘记了，无非是等我们发达了，如何如何。

想想，这也是一种难忘的回忆。

四、蹚水

还有一种方式，就是蹚水过河。

我只实践过一次，就再也不敢这样做了。

那时候是和一个比我年龄大的邻村大哥去的，他有蹚河经验。在颜西村，那边的汶河水，非常浅，不少人就是选择在颜西村过河的。我当时兴高采烈，好像哥伦布发现了新航路似的。汶河当年可是拦路河，影响了我的求学。

虽然，她静静地就在那里流淌，百年不变，你来或走，她就在那里。

可我为了过河，得想尽法子。

周一我就跃跃欲试，央求大哥一定别忘了带着我，去颜西村口，蹚水而过。周六我们回老家，他在前面，我在后面。他推着车子，越走越快，和我拉开了距离。

我却是举步维艰，以前没有经验，进了河，才知道，原来看似平静的水面，下面却是暗流涌动。一开始，水面到我的小腿，我推着自行车，还很轻松。到了河中心，水流推着我，就像是身边多了个坏人，阴恻恻的，老想推倒我，淹我。

尤其是水有一种很大的力量，推动着我的自行车。我感觉拿不住车把了，也不能走直线了，开始有点歪，心里逐渐紧张。一不小心，我一步踩进一个水坑，水面一下子漫到了腰。

我大惊，使劲咋呼："大哥！大哥！大哥！"大哥当时到了河对面，见状大叫："别动！"他蹚河快速赶到，一下子把我的自行车提起来，扛在肩上。这样，水的推力顿减。

所以，我这辈子牢记的亲身经验是：过河，自行车不能推着，要扛起来，脱离水面。因为面积大的物件，受力面积大。因此，在水流的作用下，推力猛增，人和车很难稳住的。

我那时没想过此事，这物理是白学了。蹚水的结局是我人没事，衣服全湿了，幸好，身上没钱，裤袋里有几张饭票，废了。有了这次过河惊魂，以后就不再尝试蹚水这种方式了。

后来，看潘长江的小品《过河》，听着歌声"妹妹面前有条弯弯的河"，我就会想起自己过河的种种经历……

不过，冒出的不是那次担惊受怕，而是满满的温馨的感觉。

我毕业后的两三年，北滕村那个渡口修筑了大桥，方便了河两岸百姓的生活通行。

有损失的可能是艄公们吧，古老的渡船生涯戛然而止。

听学校里教授我们历史的鲁老师说，很多年前，大汶河夏天一旦发水，河水湍急。两岸通婚，新娘子是坐在很大的瓮缸里面，选几位像浪里白条那样水性极好的好汉，在河里踩着水，推着瓮缸前进，把新娘子渡到对岸，这成为此地联姻佳话。

世事变迁，如今，大汶河也有了很大的变化。跨河的大桥越修越多了，越修越漂亮了。

这几年，政府加大了对大汶河的治理，建坝蓄水，河水清澈，再也不断流了。两岸树木郁郁苍苍，各种鸟儿栖息在这片绿洲，汶河两岸，成了鸟语花香之地。

更好的是，政府现在成立了徂汶景区。就是把大汶河和徂徕山联合打造，形成一个完整的景区。有山有水，风景绝美，这绝对是政府的点睛之作，神来之笔。

我甚至畅想，是不是某一天，沿着大汶河，一座小型城市会拔地而起，就像是上海、杭州这些城市，沿江而建，跨河而居，形成一处处东方明珠，美轮美奂。

我现在回老家，还是途经大汶河。

当然，不再是骑着自行车，而是开着轿车。

我会把车停在桥的上面，扶着栏杆，观赏着大汶河。大汶河虽然不如黄河有名，但也哺育了两岸百姓，是一条母亲河。我和大汶河密切接触，记忆多多。

我无数次从河上走过；我和同学们曾在河边踏春，玩雪；语文课张强老师让我们写作文，写写心中的汶河，只可惜我当时文辞稚嫩，竟然落笔无语，无法述说。

可过了多年，再面对汶河，我会想起对着汶河说过的豪言壮语，流下的泪水，唱过的歌……

我看到并感受着大汶河的深切变化。

其实，每个人的心底，可能都有一条河。

那河水，就是我们的记忆，在缓缓地流淌……

又或者，我们的人生就是一条河，或坐船，或蹚水，或者绕绕路，但总是向着目标，勇敢而坚定地过河。

我们坚信：每个人，只要努力，都会走到理想的彼岸。

早知原是梦，不做醒来人

鞠嘉捷*

一年的时间看起来格外短暂，仿佛昨日还是微风轻拂，今日已是人走茶凉。那个冰冷的雨天，与炙热的夏至是那么不和谐。毛毛般的雨，冲掉了我们初三最后的回忆。

那场毕业典礼，令我此生难忘。和你一起走过毕业门的那一刻，我深知我们要好聚好散了。你作为优秀生上台演讲，我在台下倾注所有的目光，看着你在大家的眼中熠熠生辉，那时我在想，如果我们上不了同一个学校该怎么办，我不想和你渐渐变成陌生人。我思来想去，天下没有不散的筵席，但人生何处不相逢，你有大好的前程，你可以考上一所更好的大学，而我可能只是上个一本罢了。雨打在树叶上，风卷起地上的落叶携着泥土的芳香吹醒了你我。我沉浸在回忆之中，想着这三年我们的点点滴滴，我们曾一起跑过街头，曾一起抓过夏蝉，曾一起看过落日，曾一起吹过晚风，那些记忆似乎锁进了我的 DNA 中，我发着呆，独自坐在教室里，望向窗外，看着雨将大地冲刷，看着鲜花独自绽放。我知道，该走了，这三年也该告一段落了，要给自己一个好的结尾。

我离开了教室，走在街上，闻着馥郁的花香，听着广播里的《起风了》，我低下了头，歌词一句句地敲打着我的心房，眼睛已经模糊，也许你看到了我这般模样，缓缓地向我走来，以无所谓的语气说："干吗啊这是，这毕业典礼多好，开心点。"我哽咽了半天，"好"。我被你拉到我们第一次相遇的地方，地面湿乎乎的，上面零星散落着几片落叶，你指了指跷跷板，"你坐那边，我让你根本下不来"，我"噗哧"一下笑了出来，就这样，那个黄昏又在今天重新上演，雨渐渐停了，我想也该是时候告别了。你我不约而同地站了起来，望着被乌云笼罩的天空。

"哎呀，没想到三年这么快就过去了。"

"是哈，是挺快的，都没怎么好好感受一下。"

---

* 作者简介：鞠嘉捷，笔名程轩，男，16 岁，山东省潍坊市昌乐县乔官镇人，现读昌乐博文学校，高中学历。

　　"啊呀，别这么伤感，毕业这么快乐的日子。噢，对了，今晚我叫上几个朋友一块出去吃顿饭。"我呆呆地看着你。心想这可能是我们最后一次相聚吧。

　　夜色渐渐笼上天空，我依旧在熟悉的路口等着你，那一晚，我们玩得很欢，笑得很开心，诉说着这三年的酸甜苦辣，在每个人的一言一语之间，大家都沉下了头，可能三年的回忆真的很宝贵吧，时间如白驹过隙，连最后相处的时间也没有了。你拉着我的胳膊提前离开了餐桌，我一脸疑惑地看着你，你也没有给我答复，就这样一直走一直走，不自觉地就走到了濠景海岸。走在桥上，桥杆的霓虹灯今晚格外绚丽，沉默之间，你道了一句"毕业快乐"，我也礼貌性地回了一句"毕业快乐"。但我能听出你的话中带着几分哽咽，几分离别伤感，悄然之间，我们走到了桥的尽头。

　　"真的到了该分别的时候，还是有点舍不得。"

　　"得了吧，你不是巴不得和我分开嘛，怎么今天这么煽情了。"

　　"哎呀，这不是一想得好几个月不见你有点舍不得嘛。"

　　我曾好几次幻想过我们的分别方式，是杳无音信还是匆匆不舍，可是，我怎么也没料到会是这种方式。我们原本无话不谈，今夜却难于启齿，我有很多话想对你说，可都在这沉寂之中窝进了肚子之中。

　　突然，你转头看向我，我也不由得一惊，你的眼睛红了，我的视线也模糊不清，你一把抱住我，我也紧紧抱住你，就这样过了好久好久。多想让时间静止在这一刻，即使赌上生命也好，这一刻我等了三年，但我不希望它到来，因为，它寓意着我们走向了分别。这一刻我的脑海中闪过了我们的回忆，一起吃过饭，一起被罚跑圈，一起写检讨，一起在黑夜中喊"以雷霆击碎黑暗"，我们一起做过很多很多事，多到我都无法计数。沉闷的环境压得我喘不过气，我松开了手，目送你回家。你的身影在月光下被拉得越来越长，月明星稀，我想上前却怎么也动不了身。你消失在了我的视线之中，我坐在一棵大柳树下，垂下的柳丝将我包裹起来，我哭红了眼眶，为什么一定要分别，为什么一定是这种结果。

　　那一晚我躺在床上许久不能入眠，皎洁的月光洒落在床头，我翻开手机相册，里面还记录着我们第一次吃饭，第一次看电影，第一次打游戏。转眼间，这些已成为过往，我多想对时间说，你能不能走得慢一些，再慢一些，可不可以定格在那一瞬间。我思索了好久，可能人生不能那么尽如人意，宫崎骏也曾说过："当陪你的人要下车时，即使再不舍，也要心存感激，笑着挥手告别，终有弱水替沧海，再无相思寄巫山。"缘分总是在莫名其妙中产生，却又在最难舍难分时消失。

现如今我们已经毕业一年之久了。在这一年里，我们见面的次数少得可怜，聊天的话语也变得成熟，少了之前的悠然自得，多了几分逍遥快活。我有很多话想跟你当面讲，可是高中的学业使我们不得不为自己而努力。故事的开头极其温柔，但结尾却配不上整个开头，我不认为它说的是我们，即使我们最后不欢而散，即使我们最后连句温柔的道别都没有，可我始终觉得我们过得都很好。

今天是我们认识的第四年零三个月，我想对你说："在广袤的空间和无限的时间中，能与你共享一颗行星和同一段时光是我的荣幸，希望你历经千帆，归来仍是少年。"

我的入团故事

程宇航*

回首往事，依稀记得，在小学校园中斑驳的墙壁上，挂着四面鲜红的旗帜，除了刻在骨子里的五星红旗，对于孩童而言，另外三面显得尤为陌生。

体育课上，自由活动阶段，带着满满的好奇心，少年不解地凝望着沧桑的墙壁。体育老师很快发现了端倪，北方的冬天，整个操场都是一片枯黄，唯有少年面前的四面崭新的旗帜，鲜红的颜色别具一格，甚为扎眼。

老师缓缓走近，在少年背后安静地驻足，他温柔地摸了摸学生圆滚滚的脑袋，俯下身来，准备听听少年的心事。

"老师，这儿为什么挂这么多旗子？"

……

"铭记历史吧。"

"那这四面都是国旗吗？"

"当然不是，国旗都认不出了吗？第一面的五星红旗是国旗啊；它旁边的镰刀锤子旗是党旗，代表中国共产党；再下一面，金圈环星的是团旗，代表中国共产主义青年团；最右侧一张，火炬燃金星的是队旗，代表中国少年先锋队。再过些日子，你就能戴上红领巾，成为光荣的少先队员啦！"

少年无暇注意老师和蔼可亲的笑脸，他放大的瞳孔里，满是对戴上红领巾那一天的期待。

这一天很快如约而至，在学校升旗仪式上，青涩的少年作为三年级代表站上了主席台，在慷慨激昂的《义勇军进行曲》的伴奏下，他绯红的面庞自豪地朝向台下的全体师生，当教导主任为他戴上鲜红的红领巾时，他的表情突然肃穆，完全不同于手足无措的紧张神色，少年脸上罕见的神情，更像是对那个冬日午后的追溯。摄像师"咔嚓"一声，捕捉到合影的完美镜头。

那是他和五星红旗的第一张合影，由于年纪最小，个子最矮，被摄影师安

---

* 作者简介：程宇航，男，20岁，河北保定人，本科在读，文学爱好者。座右铭：书痴者文必工，艺痴者技必良。

排在了最角落。照片上他那肃穆的神情依旧没放松下来，主席台的边缘好像是配角，但仔细看去，那分明就是距离五星红旗最近的宝地。

少年恍然大悟，前辈的鲜血染红的不只有头顶的五星红旗，戴上红领巾的那一刹那，系上五星红旗的一角，他已经完全继承了革命烈士的遗志，甚至很快感受到了颈上愈发沉重的责任感。他望向屹立在面前的两面旗帜，闪耀的五颗金星，携着旁边熊熊燃烧的火炬，两抹互不相让的鲜红，在风中摇曳着斗舞，少年眼角那抹神秘的余光，除了对面前两面旗帜的致敬，似乎还有与金圈环星邂逅的期望。

再听人讲共青团的故事时，少年已经变了模样。他匆匆告别了小学，踏入了初中的校园，稚气虽减但尚未完全消退。少年变的是面庞，不变的是面对团旗时，眼神中坚毅的光亮。

大会议室中，缓缓奏响了《光荣啊，中国共青团》，校团委书记拈捧起一只团徽，少年伸出双手，视若珍宝地接过，凝望的眼神中透露出信仰的光辉，看着精美的图案，他陷入了沉思，以至于在全员的合照中也是低着头颅。

没有旁人可以理解一个少年在这样光荣的时刻为何做出闷闷不乐的表情。可能只有亲眼看见了五年前，旧墙根下师生二人畅谈四面红旗的画面，也许只有亲身体验了一个初一学生为了考到班级前五，获得优先入团名额，一改往日的散漫，挑灯夜读，进步二十几名，一鸣惊人的经历，别人才能透过照片中低沉的面庞，读出少年心中对四面旗中最后一面镰刀锤子旗的期许。

而后几年，他一直积极参加班级团支书的竞选，骨子里的信仰，保佑着他在一次次竞争中胜出。

直到真正和党相遇，他已经步入了大学的校门，来到了一个崭新的世界，少年的称呼似乎已是情不应景。

呈上修改了不知多少遍的入党申请书，没有了当年的缄默，更多的似乎是一身轻松，十几年来，他终于对曾经那段对话有了一个完美的交代。

但也许只有他自己知道，这个交代不只是申请入党的结果，更多的是自己成长路上对共产主义的一步步探索，一点点追求，一丝丝向往。所有故事的交汇，可能并没有什么热泪盈眶的情节，但足以感动那个不曾驻足的自己。

再后来，他成功地通过了党章考试，顺利地拿到了结业证书，成为积极分子，并开始为成为党员不断地做着准备。

没错，那个少年就是我。这就是我的入团故事——

始于一段促膝长谈，但至今依旧没有到达终点。

桂花香

陈建素 *

桂花香，在诗词里熏染过，似乎更有了动人心魄的魅力。每逢金秋，桂花香便会溢满人间。常在公园内，山寺中，庭院里等处，桂花树邂逅，这样便能在其开花时节，嗅到熏人欲醉的桂花香。桂花香以它特有的浓郁、奔放、热烈，将时空充盈得丰满、动感，令人的情怀总是蓬勃和宽广。

世间凡事，皆由缘起。这些年，一直对桂花香心怀缱绻，乃至情有独钟，只因——那棵始终立于校园中的金桂，已与我有了二十余载的陪伴。二十余载——一个人一生的时光里，绝不容被轻易忽略的一部分！那棵金桂，落户于此，正是这所乡村高中武陵中学，如日当空般兴盛。学校是在三峡移民的大背景下，从原先毗邻长江的位置，整体上移了一定距离后，迁建到此的。当时，全校师生有 3000 余名，班级 60 余个，可谓规模不小了。金桂树的到来，像是给学校献上的一件非凡的贺礼。它被安置在学校文化小广场，基本可以说，是被安置在了校园的中心地段：立于此，可以 360 度观望到校园的所有地方。桂花香浓散布时，就像桂花从一只储藏香气的香囊中间，开了个口子，漫溢而出，随风分散到校园各处。这棵金桂，来时就长得枝叶茂盛，树干粗壮，像一个体态丰满的女子。当它立于此，师生们都将它视作一道独特的风景。为了更显其美观，工人师傅特地用一把大剪刀，把它修剪成蘑菇的样子，养眼无比，让师生们百看不厌。我常在经过金桂树旁时，驻足小憩一会儿，将小小的身体，置于这棵高大的树下，像是在与它一起，呼吸着天地间的清澈之气，觉着身心都是舒爽的。同时，我也会对它满怀期待与想象。期待着，金秋时节，它能开出一树好看的花朵；也想象着，那无数花朵，会一起吐放出怎样沁人心脾的浓香。

我和我的同事们，以及所有学生，都在一边期待与想象，一边努力地做着自己的事：努力地工作着，努力地学习着，努力想为自己也为祖国好好绽放自己的生命，像金桂树一样，努力地酝酿一场蓬勃的花事。人与树，其实灵犀相

* 作者简介：陈建素，中学教师，业余时间喜欢阅读、写作。有几篇散文刊于《万州时报》《三峡都市报》《重庆政协报》《重庆晚报》等副刊。

通，互为鼓舞！当紧张而忙碌的一个学年结束，又经过了一个相对放松的暑假后，重返校园时，那棵金桂树，以它馥郁的花香，热情地揭开了新学年的序幕。学校也以初中部的中考与高中部的高考双捷，迎来了又一大批新生入学报到。人与树，都有了一场骄傲的绽放，像是一场君子约定！金桂开花时，那浓浓的花香，弥漫在校园里。清新的空气里，揉进了桂花香，像一坛馨香的美酒，陶醉着师生们的心。课外活动时，那么多的学生，常常围到金桂树前，一边更近地嗅闻花香，一边赞叹着，欣赏着那美丽的花朵。有时，他们也用手机，从不同的角度，给桂花拍照；或者，同学间互相为对方和桂花树合影留念。少年们的脸上也绽开着桂花一般灿烂的笑容。他们其实就是一朵朵盛开的桂花！这棵桂花树，就那么笑盈盈地站在那里，敞开自己的胸怀，和一群群一届届青葱少年们，共度一段美好时光。然后，他们又以更加积极的态度和饱满的热情，投入学习。多少学生在走出这座校园后，他们心中的一隅仍旧为一棵桂花树留着永久的位置。毕竟，那浓浓的桂花香，在他们的年少岁月里，温情而热烈地沁润过他们的心灵，给了他们太多对未来美好生活的憧憬！

多少次，站在树下，近距离地欣赏过满树的花开，更在此中，深深地陶醉过无数回。在那密密层层的翠绿叶片间，缀满了更为密集的花儿：金黄金黄的，在天光里，灼灼其华，像一个人最为浓情的表达；花朵又细巧如点点繁星，有着精致之美，灵秀之美，动人之美。而那阵阵花香，就是从它们的小小身体里，绵延不绝地释放而出的——竟然那样辽阔，那样蓬勃，那样穿透灵魂！我的记忆之门，被如潮水般涌动的桂花香，轰然叩开……

与误解再见

陈俊洛*

"学我者生，像我者死。"

曾以为画画就是要将看到的一切画下来，画得越逼真画作就越优秀。

少时喜欢画画，曾跟老师学习过一段时间。恰逢三月，老师带我们出外写生。桃花开了，似满天红色的仙女。一阵风吹过，满天仙女飞舞，似梦似幻，美得不真实。

老师看见我们呆立着走不动了，便对我们摆摆手，四处望了望，找了个向着光的地方对我们说："就这了吧！"

"桃之夭夭，灼灼其华。"桃花很美，我画得很认真，一笔一画地摹，渴求每一丝每一寸同它一样！老师望着我们叹了口气，另寻了个地方画。

我们画毕涌到老师身边，只见老师的笔飞快地动着，构筑出一条条动态美丽的线条，老师画得真好看。我们围在他的身旁坐着，不料一抬头看见了老师的写生对象，再看看老师的画，二者并不很相像。"老师，您画得怎么不像呢？这里、这里好像都不太一样啊，老师您画错了吧？"我怀疑道。同学们也围了过来表示质疑。

老师笑了笑，教训道："你看看你们的画，不过是千篇一律，又有什么可夸赞的呢？"我们把画摆在一起，果然我与同学们的画大同小异，在画中，那随风而舞的桃花变得僵硬了，好似被禁锢在了纸中，没有了生气。再看看老师的画，桃花宛如就在我们眼前愉悦地轻舞着，甚至让人们觉得桃花也因人的欣赏而快乐着，越看越让人喜爱！一下子我们似乎明白了什么。"学我者生，像我者死。"老师语重心长地说："画画不只是把事物摹到纸上，那样便没了灵魂。我们要用心体会它们的神韵，而不只是求形似。"

我恍然大悟，一想到自己曾误会老师犯错误，质疑他的水平，我就觉得自

---

* 作者简介：陈俊洛，男，2004 年出生于广东省广州市番禺区，一名热爱美术的随兴笔者。

已无比愚钝。我的学习也如同我的画一样，一味地借鉴模仿缺少了自己的东西，在考场上便会暴露出不足。求神弃形，艺术创作要的是真正领悟对象，体会对象，从而创造出独属自己的作品。

　　与误解再见，我大步前行。

锦绣山河

古泉神水"石井埚"

兰建国*

　　江西铜鼓女人长得漂亮，是世人公认的。北京、上海、深圳、西安及沈阳等大都市的人都说，铜鼓女人肌肤水润，脸庞姣好，身材匀称，嗓音甜美。

　　江西铜鼓出产的东西好吃，无论是北方人，还是南方人，都夸赞铜鼓产的东西津甜，清脆，爽口，真有味。

　　这自然是得益于铜鼓山区的水。江西铜鼓位于赣西北的群山千峰万壑中，是吴头楚尾的艾地。据说有好奇者溯溪探秘，考证了东晋田园诗人五柳先生笔下的《桃花源记》，其实就是以铜鼓棋坪金沙河为原型。身处大山群峰的铜鼓苍峰翠岗，林海碧绿，春夏秋冬粲然四季，重峦叠嶂，演绎着灵动清丽的风景。它藏有许多与众不同的秘境特产。

　　笔者说说其中藏于铜鼓西河片区域的棋坪镇棋坪村田坑组一个叫"石井埚"的神奇地方，它当然是和"水"有关联。

　　先讲讲下面两个口耳相传的趣闻吧。某年某天，一个身患绝症的旅人，得知自己患了绝症，就拒绝去医院花钱治疗，免得到时候因为治病而人财两空，给家庭造成巨大的经济损失。他也不想坐在家里等病亡，干脆去大山里旅游，让心情舒坦一下。

　　此人无意间来到棋坪村，见此处风景新奇秀丽，山高水长，云雾萦绕，民风淳朴，家家户户热情好客，民宿条件巨佳，就租住在一农户家中天天品尝农户家人从一个叫"石井埚"里取来的泉水。

　　三个月后，此人感觉喝了"石井埚"的泉水，晚上能睡得着觉，胃口也慢慢地变好了，自己的身体在朝好的方向恢复，完全不似一个病人模样。他愉快地回了家，再上省城大医院复查，一切正常，他病愈了（真是神泉）。

　　某年某天，一个人从湖北慕名前来，因患眼疾，他是拄着拐杖到棋坪村来的，他也是在一个农户家里住了几个月。他天天晚上用草纸沾上从"石井埚"

---

　　* 作者简介：兰建国（蓝建国），江西铜鼓县人。喜欢用文字的心香虔诚地点燃祭坛上的孝爱之火。《江西作家文坛》特约作家。宜春市作家协会会员。

取来的水敷在眼睛上，就这样子坚持了几个月，他的眼睛明亮了，于是，他丢掉拐杖高高兴兴地回到了湖北老家。

关于"石井垴"泉水治病的新闻有许多版本，传得神乎其神。

棋坪村群山环抱，山峦叠翠，清逸秀丽，令人神往遐思。村里农舍幢幢漂亮，小洋房干净、整洁。村头那棵千年红豆杉树王，宛如一把巨伞，绿荫繁茂。一条水泥路通行六华里，上一座青山翠绿的山岗，在一个快到山顶的位置，被一座庙宇遮盖着的便是"石井垴"。从地理常识的角度去分析，水井一般是在山脚下或低洼处；而"石井垴"却偏偏就在一处森林茂盛的山顶处。你说神奇不神奇？

几块峻岩自然堆砌，互相支撑着，形成一个天然石洞。它似宋朝文学家梅尧臣的诗句："洞口水石浅，潺潺泻绿蒲。缘溪进岩窦，阴黑人境殊。中言有物怪，蟠蛰春来苏。"它也如宋朝诗人释昙颖的吟咏："山无凤皇飞，洞有仙人迹。蝙蝠大如鸦，莓苔偏上屐。自惭无道骨，安问缘云客。"洞内幽静缥缈，青霞烟绕，终年恒温。洞里四壁被人工稍加修缮，用水泥做了台阶，方便大家取水，这水被人舀得多，时间也久，但依然是满满一泓。井中的水，永远是清澈的。诱惑人喉咙发痒，喝一口下去，甘甜，清冽，沁人心脾，好舒服。

到此井取水的人，提着水桶或水瓶，川流不息。人们排着长队，队伍中有男有女，有从外地慕名前来的，有从县城方向来的，有本村及附近村的。人们很自觉，秩序井然，怕声音太吵，吓得泉水闭塞。大家都相信，这里住着一位神仙，是神仙施展功力，才有如此好的泉水。因为这里流传着一个千年传说……

古时候一位本地樵夫上山砍柴，突然患疾病，发着高烧，心口闷堵，腹痛如刀绞，泼大汗，倒地昏迷。他隐隐约约看见一位鹤发童颜的白衣老者飘然而至，呼出一口仙气，用手一指旁边的大枫树下，喝道："成！"顿时树下草叶纷纷散开，一口冒着仙气的水井呈现在樵夫眼前。白衣老者用盂钵盛起井中泉水，慢慢喂樵夫喝下，樵夫喝了津甜清凉、沁人心脾的泉水，身体忽然又恢复了正常。

"谢谢您老人家！"樵夫感激地说。

"阿弥陀佛。"白衣老者自我介绍道，"我是家住南海水府的泉神，云游到此地，这里民风淳朴，山清水秀，是一个瑞云呈祥的福地。我心愿已定，留在此地滋养万物。"白衣老者继续说道："你回去叫人在这山岗的枫树林下，开凿打井，定有一口永不干涸能治病的泉水井，记住，叫'石井垴'。"

白衣老者说完话，突然就消失不见了。樵夫急忙下山将自己的奇遇告诉村里人。

村里的人们早就因无井水生活不方便，听闻此事后赶紧带上家伙，来到泉神指定的枫树林下动手开工，果然发现一眼清澈的泉水在汩汩冒着仙气。村民依白衣老者的话，给井取名曰"石井塅"。当夜村民们都做了同一个梦，梦里启示此地龙脉与南海银子潭相通，经水府泉神坐地造化生成。

从此，远近的村民都闻信来"石井塅"取水饮用，时空跨越千年，都说凡饮用"石井塅"泉水者，长寿无疾病。此水可治愈各种疑难杂症，此水可洗涤治疗各种皮肤上的无名肿毒。

此井出名后，平常取水的人多，如果是初一、十五，人则更多。不管多少人舀水，井水仍是盈满井沿，不浅不干。无论春夏天下大雨涨山洪，此井水都不混沌，不会漫过井沿。遇上冬秋天大旱季节，此井也从未干涸。

只要一提起"石井塅"，湖北、湖南等地有许多人都知晓，知名度挺高。当然，以上介绍都属于神化了的"石井塅"泉水，但是"石井塅"的泉水水质的确是好。无论是正常人，还是身体欠佳者，或者肠胃不好者，生饮"石井塅"泉水都无碍，不会引起身体不适或腹泻。经热心人士求证，取"石井塅"泉水放至家中，多天也不变质发臭。送泉水到有资质的科研机构化验检查，结论为："石井塅"水质优，富含多种对人体有益的矿物质、稀缺物质和微量元素（如硒）。它属于可以直接饮用的达到甚至超过国家标准的一类水质。也有许多经常喝此泉水的人说，此泉水可以降血糖血脂，长年喝能美容养颜。

在铜鼓县尤其是西河片区，有许多百岁长寿老人。铜鼓获"国家长寿之乡"称号，与山区的水是有着莫大关系的。笔者深信，铜鼓棋坪镇在生态立县、文旅兴县、乡村振兴的行动中，会很好地发挥"石井塅"的名片优势，打好"石井塅"地理标志这张牌。衷心祝愿"石井塅"，在"大健康"时代中，顺势而为，成为康养佳地。让古泉神水"石井塅"与时俱进，泉泽四方，谱写一曲新时代的美好山歌。

朋友，你在那喧嚣的大都市平平淡淡的日子里忙忙碌碌，难免有许多的烦恼和压力，请来铜鼓棋坪"石井塅"放飞你的心灵，用"石井塅"的泉水泡一杯当地（棋坪）的菊花豆子客家茶，或阅读一本喜欢的书，或与村民聊聊天，享受惬意的美好时光。

朋友，天意如此，山民好客，环境优美，"石井塅"在冥冥之中，时时都向你发出邀请："我在这里，我在这里！来吧，来吧！"

朋友，"石井塅"时时都在为你欢歌，汩汩涌动，如祈愿的祷告声：祝你身体健康，工作顺利，事事如愿，天天吉祥，好运连连……

游石门涧

彭如志*

> 横看成岭侧成峰，远近高低各不同。
> 不识庐山真面目，只缘身在此山中。

宋代大文豪苏东坡《题西林壁》诗中的庐山石门涧风景区，位于闻名中外的避暑胜地江西庐山西北角，与佛教圣地东林寺仅一箭之遥——一条狭长的山谷林壑幽远。

慕其盛名，戊戌年春夏之交，一个风清气爽的下午，陪伴友人，我终于来到了心仪已久的石门涧。

跨过山门，通过长长的铁索吊桥，便是曲曲弯弯的石阶路。或高或低，或窄或宽，依山势蜿蜒。举目远望，山涧两侧，群峰壁立，怪石嶙峋；近观周遭，参天古树遮天蔽日，修竹翠林秀丽妖娆；山坡上，涧壑里，石缝中，各类奇花异草争芳斗艳，粉的桃花，白的李花，红艳艳的杜鹃花，紫的、黄的无名小花，星罗棋布，煞是耀眼；那高大的华中润楠已吐放细柔的花蕊；形似水中青荷的广玉兰，更展现着她大气傲群的芳姿；阵阵花香随山风飘荡，惹彩蝶翻飞，沁人心脾，仿佛置身世外桃源。

正行走间，一块硕大的巨石引人注目。此石格外与众不同，似一朵乌黑的云从天边飞落至此。在这满涧皆为青石的景区可谓"鹤立鸡群"，故称"铁云垛"。此摩崖石刻系明代万历进士、累官至礼部右侍郎的王思任所书。边上的《铁云山铭》系清代九江知府方体于嘉庆二十年题书，属九江保护文物。往前不远便到了迷人的情人谷。这个第四纪冰川遗留下的巨石园，累累堆堆的山石形态各异：或人形，或兽态，或禽姿，或物象……其中尤以刻有"永结同心"的大石奇异，活脱脱一对情侣相拥、缠绵悱恻的模样。足下是一泓深潭，水流淙

---

* 作者简介：彭如志，江西省九江市彭泽县人，中学高级教师。退休赋闲，喜游山水，乐码文字。偶有作品，散见于报刊及公众号。

淙，水色清冽，周边百花簇拥，暗香浮动，竹木葱茏，雾霭萦绕。在这如梦如幻的仙境里，游人们纷纷驻足流连，争相拍照留念。这该是多么快意的所在！

离开情人谷就到了雕梁画栋的杜宣亭。这位杜宣大师乃九江人之骄傲。他是前中国作家协会副主席、上海市作协主席、诗人、剧作家。听说家乡石门涧景区开放，特别奉献墨宝"江山留胜迹"，赐予杜宣亭，书写对联遒劲有力，"龙腾铁云顶赏心观画壁，虎跃文笔峰悦目瞰清溪"令人驰目骋怀，浮想联翩。

离亭不远处有一块巨石方正有致，平卧林间，上刻"读书床"，侧书"临床一卧，通颖达慧"。大家不由得争卧其上，以求得更加聪明智慧。

说说笑笑间就来到了寿星峰下，这是宋代大诗人苏东坡题诗之处。但见山峰巍峨高耸，壁立千仞，直插云霄。其间的一大块白石恰似美女迎宾，定睛细瞧，一位长发飘逸的少女亭亭玉立，长裙曳地，笑容可掬，惟妙惟肖，十分灵动。欣赏仙女高峰，不由得感叹大自然的鬼斧神工，寻思着当年苏东坡先生为何没有为绝壁奇景留下只言片语？

带着美妙的心绪，走近"开慧泉"边，只见井水清亮悦目，水气升腾如仙气飘飞。相传东晋大和尚慧远为解百姓疾病，消除天干大旱，以佛杖杵地三尺，刹那间地涌清泉，一巨龙腾空而起，天地乌黑，暴雨倾盆，旱情解除，苍生得救。因这泉水能祛病治愚，故赐名"开慧泉"。

濡染着名泉仙气往前行进，不久便感受到了"太古遗音"的神奇。下到涧底，满眼磊磊大石间，溪水奔流，轰轰然似万马嘶鸣。驻足静听，其间夹带着低沉浑厚的击鼓声，咚……咚……咚……，铿锵有力的节奏，使人不禁联想起远古时代，那鼓角争鸣，金戈铁马，厮杀沙场的战争情景。这奇妙的"太古遗音"难道是造物主警醒人类享受和平，勿忘战争的历史忠告？正思考间，一座硕大的"试剑石"矗立前方，三个大字刚劲有力，此乃严晴瑞先生所题写，严公系当代书法名家，其书刚柔并济，富于美感。尤其是其中的"剑"字，末笔锋利如剑，极具削铁如泥之势。端详良久，不由得再次陷入沉思：当下虽国运昌盛，然东海浪急，南海涛涌，天下风云，变幻莫测，我等华夏儿女，定当神清目明，未雨绸缪，磨剑擦枪……

乘着习习凉风，在野炊场小憩过后，便来到"观鹰台"。立于台上，从窥管中向涧外望去，左侧离地百余米的石崖上，伸出一块三米多长呈半方形的悬石，酷似鹰嘴，嘴尖尚有钩状，大眼圆睁，炯炯有神，傲视苍穹，形象神肖。

紧邻"观鹰台"，有一幅天然岩画，该景点叫作"龙虎情"。只见一处不大的岩洞壁上，一条巨龙挟风裹雨，一头猛虎舞爪张牙，处于同一画面中，显得活灵活现，极为生动，着实奇特。据记载，此岩画系著名地质学家李四光发现的，并命名为"龙虎斗"。1996 年庐山申报世界文化遗产时，专家公认为稀世珍宝，且更名为"龙虎争胜"。次年当代书法家高占祥先生，见此画后异常兴奋地说："我们都是龙的传人，虎是华夏吉祥物。"言毕即挥毫写下了"龙虎情"。高公妙哉！欣赏完两处奇景，绕过骆驼石，远处传来巨大的轰鸣声。转过龙潭桥，一条银白色的水帘，顺山势从高空飞落。这就是著名的号称"庐山第一瀑"的青龙潭瀑布。登上观瀑亭，顷刻间被眼前的胜景所震撼：玉带般的瀑布如蛟龙腾跃，似彩练流霞，从高耸云天的峰峦深处喷薄而出，一路狂奔，左突右撞，溅起万千水珠，在半空中飞舞，犹如天上飘落的雪花。继而使劲地砸向深潭，发出震耳欲聋的声响，激荡起灿烂耀眼的光芒。瀑布下的青龙潭半亩见方，深不可测，水色如黛。号称"庐山三宝"之一的石鱼快活地游弋其间。横卧中央的巨石上，镌刻着"喷雪奔雷"四个大字，笔力遒劲，红得格外亮眼。飞瀑，绿潭，游鱼，石刻，动静配合，相映成趣，共同构成了一幅充满动感的立体山水画，着实美醉游人。大家纷纷拍照留影，徜徉于此久久流连。

梁园虽好，非久居之地。正当我们满怀依恋准备返程时，忽见"咒裂石"仁立身前。一块巨石当中裂开，一左一右酷似山门。"石门涧"也因此得名。据传禅师慧远巡游至此被大石挡道，咒念《山海经》，不久大石自开分成两半，遂成此貌。

穿过石门，登高远眺，满涧的奇石美景尽收眼底。因时间和体力之故，尽管还有诸多景点未能一一欣赏，但也只好稍带遗憾地结束了行程。

1996 年，当代美术大师蔡若虹先生乐游石门涧后，欣然题诗且献上墨宝，曰："庐山真面目，宛在岩石中。"我想，蔡先生的精炼概括，正是所有身临其境的游人们，心满意畅的真实表达。

美哉，石门涧！

壮哉，石门涧！

小南海赋

周海泉 *

自然奇观，人间景点。胜似蓬莱，堪比洞庭。时值九月，约合家出游。亲兄重阳，尽地主之谊。西通巴蜀，北接荆楚。秀蕴钟山，财聚宝盆。云游名区，辈出风流。目会天空，气贯苍穹。渝州唱晚，聆听两湖之涛声。黔江运转，迎接八方之旅客。层峦叠嶂，波澜起伏。朱楼画栋，流光溢彩。披丽水，接绣楣。光庙庐，云出岫。清流急湍，映带闸门。修竹幽静，高居玄关。天籁声清，巧指弹琴。宇宙正气，丹檐响铃。青鸾飞越展双翅，长虹夹镜架南北。岚气驾临升方仪，玉盘向上凌琼楼。韶华荏苒，不负佳卿。光阴已矣，皆是过客。

呜呼，三尺童子，苟活于世。七层宝塔，渴求甘露。笔画仙境，慕吴道子之长风。裙拖流水，洒绛珠泪在潇湘。捧心言表，挽西施馆娃之宫殿。握手交谈，佩萧郎美玉之倾城。关山紫电，天河变幻本无常。城门青霜，大路不平亦有道。挥毫遥临，登仙台以会盟。酒旗当风，处名士于云间。鸟啼去年之花，浓雾白昼更长。枕为海宫之石，轻烟瑞脑渐香。天运时来，鱼跃龙门入大海。秋霞高罩，鸟返山林闻梵音。忽见水车灌溉，农人忘归。相逢煮酒论道，一梦黄粱。

天降甘霖，地涌金莲。群玉山头，瑶台月下。凌波微步，仙子十步一回头。罗衫飘拂，树下三年两对弈。四海相望，九州与共。谪仙往返，太白出游信难求。求药无悔，徐福东渡烟渺茫。宋玉悲秋，山河破碎念千古。潘安美貌，掷果盈车岂偶然？山有扶苏，万岁阿房兴社稷？岗卧孔明，三顾茅庐安天下。淡泊以明志，宁静而致远。秀岛小筑，参差岳阳之楼。吊桥低连，娉美三峡之水。洞箫低沉，临窗清风吹丘壑。星辰驰骋，卧看河汉射北斗。路失门庭，手敲牙板呼酒壶。扁舟穿梭，波翻新浪淌碧水。嬉游至此，仙袂当举。兴尽而歌，岂不快哉！

---

* 作者简介：周海泉，笔名"周泉"，武陵山区人。喜欢绘画，设计了八卦棋和方圆棋。聆听海潮梵音，感悟环境人生运行的道理。一支铁笛步风尘，一壶花酒话人生。其文清雅脱俗，不离言情，追求古朴，已出版作品《题诗红叶上》。

城楼迢递，胜地不常。山高挺拔，路出崎岖。凝碧应是瑶池水，飞云还须神州船。九曲霄汉揽星河，四面楼阁鸣铜钟。宝剑开封，岂无青云之志？长城万里，怎悲孟姜之哭？老君西出函谷化胡，易安南渡填词感天。愚人享乐，生命苦短。悟者渡劫，规律可循。八仙过海，各显神通。五方揭谛，同曹值日。天马长嘶，响彻九霄之际。仙鹤倦飞，声喨武陵之城。日照香炉，紫气东来。雨滴石洞，凉风摩岩。游人如织，皆是善男信女。香烟鼎盛，无非求平保安。先有山伯英台，人间在此相逢。后来牛郎织女，喜鹊七夕搭桥。古往今来，面壁成圣。名利过客，望峰息心。石崇烧蜡，谁惜坠楼之女子？李清结绳，归隐云门遇仙人。远我去者，昨日几多。慰我心者，境界难越。掩扇遮面，娶碧玉又怎欢？对月饮酒，弄宫商以何惭？

泉，玉屏乡人，一介书生。志向悬壶，杏林无望。有田半亩，耕种维艰。庆幸文昌塔耸，时逢雅运新开。昔日游子，今早作文。下笔千言，归于宣纸。潦草几行，成竹金石。登高而赋，四韵俱成。满篇狂想，不知所云。

帘幕几重水宫深，相思渐满珊瑚床。

铁莲花开般若船，红尘镜看沉鱼妆。

海市无夜出蜃楼，鲛人有泪泣月光。

满目风波空念远，石畔醒来梦一场。

千年古刹寻觅禅心

曾涛*

早就听说成都北郊有个宝光寺，"宝光普照"还是成都的十景之一，但到成都工作三年了，一直没有机会去看看。周末，正好在城北办事，于是带着敬畏的心情去膜拜了这座千年佛教禅宗丛林，了却了心中多年的愿望。

红墙黛瓦、佛塔高耸、古朴肃穆，当这座隐藏在树木竹林间的古寺突然闯入眼帘时，我被深深地震撼了。

寺院的前面是一堵高大的照壁，照壁背面书写着二尺见方的红色"福"字。据说，人们站在离照壁几米到几十米远的山门口，伸出手掌闭着眼睛往前走，若能摸着"福"字便有福气。我走近一看，"福"字已经被摸得油光发亮，估计很多人已在这里沾上了福气。

继续往前来到山门殿，正门上"宝光禅院"四个大字熠熠生辉。进入殿内，只见两侧各塑一尊密迹金刚，但让人意外的是金刚身边还供奉着一对父子——杨廷和、杨升庵，这在其他寺院是绝无仅有的。仔细看了介绍才知道，这对父子是当地的历史名人，父亲杨廷和是明代两朝首辅，执政期间减赋税、清弊政，为家乡筑堰开渠，重培宝光寺；儿子杨升庵22岁高中状元，学识渊博、文学造诣很高，《三国演义》开篇词《临江仙》就出自他之手。怪不得家乡百姓给予他们这么高的待遇，在寺院中供奉。

据说，宝光寺始建于隋代，可惜在会昌五年（845年）的时候，唐武宗李炎下令拆除国内大部分小寺庙，宝光寺难逃一劫。康熙九年（1670年）重修宝光寺，经过后来不断扩建，宝光寺重焕生机，与成都文殊院、镇江金山寺、扬州高旻寺并列为长江流域"四大丛林"。如今的宝光寺结构严谨，布局宏伟，在150亩的土地上，分布着一塔、二坊、三楼、四殿、十二堂、十六院，行走其中，一步一景，步移景异。

---

* 作者简介：曾涛，汉族，四川绵阳人，长期从事新闻工作，现为自由撰稿人。爱好文学，喜欢旅游、摄影、阅读、写作、运动。先后在各级各类主流媒体公开发表新闻、散文、理论文章等300多篇。

继续往前走，宝光寺的标志性建筑舍利宝塔就伫立在眼前。塔建于唐僖宗时，距今已有千余年历史。它的建筑结构为方形密檐式十三级，高约 30 米，每级四面都嵌有三座佛像，底层正面的龛内塑着释迦牟尼坐像。

相传，广明元年（880 年）黄巢起义军攻破长安，皇帝唐僖宗被忠臣护送到这里避难，当时寺院叫作"大石寺"，佛塔叫作"福感塔"。一天晚上，唐僖宗心情不好，于是去寺院散步。当他走到佛塔前，突然发现有金光从底下迸射出来。惊慌失措的唐僖宗赶忙去问国师，国师说："此乃舍利放光，为祥瑞之兆，今黄巢已平，陛下可回长安了。"唐僖宗命人掘地三尺，果然在塔底挖出了石函，内有 13 颗佛祖舍利，颗颗晶莹剔透、熠熠生辉。后来，皇帝果真回到了当时的首都长安，并且下令扩建了寺院，重修了宝塔，并改寺名为"宝光寺"，名此塔为"无垢净光舍利塔"。

聆听着导游引人入胜的解说，我沿着中轴线继续前行，又先后参观了七佛殿、大雄宝殿、藏经楼。

藏经楼为重檐歇山顶建筑，面阔九楹，进深五间，是全寺最大的一座圣殿。在这里，导游讲述了"拈花微妙"匾额背后的故事，让人深受启发。

有一天，释迦牟尼在灵山说法，大梵天王献来金婆罗花。佛祖一言不发，拈花微笑。台下的弟子愣然，唯有大弟子摩诃迦叶妙悟其意，破言为笑。这一笑，让佛祖知道摩诃迦叶懂得了他的意思，于是就把这门心法传授给了他。后世用这个故事来比喻心心相印，默契会心。

其实，释迦牟尼在这里所传示的，正是一种无言的心态，一种安详静谧、纯净无染、怡然自得的心境。我以为，芸芸众生到寺院来朝拜，祈求官运亨通、荣华富贵也好，期盼平安多福、万事如意也罢，最终还是得看个人的修行。修行就是修心，心里纯净了、内心强大了、心态平和了，自然也就不会因纷纷扰扰的事情困惑了。

离开藏经楼，我又游览了旁边的园林。假山水池别具形态，林荫翠竹郁郁葱葱，红墙甬道殿宇深幽，香客僧徒、善男信女在此行走驻足。漫步在宝光禅院这座古老的庙宇，只觉心境清凉，舒适惬意，时间几近停滞。在这里，红墙隔绝了时空，隔绝了尘世的浮华喧嚣，此时此刻，外界的纷纷扰扰都与己无关，精神上获得满足和放松。

钟声悠悠，檀香阵阵。行游宝光禅院，开阔了心境，震撼了心灵，更觅得了一份禅心。

冬 雨

邓智高*

　　没有春雨的潇潇，那急促的步伐并着神圣的使命，让那久盼的人的心迹得到了释然；没有夏日的炎炎，那恐怖的闪电划过天际，震耳的雷鸣声未了，让人惊魂未定后的滂沱大雨一泻而下，只有让山河改色的雷雨，没有那萧瑟和肃杀后缠绵悱恻而了无尽期的秋雨！然而，百般忙碌的你无暇顾及太多，带着满身的疲惫，停下了匆忙的脚步，将歇未歇时，它悄然而至！在肌肤偶感微凉之时，它顺势从你的指尖滑落，似一顽童，顽劣至极！这，就是冬雨。她不喧嚣、不矫揉造作，静静地来到了你身边，是如此的安静祥和，生怕打扰到你的思绪！忙于奔波的你在这样的季节、这样的天气、这样的时刻悄然感受到她的到来，让你感动如许！催你深思，教你自省！今夜有她相伴，你注定要失眠了，因为她将在万籁俱寂的时刻对你进行思想和灵魂的洗礼。

　　工作的日子既忙碌又辛苦，没有过多的闲暇，更难觅一点真诚。看似平静的表面，内部却暗流涌动，有着太多的杀伐，只要有人，就有江湖，这是亘古不变的事实，亦是一种难以把握的人性的悲哀！赶往名利场的路上人头攒动，每个人都憋足了劲，你拥我挤，异常热闹！其实每个人都明白这样的行程中暗礁太多，凶险至极，不得不如履薄冰，但依旧印证了那句"人在江湖，身不由己"的真言。在琐碎的生活中，时有谣言取代了事实，犯上作乱！当人性的负面因素主导了战场，乱象丛生，让人防不胜防，躺着也中枪，怎能不累？这才认识到，原来做人竟有这么多阴险的理论和学说！

　　记得当年读书时，同是这样的季节、这样的时刻，同学们三五成群外出减

* 作者简介：邓智高，男，彝族，1980 年 12 月 4 日出生。在贵州省六盘水市水城区果布戛乡果布戛中学工作已 20 余载，自幼受父亲影响，偏爱文学，因此对于文章创作有些灵性，但每每下笔，言辞又多错乱，终不成文。现在已过了不惑之年，偶有偷闲看书写作的兴头，遂下笔作此一篇《冬雨》。此前，虽在学校发表过不少文章，参加工作后又陆续在本区教育刊物发文。但时间一长，记忆模糊起来，此时此刻这尘封的记忆随着作品早已上了封条。

负去了，寝室中只剩形单影只的我。此时，推开窗子，倒一杯开水，思绪也随着雾气的升腾而旋转，驰骋于广袤的宇宙，可以想点什么，也可以什么都不想；可以做点什么，也可以什么都不做，就这样呆呆地静默着。那在心灵上是何等的富有？生活不要过于勉强，随意就好；财富多寡，冥冥之中早有定数！累了，不妨坐下来；烦了，出去走走，看一下白云的浅淡悠闲，倾听溪水潺潺，享受大自然的和谐美丽。终于明白，自己不过是沧海一粟，还有什么解不开的忧、化不开的愁呢？

感谢今夜上苍的恩赐，在这个漆黑的夜里，这样的雨，让我清醒的同时，教会了我深沉，让我反思，更催我自省。

我喜欢冬天，更喜欢冬天的雨！

迟暮有感

面对人生请演奏好我们的美妙乐章

韩朝晖 *

一

面对人生，请演奏好生活的变奏曲。

也许生活有太多的幸福，也许人生有太多的坎坷。

高山如果没有它坚韧的挺拔，就会失去它的壮观。

大海如果没有它巨浪的翻滚，就会失去它的雄魂。

沙漠如果没有它飞沙的狂舞，就会失去它的浩瀚。

虽有山清水秀，但有天渊之别。

相濡伉俪共生涯，义结金兰与相知。

岁月静好是我们今天的期盼，但负重前行也许就在明天。

面对人生的变奏，我们要从容地演奏着。

要勇敢地面对生活，去品味人生，去接受幸福，去战胜忧伤！

二

面对人生，请演奏好事业的进行曲。

每个人的人生都有不平凡的履历，

在奋斗中我们都要平静地对待。

把每一次挫折都归结为一次尝试不自卑，

因为在你的前面还有鲜花和翡翠；

把每一次成功都想象成一次幸运不自满，

* 作者简介：韩朝晖，男，63岁，籍贯辽宁省朝阳市，空军上海政治学院大专毕业，现在辽宁省大连市，职务副调研员，现已退休。

因为在享受阳光时还要防止雷电和阴霾。
就这样你从容地演奏着，
道路的曲折会叫你懂得奋斗的艰难，
事业的进步会叫你领悟成功的真谛。

三

面对人生，请演奏好为人的协奏曲。
为人坦诚，做人要有一种尊严。
提携他人，帮助要讲究一种奉献。
处事公道，做事要有一种力量。
不向金钱献媚，甘为清廉的一生。
不向物欲卑躬，做人要有人格底线。
谦逊，是一首朴素的歌；
平凡，是一行亮丽的诗。
让我们去吟咏，让我们去歌唱，
在阳光中看彩蝶飞舞，在雨露中品人间幸福。

四

面对人生，请演奏好心灵的圆舞曲。
让明媚的阳光普照，让狭隘和自私淡去。
让人间的大爱奉献，让善良的心灵放飞。
让尘封的心胸敞开，让豁达和宽容回归。
望远处：高山、蓝天、大海；
看近处：小桥、流水、人家。
你潇洒地一路演奏着，
美丽的鲜花就会在你的胸前浪漫地绽放，
华丽的舞姿就会在你的身边翩跹地起舞。

五

面对人生，请演奏好善良的抒情曲。

眼泪，要为感动中国的壮举而流。

仁慈，要为赈助的义举而发。

同情，应给予需要帮助的人们。

关怀，应温暖弱势群体的凄凉。

当中华民族需要我们时要倾己所爱，

当中华民族面临危难时我们要义不容辞。

记住！

经贸要望眼世界，中和兴财。

办企要多创效益，实业报国。

参政要爱岗敬业，遵纪守法，执政为民。

为官要权为民所用，情为民所系，利为民所谋。

从军要献身国防，义无反顾，维护统一，守土有责。

虽然夜空当中斗转星移、白昼日月往来如梭，

但是岁月如金，切莫蹉跎。

正所谓：正当风华正茂时，何愁来日花不开。

切，昂首天涯路，一缕金阳光；

请，奏好主旋律，走好人生路。

朋友们：

当我们步入人生辉煌的时期，

就要去发挥我们的智慧和才华。

当我们迈向人生的旅途时，

就要有决心演奏好各自的人生美妙乐章！

左 右

吕卓巍[*]

左边，是养尊处优，碌碌无为的左手；右边，是任劳任怨，事必躬亲的右手。

左边，是呼啸而来，面色狰狞的汽车；右边，是忙忙碌碌，脚步匆匆的行人。

左边，是山盟海誓，感天动地的那个他；右边，是小鸟依人，相濡以沫的那个她。

左边，是繁星点点，暮色沉沉的夜晚；右边，是波光粼粼，天涯尽头的夕阳。

左边的人拽着我的左手说："孩子，来我这里吧，这里是光明、正义、平等、伟大的乌托邦。"

右边的人拉着我的右手说："朋友，去我那里吧，那里是自由、民主、科学、富裕的伊甸园。"

我说：

"都给我闭嘴吧！我哪儿也不去，就在这儿！"

"左右我的不是你们，而是我自己！"

当我原地旋转 180 度，左，不再是左；右，不再是右。

当我再次旋转 180 度，左，亦是右；右，亦是左。

---

* 作者简介：吕卓巍，笔名吕卓洪，爱好听书看书，看电影，玩游戏，听音乐。

人　生

徐华海*

呱呱坠地哇哇哇，
报到来到这世上。
陌生的世界，
懵懂的自我，
不知什么叫梦想。
涉世后，
深感人情冷暖，
世态炎凉，
皆不可过度夸张。
自立后，
深知一粥一饭，
一杯羹，一瓢饮，
都不可靠大水淌。
成家后，
男女二人相执手，
最佳方案是守望相助到地老天荒。
人生似一本书，
喜怒哀乐，
与那书上所说的一样。
所经历的，
有春风得意时的踌躇满志，
也有失意后的惆怅。
所走的路，
有坦途，有坎坷，

也有歧途心彷徨。
所遇到的人，
有君子，有小人，
也有三教九流帮。
还有一种人，
他志比天高，
却又庸惰不为，
还那样自负和张狂。
当然，这些人，
不是先天生就，
那九流三教者，
必是心灵没垦荒。
人生中的大餐，
酸甜苦辣样样有，
而最苦的是无法主宰自己劳作的
痛苦和忧伤。
佛说人生苦海无边，
这不是结论，
必是众生无法摆脱苦难所产生的
无奈和绝望。
虽然，直到现在，
还没普遍摆脱苦难，
这不能证明苦海无边。
必是由于那个社会，

---

* 作者简介：徐华海，湖北省武汉市人，中共党员，76 岁。热爱祖国，热爱人民，热爱中国共产党。正是由于有这样的情怀，才有了《人生》这一诗篇。

还没产生那一决定力量。
时代不同了，
如今的华夏大地，
人们劳作过后，
幸福感满满当当。
人人都幸福地劳作着，
这要有个好社会。
所以，有个好社会，
才是人生幸福的真正倚仗。
爹娘的恩情重，
比不上一个好社会给你的恩重情长。
不好的社会，
永远，永远，
只能是少数人的天堂。
没有天注定的命运，
社会才是决定命运好坏的滥觞。
人生呀，
没有什么不可预测的玄妙，
一切都是社会所作的
那篇大文章。
不好的社会所作的文章，
就是助资本更疯狂。
在这样的社会里，
人生如何定位，
没别的办法，
只有选择不善良。
历史上那喋喋不休的
性恶论，
怎么说得通呀，
罪恶明明是个社会问题，
却偏要栽赃于人性，
你这个性恶论真是武断、荒唐。

好社会所做的文章
就是为人民服务。
人人都为人民服务，
人性必都充满阳光。
人人都为人民服务，
怎么个人性似豺狼？
人生即使误入歧途，
或一时迷惘困惑，
也不会酿成大祸。
因为，有社会正义指引方向。
当然，"指引"一定要强有力，
一个好社会就表现在这强有力上。
只要社会好，
那黑资本家，
那贪官，
那邪恶势力的存在，
断不是人性的必然现象。
在一个好社会里，
社会提供各种平台，
人生都可展翅飞翔。
自私自利这是人性的自然呀，
断不是什么人性恶的根源！
将罪恶的根源归咎于人性，
这显然是对真正的罪恶根源的恶
意掩藏！
人生呀，人生的真谛无他，
争取和维护一个好社会，
才有立地的脊梁。
在一个好社会里，
积极入世，
勤奋劳作，
才有人生的辉煌！

练精兵

孙才娃*

多少往事，随时光流逝，如今，只剩下残梦几片。

"旧梦有痕，落花有迹。"

那是 20 世纪 70 年代初期，为了提高部队的应变能力、战斗作风和军事素质，发扬优良传统、强化战斗意志的训练就这样拉开了序幕。

初行五十里路，便纠正了不少问题。行军过程中吃饭可不是一件容易的事。每到一处宿营地便开始挖灶坑。别小看这个举动，挖多大、挖多深，还是很有学问的。挖得好，火旺省柴；挖得不好，控不好火，费工费时。相互协作、熟能生巧，打柴挑水、站岗放哨，磨炼不小。

接踵而至的长途奔袭达百余里。脚下血泡隆起，双腿如灌铅般无力，但未曾言弃。虽难，从未言难；虽累，从未言累！在那些日子里，似乎刚刚学会走路，学会野外行军，学会处理身体的疲惫。

出城时，秋末冬初。步量千里征程，头顶凛冽寒风，跨过群山峻岭，翻越小道险径，不断前行。

到达平型关，观景忆当年。此战，打破了日军"不可战胜"的神话，粉碎了国内一些人的"恐日病"和抗日"亡国论"，极大地振奋了人心，增强了全国人民和各支爱国武装力量坚持抗战的信心和决心。同时，提高了中国共产党和八路军的威望，为八路军在华北创建抗日根据地、开展敌后游击战争创造了有利条件，奠定了广泛的群众基础。

岁月如水，光阴似箭。遥梦已稀，残留几丝印迹。

新世纪，有待后人担当重任，推进中华民族伟大复兴。

---

* 作者简介：孙才娃，男，生于 1951 年，陕西省西安市临潼区人，1969 年入伍。

若可长留少年时

刘奥*

不知从何时起，我眼中的世界不再清晰。

今日带着胖球儿散步时突然发现，我已经不是那个锋芒毕露，厌世弃俗的少年了。曾经的我厌恶天下之不公，唾弃虚伪之小人。效谪仙之心，行山野之事。也为利益之爱嗤之以鼻，心情常常躁动不安，认为世间万物均不能入我眼，那我便弃了这世间。

那光景，一个人，就够了。悠闲时光无人打扰，自己一人读书、写字、品茶，静谧而又美好。不惑古稀之年，寻个山野林间，伴着日月星辰坠入温情冬夏。临溪捕鱼，昼耕于田。有一两好友，赏景对弈，把酒言欢，岂不美哉？后来才发现，这些不过荒诞无稽之谈。我的视线越来越模糊，于我而言的世界越来越不清晰，远处之景亦不可赏了。看了看近处的胖球儿，霎时觉得可爱了不少。远方我已看不清了，手不自觉地抓了抓身边的空气，叹了口气，不由得悲从心来，去何处寻知音呢……

这高山流水之情，我还寻得到吗？

大抵是习惯且自知了吧，我也想身边有一人，在我孤独不安的时候可以触摸得到，能让我感到安心。即使瞧不见那百舸争流，但也可见山川、河流。正所谓所爱即使相隔山海，山海亦可平。山河虽美，美不过枕边之人。日月虽秀，秀不过神色清秀。高山流水，世间极乐也。

江南美，最美是红衣。

---

* 作者简介：刘奥，笔名"江南殇"，大二在校生，江苏省南京市人。希望通过经历和沉淀去创造好作品，引起共情，用文章去治愈、安抚别人的心灵。

思想之光

想念您，敬爱的领袖

赵锡云 *

时光虽已渐渐远去
我却总是不由得想念您，敬爱的领袖
因为您思想的光辉照亮了我的心
想起当年，欢笑地拥进天安门广场
在国旗下，仰望您
高兴得热泪流满腮
我和上万大学生跳着高呼：
中华人民共和国万岁！世界人民大团结万岁！

时光虽已渐渐远去
我却总是不由得想起您，敬爱的领袖
因为您的教导
使一代一代的幼苗
成长为国家建设需要的人才
听您的话，我选择做一支红蜡烛
"忠诚于党的教育事业"
决心燃烧自己，照亮后人
汗水洒遍大小课堂和运动场
活跃的思维，生动的讲解
心血浇出朵朵花开
看着一批批毕业生
奔向祖国的建设战线
我的心啊

---

* 作者简介：赵锡云，中国石油集团退休副教授，中国石油作家协会会员，河北省作家协会
会员，出版专业著作《石油物探管理》，出版文学著作《同心》。

浪涛澎湃

时光虽已渐渐远去
我却总是不由得想念您，敬爱的领袖
因为怀在胸中的心愿
急得要向您表白
永远牢记您"为人民服务"的教导
删去了为自己的晚年安排
享清福的念头
努力做到老有所为
继续用演讲和著文
拉起飞天的彩虹
让最后的生命融入实现中国梦的
伟大事业中

写于 2019 年教师节

光

——照亮自己，温暖别人！

梅若虹 *

曾几何时

你宛若一束光

左右了我的视线

于是那份飘逸的恬静与纯粹

便占据了我整个世界

这一束光

我把它称为温暖和滋养

这一束光

无论在什么时候都会让我心动

让我怀想

同样也有乍然相见的喜悦

依依不舍的眷恋

这束光更能让我们心灵沉静

让我的感情不再漂泊

让我在阳光下可以享受难得的温情

依然可以在午夜梦回时

心生柔情

无论我们经历了多少沧海桑田

但仍然可以相信自己完美可人

在岁月漫长的脚步里

---

* 作者简介：梅若虹，1979 年生人，出生于美丽的陕西汉中，现定居广东惠州，毕业于陕西理工学院中文系，是一名资深媒体人，自由撰稿人。有多篇作品发表于自媒体平台。

我更多的是对青山绿水的眷恋
所有一切的一切都离不开这束光
这束光照亮了自己
温暖了整个世界！

关于你

杜润宝 *

我翻遍了整个世界，
不停地追赶日出后的第一抹晨光。
到底是远方的什么吸引了我？

交错后的波浪渐行远去，
只有我留在了圣光的普照之下。
天空给予我的审判，
被夕阳照得绚烂。

恍惚间，
霎然豁达。

一步跨到旷野，
平原下埋葬着无数火种。
我用力铲去，
放下了那具焦糊的灵骸。

我抛下了一部分自己，
永远埋葬在深渊之下的心房，
直到黑暗的潮汐将其淹没。

只可惜，

* 作者简介：杜润宝，热爱诗歌创作。经常以随笔的形式记录一些有感或者所闻，喜欢创作
以感情主线为题材的诗歌。

远方的那一处身影再也不能迎接我的奔跑。

所有人都在呐喊。
唯独我在破碎的夜晚下，
为今日的晨光摆渡。

旷野上的繁星将为我指明方向。
烦浮的世界下，
我又将启航。

励心故事

二十岁的深圳实习经历

周益胜[*]

在最近的工作中，我想起了自己之前在深圳一家教育服务业公司为期一个月的实习经历和职场感受。

那年，我 20 岁。

在职场中我发现，有的前辈看起来只比我大两三岁，但在处理问题和待人接物的方式方法上，与我截然不同。

他们老练沉稳、注重效率，处理多线程问题显得格外游刃有余，而我思维单一、青涩稚嫩，只会傻乎乎地埋头苦干。

可能这些经验，对于很多职场大佬不值一提，但我觉得，这些经历都真实地折射了很多职场新人需要具备的基本能力，希望给职场小白以借鉴。

01　成长这件事，像每天吃饭一样自然

回想起刚进公司时，我同深圳大多数上班族一样，随着闹钟响起，以最快的速度洗漱，吃早餐，戴上手表，拿上雨伞，然后急匆匆出门，挤上地铁，直奔公司。

最让我忘不了的是，一进公司，办公室的前辈们一拨又一拨地热情询问："是新来的同事吗？哪个部门的呀？有啥不懂的问我们就好。"

他们的热情和关照，打破了我想象中那种严肃的办公氛围，反而让我对这个公司充满了好奇，心中备感温暖。

这让我更加下定决心：有事情要积极主动去做，有问题要自信勇敢去面对，在日后的工作当中尽情去做，提高胆识。

我也时刻告诉自己：要历练，去成长。

---

[*] 作者简介：周益胜，自由写作五年，追求真实，酷爱大笑，是个没有才华但爱随手制造温暖的分享者。

02　完成任务要有目的，更要有效率

入职后的几天，主要是学习岗前培训的内容，了解公司的业务框架，认识新的同事，浏览部门资料。

尽管我认真工作，但还是不知所措，摸不清方向，抓不住重点。

过了几天，总经理把我叫到办公室，抽查我最近的学习情况。几个基本问题，我都没能回答出来，总经理表示，我没有过关，我的心中很是失望。

随后，她拿了张空白的 A4 纸，在上面给我涂涂画画讲解工作，并强调只跟我讲一遍，示意让我进一步了解公司的组织架构，指明了我接下来工作的方向。

我按照要求，一步一步地整理思路、搜集素材、计划要点，我努力最快的速度完成，因为她说："完成任务要有目的，更要有效率。"

在下班前，我终于完成了，检查了数十遍，以免存在低级错误，显得我不够仔细认真。文档交给她后，得到的回复是："差不多是这个意思，要把自己的速度练起来，如果排版和文字能有更多的美化与补充就更好了。"

我很清楚，有人能指出自己存在的问题，这是难能可贵的，我极其乐意接受，并会侧重注意改善。我们最怕的莫过于有问题而不自知，还没人提点。

知道了自己的具体工作内容和方向，我越发积极，不懂的问题，便虚心请教其他同事，他们也都很有耐心地仔细教我。

我坐在工位上，仔细观察他们的工作状态，了解他们的工作特征。我想，我以后也会像他们一样：眼里看着的是远方，脑子里想的是事业。

03　主动争取，机会才会跟你碰面

两个星期后，我与办公室的同事逐渐熟络。下班后，我们成群结队地一起吃喝，在路上聊着百味生活，谈着最近的工作感受，随便一个话题，大家都能畅谈一番。

突然我感觉，这像是在大学里的生活：有着一群人，互相诉说着自己的经历。

主动的好处是让我得到了更多信息，我对于身处的职场，有了更深层、更丰富的认知。

在后面的聊天中，人事告诉我，自公司在网上发布招聘实习生的信息后，收到了 500 多份简历，却只要了我，原因是：在 500 多个人当中，只有我一个人，主动给公司打电话咨询了实习的相关信息。

凭主动这一条，我获得了公司面试的机会。

后来，有同事问我，怎么来到公司的。

我告诉她，投简历，打电话，再面试，就来了。

她很意外，刚开始以为我是靠关系走后门进来的，因为平时寒暑假，公司基本不招实习生。

我感觉自己幸运至极。

毕竟我在没有广阔的人脉关系、没有显赫的家庭背景、没有高学历和社会实践经历的情况下，居然进了一家平时都不招实习生的教育服务业公司，而且是在深圳这样的大都市。

04　谁不是饱经风霜，才变得强大

在实际的工作中，并没有那么容易。

撇开"努力"二字，还需要忍耐，需要毅力坚持，需要强大的心理素质。

有一天晚上加班，因为工作需要，下班前要出去一趟。

当我办完事大汗淋漓地跑回公司时，发现同事已经全都回家了，公司门也锁了。

我独自站在漆黑落锁的办公室外，心里想着钥匙、饭盒、数据线全都在里面，那一刻的失落心酸，除了自己，无人知晓。

郁闷、低落这些情绪，很快爬进我的内心。虽然那时的工作和生活，让我无比充实，但这一刻浑身使不完的干劲儿，好像瞬间烟消云散。

这一切让我深知：工作不易，且行且珍惜。

尽管如此，想到情绪管理、个人情商，我不得不调整好自己，以最佳的状态，期待下一个明天。

那些变得强大的人，经历了更多的艰难险阻，才练就了一套生存本领，我这只不过是饱经风霜的冰山一角。认清现实后，我强行安慰着自己。

我们都被生活推着走，尤其在深圳这座现代化城市，没有谁容易，都是顶着压力默默向前，得到理解便是万岁。对于任何一个打拼的人来说，都是如此，这是我当时最大的感受。

05 迫于生活，忙于挣钱，没时间矫情

实习结束的前一天晚上，我和部门前辈们聚了个餐。

一是感谢他们这段时间在工作上对我的肯定，二是能让整个部门暂时释放下最近一起加班的压抑，三是对于我实习结束，表示欢送。

部门加我才 5 个人，聚餐到场了 4 个人，唯独艾姐没能来，因为家里有两个小孩等着她下班赶紧回去。

"伙伴们，不好意思，很遗憾没能参加这个难得的饭局。"艾姐在微信群说。

我立刻回复她："没关系，谢谢艾姐，大家感受到你的温暖啦。"其实，还蛮心疼她。多少人，有了工作、有了家庭、有了孩子以后，不得不逼迫自己占用一些曾经本该享受的时间，去完成工作，打理家庭，照顾孩子。

她老公负债 200 多万元，所以她家压力巨大。我十分敬佩艾姐，因为她乐观、负责、善良，每天奔波于家庭和公司之间，尽管如此，依然对他人笑脸相迎，温声细语。

经历多了以后的微笑，并不代表你快乐，但它能证明你足够坚强。

迫于生活，忙于挣钱，没时间矫情。

像艾姐这样的人，经历过挫折，体验过生活，人就慢慢变得温柔、善良，对所有发生的事情都能毅然释怀。

又或许，你也相信杨绛先生曾说过的话："所有的付出，都不会被辜负。"

06 热爱再不易，也要成为一个有灵魂的躯壳

热爱再不易，也要做一个有灵魂的躯壳。

在职场混了多年的他们，告诉了我一些经验，在职场需要具备哪些能力很重要，并给我举了身边的例子。我听着，觉得很有道理，便默默点头。

谈着谈着，话题转到了他们身上，讲事业，谈房贷，论爱情，他们疲乏的眼神无不透露着对生活产生的焦虑，平淡的语气中也充斥着压抑。

我静静地坐在旁边，插不上话，默默地聆听着每一句话，必要时，憨笑一下。

那一刻，我感受到：生活不易，累也继续，这是热爱。

但他们在工作岗位上，起于平凡，臻于至善，这种职业精神和工作态度，让我觉得他们的存在很有价值。

电视剧《都挺好》里面有一句台词："舍得舍不得，不是我一个人说了算的，是现实说了算，是生活说了算。"

听着多让人心酸。

即便这样，残酷的现实还得面对，窘迫的生活还得继续。罗曼·罗兰说过："世界上只有一种真正的英雄主义，就是认清生活的真相后，依然热爱它。"

我们每个努力生活的人，不管前方的路是否一眼见底，只要担着使命向前，都是自己宇宙里唯一的英雄。

在这一路上，我们都要坚持成为一个有灵魂的躯壳，闪闪发光，照亮自己，也照亮别人。

把酒驱闷

田园凡夫 *

沉甸甸的脑壳让老夫整天迷糊，也许是忧得过重，也许是忧出了紧张。突然想起曹操在《短歌行》中有吟"何以解忧？唯有杜康"，此话可真？不知也。但说的无非是"可借酒解忧愁"。时令已近"芒种"，这是个上半年收获小麦的季节。往后走，半年的时间稍纵即逝。老夫本不喝酒，但读到曹操的解忧秘籍，老夫也心动了，何不也借酒冲刷一下这生活的"忧"？好吧，喝酒！

前几天远在南粤的 L 先生，给我寄来了几瓶意大利起泡白葡萄酒。感念多年前的朋友还记挂着我，L 先生寄来的不仅仅是酒，更是温情。

提起葡萄酒，在老夫的脑海里，首先蹦出的字眼是"浪漫"，我始终认为葡萄酒天生具有浪漫的灵魂。提起浪漫的葡萄酒，非法国葡萄酒莫属。今朋友寄来的酒是意大利原装进口的，让人感觉还是比较陌生。意大利是时尚之国，老夫对意大利的印象只停留在美食上——意大利面。好在现今网络时代信息丰沛，上网查了查，原来意大利才是世界葡萄酒的翘首，葡萄酒占世界出口量四分之一的份额，起泡白葡萄酒尤以阿斯蒂产区 DOCG 级别最为独特可口，看来老夫是孤陋寡闻了。

老夫仔细研读了一下酒瓶上的包装信息，原来此酒正是意大利阿斯蒂 DOCG 的酒品等级，酿自产区特有的麝香葡萄品种。看来 L 先生已视吾为他心中的 VIP 友人，这不禁让老夫心怀别样的自豪感。正巧，平时常来我处小聊的两位教育界的朋友今天也在，备塑料一次性水杯，今儿个大家一起来品品这自欧洲大陆漂洋过海几经辗转来到身边的琼浆玉液。

一般共品葡萄酒，讲究小资情怀兼浪漫的格调；今不见婀娜妖娆移步的高跟鞋，亦无霓虹灯光迷离影映下摇晃的红酒杯。三个大男人围坐在茶几边顾不上情怀，也不奢望格调，每人斟满一杯酒，就着从小店买来的咸香花生边品边

---

* 作者简介：田园凡夫，本名熊友文，男，1968 年生，湖北鄂州人。躬耕于芳土地与文香园，散文作家。人生是一场没有回程的旅行，一路风景，一路高歌，一路所见、所闻、所感、所想、所伤都是文学创作的源泉，作者钟情于拿起手中的笔写心、写情、写景、写物、写人生。

畅谈各自的感受。

拧盖开瓶，气泡缓缓欲涌，入杯气泡挂壁丰满，酒色水晶透微黄与菠萝啤的色泽有几分相像，将酒杯移近予以鼻嗅，有一股清新的酵香。酒体入口细咽，味道微甜微酸，回味微苦微涩，最让人回味的还是那微甜夹杂着微酸的悠长，有一种别样的生津开胃。此酒看来是餐前开胃酒中的佳品。此酒5.5%的酒精浓度看似是低浓度，但大家两杯下肚后，一股热流就开始逐步涌上额头。微醺的感觉渐渐奏效，原本烦闷的心情似乎也变得明朗起来。看来当年曹操的诗文确是自身有感而发。

对于酒精浓度5.5%的葡萄美酒，老夫感觉与男人们一起喝酒应有的粗犷与豪迈的气质格格不入。在老夫的幻景中，这酒最适合男人牵着恋人纤细的玉手在月光下对饮，最适合与红颜在柔光朦胧的西餐厅品尝七分熟的奈良牛排时于餐台两侧举杯对酌。看来葡萄酒天生为柔情而生，为浪漫而酿！

人生有美酒相伴，美人相随，往往被视为幸福生活的标配。今日身边虽无美人，但有美酒供赏也算不上彻底的失落，至少心情明朗了起来，忧愁跑走了一半。

难忘的经历

钱建红 *

仲冬的早晨，五点钟我就被闹铃震醒，想起自己通过三次报名才争取到的机会，立刻从床上爬了起来。星期二晚上十点钟左右，我抱着试试看的心态报名参加了《这就是中国》节目录制，想要成为一名现场观众。当我得知可以参加《这就是中国》节目录制时，我特别开心。六点钟的城市被晨曦笼罩着，我踏上了去录制节目的旅途。由于我对节目录制的地方不熟悉，因此走错了路，路上行人稀少，当遇到了晨跑的人，我才知道自己离节目录制的地方越来越远。问路后立刻赶到车站，所幸时间刚好，没有误车。

终于找到了目的地，时间还早，等了一会儿，大家都陆陆续续地到来。我们还有现场提问的机会，只是我没有把握住那么好的机会。我们进入大厅选择座位，一切都在井然有序地准备着，还进行了简单的彩排。等到主持人和教授们登场的时候，节目录制正式开始。张教授思维敏捷，清晰地叙述着所要讨论的主题，有理有据、有高度地从独特的视角用深入浅出的话语唤醒沉睡的灵魂，提醒我们这就是新时代的中国，我们就是新形势下中国的一分子，我们要自信。

两位教授从不同的角度分享了当下百姓最关心的问题，又提出了各自的见解。通过主持人的现场分析，大家听得都很兴奋。

参与节目录制的现场观众，有大一的新生，有退休的干部，有自由职业者，有社会工作者，有记者，有党政机关工作人员，有在读的硕士、博士，还有警务工作人员等。看到我们国家各行各业的人员都在关心如今崛起的国家，关心国际形势，我内心也感到欣慰与自豪。

现场有一位自由职业者提问："我们在第三次分配过程中倡导先富起来的一批人做公益和慈善，可要如何避免在舆论的压力下导致富人们觉得被逼迫和被

* 作者简介：钱建红，1962 年出生于辽宁沈阳，儿童时期在江南水乡江苏宜兴度过，1980 年参加工作，读文科商业会计，会计师职称，现已退休。年轻时酷爱读书，喜爱文学，疲于工作家庭，一直没有机会圆梦，庆幸的是能赶上这样的好时代，有机会参与其中一起学习，共同成长。

劫富济贫的现象，另外如何避免被接济的一方躺平躺赢的现象?"我认为这个问题非常好，说明年轻的一代有自己的思考，有分辨力也有担当，更有能力去选择做正确的事情，从这些年轻人身上我看到了中国的希望和未来。

生死瞬间

曲宝善*

几天来，那两个弱小果断的身影总是在我的脑海里挥之不去，那惊心动魄的一幕总让我浮想联翩。

话还得从头说起。

阳春三月，大地回暖，万物复苏。河南省南阳市卧龙区七一街的街面车水马龙，人来人往，络绎不绝。突然，一连串嘶哑的哭叫声划破了时空，行人驻足随声望去，发现一幢居民楼六楼的护栏里有一个年幼的孩子悬在半空，大半个身体悬在护栏下，命悬一线，危在旦夕。

人们揪心不已。

"快打110！"快打110是在场所有人共同的心理反应，有人立刻从口袋里掏出手机拨打了110求救。

然而时间不等人，下一秒或许就是那个孩子生命的休止符。

突然，两个孩子冲出了人群，像箭一样向楼梯口冲去。

那两个孩子，个子不高，身体有些瘦小，深蓝色的校服显得那样耀眼。人们不约而同地朝他们望去，既为他们果断的行为感到惊讶，又为他们的行为结果捏着一把汗。

"他们那么小，能行吗？"在场的人均在怀疑着，视线紧随希望在他们身上尽快找到答案。

那两个孩子很快来到楼梯口，遇到了一个花甲老人。

"孩子，快，快救救我，我的孩子！"话音刚落便瘫软地坐到了台阶上，抽噎起来。

"奶奶，快把钥匙给我！"一个孩子果断地发出请求，另一个孩子则绕过老人向六楼跑去。

---

* 作者简介：曲宝善，男，1955年3月1日出生于吉林省舒兰市莲花乡。1973年2月参加工作，曾任职教师、主任、副校长、政府督学；1987年调舒兰市教育局任教科所所长。发表国家级、省级、地市级学术论文百余篇，也曾在《中国老年报》《江城日报》发表人物通讯、实时新闻百余篇。

这个孩子从老人哆哆嗦嗦的手中拿走了钥匙，紧随其上。

从一楼到六楼，七十多个台阶，两个孩子一前一后，分秒必争，拼尽全力，火速前行。他们很快来到了六楼，打开房门锁，冲到窗户前。一个孩子伸出双手一下子抓牢那个小孩的手，另一个孩子身子一跃跳上窗台，跃进护栏，把小孩上半身抱住，动作一气呵成。

小孩化险为夷，为这场意外画上了一个圆满的句号。

楼下聚集的人们沸腾起来。有的呐喊着："小孩没事了！"有的喜极而泣，有的在不停地夸赞："英雄壮举，英雄壮举啊！"还有的议论着："有志不在年高。"

小孩的奶奶踉踉跄跄地来到了屋里，看到吓得瑟瑟发抖的小孩，把他死死地抱在怀里，连连责怪自己说："我该死，我该死。"

老人放下娃，又一把把两个孩子揽在胸前，不停地说："谢谢，谢谢。你们是我小孩的救命恩人啊！"

"奶奶，没什么，这是我们应该做的事。"一个孩子说。话并不多，朴实无华，却铿锵有力，震撼人心。

小孩的爸爸妈妈也赶了回来，谢了又谢，总想给点实物表示感谢，两个孩子连连推辞。

"你俩叫什么名字，哪个学校的？"小孩的爸爸不停地追问。

两个孩子你看看我，我看看你，会意地笑了笑，转身走出了房门。

危险在两个孩子果断的行为中化解了，两个孩子的行为让我们明白了果断的行为壮举和强烈的社会责任感是何等重要。

人物札记

传承祥符调　后继有新人

冯洋*

　　记河南省祥符调传承人、封丘县清河集"天兴班"第三代传人、封丘县人民豫剧团团长——郭玉芹。

　　封丘县位于黄河中下游，河南省东北部，属黄淮海平原的一部分。北部、东北部分别与滑县、长垣县（今长垣市）为邻；西与原阳县、延津县接壤；尹岗乡属封丘县的最东部，与南部和东部的开封市、兰考县（今兰考市）、东明县隔河相望。

　　据大量的历史文献记载和出土文物考证，早在石器年代，我们的祖先就在这里勤劳耕作、繁衍生息。在这片古老的土地上，人杰地灵、家风质朴、人民善良厚道、勤俭持家、热情好客、知书达理、脉脉相传……

　　清朝中后期和民国时期，这里是集河南政治、经济、文化于一体的活动中心。

　　河南省封丘县是戏曲之乡，是豫剧祥符调的发源地。一百多年来，在这块古老的土地上，戏曲界人才辈出、薪火相传、群英荟萃、百花盛开。

　　封丘县清河集，是这片最早孕育戏曲的沃土，成了戏曲的摇篮，成就了无数的戏曲大家和名伶精英。豫剧大师有：陈素真、崔兰田、闫立品、马金凤、桑振君、张岫云、马琪、金不换、范静等。还有很多的封丘名伶精英，都出自清河集"天兴班"。"菊坛宗师"孙延德（1865—1947），男。河南省封丘县应举镇邵寨村人。他是我国杰出的戏曲教育家、豫剧表演艺术家、豫剧祥符调奠基人之一。他一生以饰演旦、生、净等多种行当而享誉冀、鲁、豫诸省，因培

　　* 作者简介：冯洋（笔名风雨），男，汉族，中共党员。1965年生，河南省商丘市民权县人。现任商丘市人民演艺传媒有限公司经纪人、河南省封丘县人民豫剧团业务部主任，国家三级编导。

　　创作作品：《狗蛋的婚事》《话田宝贵及其人》《浅谈豫剧演员宋会民》《赞黄牛》《全顺颂》《传承祥符调，后继有新人》《最美文艺工作者——郭玉芹》《郑州随笔》《东莞拾闻》《门缝里送温馨》《戏里戏外》等。

　　曾获中国"杰出诗人"大赛入围奖、中国"唐宋杯"诗词大赛二等奖、中国首届"诗仙杯"评委评定优秀奖、中国好文章征文大赛二等奖和中国文化摆渡人荣誉称号等。

养众多豫剧演员被誉为一代豫剧宗师。"戏状元"李剑云（1892—1931），男。1902年进入封丘县清河集"天兴班"学戏。出班后，在封丘、原阳一带演出。后率班到省城开封（今开封市）演出。杜金才（1905—1986），男。河南省封丘县孙庄乡孙庄村人。12岁随父逃荒到太康县戏班学艺，拜封丘县清河集"天兴班"孙延德为师。专攻：须生、官丑。刘自学（1909—1985），男。河南省封丘县人。20岁拜豫剧"闺门旦"闫彩云为师。主攻：老旦。因嗓音清脆、甜润，敬送绰号"玻璃脆"。赵金红（1922—1950），男。河南省封丘县陈桥镇人。1930年学唱河南坠子。1932年改习豫剧。拜著名男旦高麦来为师。主攻青衣、花旦，兼演帅旦、刀马旦。庞惠芳（1937—），河南省封丘县荆宫乡雅宝寨人。1947年在开封南关大舞台拜谢玉昆、张艳芳为师。一年后，又拜崔玉山、王金玉（筱火鞭）为师。曾任封丘县豫剧团团长。石桂兰（1942—2018），女。河南省封丘县城关乡东孟庄人。1957年拜杨风书（大鳖妞）为师。主攻：闺门旦、青衣、帅旦。曾任封丘县豫剧团副团长。朱巧云（1943—），女。河南省封丘县黄德镇叶寨人。1961年拜乔金兰为师。主攻：文武花旦。1986年拜豫剧大师闫立品为师，转习闺门旦。现任立品戏曲研习所所长。郭玉芹（1967—），女。河南省封丘县尹岗乡尹岗村人。11岁进入封丘县清河集"天兴班"学戏。师承许洪昌、许洪福、许洪亮、陈银风（干娘）、李玉华、白玉芳。后在封丘县豫剧团工作期间，拜石桂兰、朱巧云为师。封丘县清河集"天兴班"第三代传人，现任河南省封丘县人民豫剧团团长。

封丘，这个豫剧的摇篮，经过一百多年的洗礼，经久不衰……有一曲民间歌谣颂道："万里黄河一百道弯，这第九十九道就在咱封丘县。封丘县土地长盐碱，还出了一百八十台小窝班。大弦戏，唱黑脸，坠子梆子响连天！祥符调，好婉转，凄切哀痛二夹弦。唱出生死离别苦，唱出忠臣辨佞奸！'菊坛宗师'孙延德，王金玉绰号'筱火鞭'，闫立品唱响《秦雪梅》，陈素真唱响《三上关》，戏状元名叫李剑云，还有名角管玉田，以身殉国王絮停，还有那'大鳖妞'（杨风书）和'冷杨三'（杨金玉），《打金枝》《大登殿》《白蛇传》《窦娥冤》《西厢记》《三上关》《五岚岭》《二龙山》《穆桂英挂帅》《包青天》《三上轿》《南阳关》《陈桥兵变》《老羊三》唱红了乡，唱红了县，唱红了万里黄河道道弯。东到江苏南徐州，西到关中大平原，北到沧州邯郸府，南到信阳驻马店……"

1967年12月2日，郭玉芹出生在这片美妙神奇的土地上。

郭玉芹，家中共有兄妹九人，由于排行老三，村里人叫她郭三妞。那个时候，因兄妹多，家境贫寒，衣食无靠，六岁时就帮家庭做一些力所能及的事情，比如帮母亲干一些家务活儿、烧水、洗碗、涮锅、做饭。还常常下地挖野菜、河沟放羊、割草喂牛……穷人家的孩子早当家。郭玉芹从小就养成了吃苦耐劳、乐于助人的优良品质，又非常懂事听话，深得父母和街坊四邻的喜欢。

由于兄妹众多，父母十分忧愁，当时的家境，可以说是吃了上顿没下顿，郭玉芹就沿街乞讨。走百门、串百户……要来的馍与母亲兄妹分着吃。有一次，各个大队到她的村外挖河渠，她就沿河乞讨，要到哪个生产队的厨房，炊事员看她可爱、懂事，又惹人怜惜，都会给她几个馍。郭玉芹就是生长在这种一贫如洗的家庭中，锻炼她养成了刚强正直、不怕困难的刚毅性格。

1978 年 6 月，封丘县清河集天兴班在尹岗乡演出。就是这一次的演出，让郭玉芹迈出了戏曲人生的第一步。这次演出也可以说是她人生的转折点。

十一岁的郭玉芹被戏曲中的人物故事所迷倒，如痴如醉，剧中的悲欢离合、喜怒哀乐让她为之动容，她萌生了一定要学戏的念头。

戏刚演出结束，她就壮着胆子去找领班许洪昌（天兴班创始人许长庆嫡侄，第二代传人）和教练许振云（许洪昌之子，天兴班第三代传人）。在她说明想要学戏的缘由后，老师让她亮亮嗓子，她唱了当代最爱唱的歌："东方红，太阳升，中国出了个毛泽东……"由于她五官端正、秀气，嗓音甜润，唱得有板有眼，老师便同意了。那时，正值学校放暑假，郭玉芹进入了封丘县清河集天兴班学戏。

清河集位于封丘县城东南四十余里的背河洼地。奔腾咆哮、滔滔东去的黄河水在这里突然拐了个弯，而后滚滚北上……

拥有千余口人的清河集村，坐落在这个被称为"黄河豆腐腰"的弯子里。这是一片神奇而美丽的土地，民风淳朴且文化底蕴深厚！

转眼间，一个月的暑假即将过去。郭玉芹所在的学校马上要开学。可她在这短暂的一个月里，每天起早贪黑、吃苦耐劳、勤学苦练、尊敬师长、乐于助人，深得老师的赞赏和师兄妹的拥护。这时的郭玉芹，内心非常纠结，心情十分复杂。学校马上开学，如果自己不去上学去学戏，父母会同意吗？她不敢去向父母说自己要弃学，怎么办？她只得求许洪昌老师去劝说父母。当许洪昌老师听了郭玉芹的想法之后，毫不犹豫地答应下来。

三间低矮的破草房坐落在尹岗村一道街的路南，一扇篱笆门半敞着，一只枯瘦的小黑狗在汪汪叫……进得门来，家徒四壁，不高的毛坯墙下面是几层砖基，屋内潮湿昏暗，一张旧桌子摆在室内中央，可以说这是唯一的家具。这就是郭玉芹当时的家。

郭玉芹给老师许洪昌和父亲郭向奇倒上开水，便羞涩地向父亲说要去学戏之事。父亲知道她暑假阶段在清河集学戏，但只是把这个事情当作女儿的一时好奇，以为她开学还会继续上学，所以就没当回事儿。现在看到郭玉芹的认真劲儿，他一脸沉默。

此时，老师许洪昌看在眼里，疼在心里。对于这样的家境状况，他知道没有条件供郭玉芹学戏。

于是，许洪昌老师慷慨解囊，免了郭玉芹的生活费和学费。

即便这样，郭玉芹的父亲还是摇头不语……

在根深蒂固的封建思想中，学戏是"下九流"，死后不能入老坟，因此，家里再穷也不让郭玉芹学戏。许洪昌老师苦口婆心、谈古论今，谈当今社会的发展和进步……经过一夜的劝说，功夫不负有心人，郭玉芹父母的心被打动了，转变了思想，答应让她学戏，这时已是黎明时分……

科班艺人许洪昌，作为清河集天兴班第二代传人，为了祥符调的传承和为将天兴班发扬光大，也为了培养下一代戏曲人才，呕心沥血，做出了不懈的努力！

1978 年 8 月，郭玉芹正式进入了河南省祥符调豫剧发源地封丘县清河集天兴班学戏。

许长庆（1968—1927），男。封丘县清河集天兴班创始人。家中兄弟八人，他排行第六，人称"许老六"。他出身富贵、性格刚直、心地善良、待人忠厚、乐善好施、戏乐一方。他当时有相当强的经济实力，对"天兴班"的创建和振兴起到了不可替代的作用。他因为善于管理、治校有方，经常坐镇科班，所以把天兴班办得风生水起、有声有色、声名远扬。

在许长庆的精心策划下，天兴班前后办了八期科班。著名豫剧大师孙延德曾先后在天兴班执教六期，是培养天兴班人才的先期实践者，为豫剧事业的兴旺发达做出了不可磨灭的贡献！

清朝中叶，经过优胜劣汰的历史选择，豫剧集中在黄河北岸的清河集和黄河南岸的朱仙镇。两地率先开辟了正规豫剧科班的先河，逐步发展成为培养豫剧人才规模最大的两个阵营。由松散凌杂的民间小调演变成了正规的豫剧剧种，可以说这是一次脱胎换骨的巨大变化。

"来的戏班不用问，不是蒋门就是许门。"这是当时在中原地区流传极为广泛的顺口溜。许门就是指封丘县清河集"天兴班"，蒋门指的是朱仙镇"蒋门科班"。后来，由于蒋门科班到处迁移，没有固定场所，逐渐演变成了"豫东调""沙河调"等，失去了蒋门科班原有的内在意义。而封丘县清河集许家天兴班却一直比较稳固，坚持在原地办学百余年，形成了相当大的规模，为日后豫剧的发扬光大奠定了理论和人才基础。由于清河集当时隶属于原祥符县（今祥符区），因此，许门科班天兴班所创立的豫剧唱腔，被后人称为豫剧"祥符调"。

清河集天兴班，是郭玉芹学习戏曲的摇篮。

在这所豫剧祥符调发源地的学校里，她刻苦练功，勤学苦练，认真学戏。对老师所教的一招一式都百练不厌、认真对待；对老师所教的每一句唱腔都百唱不烦、字正腔圆。不知经过了多少风吹雨打、烈日当空、数九寒天，但她从来不向困难低头，知难而进，迎难而上，历尽千辛万苦，学艺大长，深得老师赏识，在四十多个师兄妹中崭露头角，脱颖而出！

"台上一分钟，台下十年功！"郭玉芹在科班先后排演了《断桥》《毛红跳花墙》《双头马》《游宫》《挡马》《梁山伯与祝英台》等折子戏。

1980 年，封丘县清河集天兴班接单去外地演出。郭玉芹主演了《茶瓶记》《王文玉投亲》《吕布戏貂蝉》《御河桥》《三上轿》《何巧娘》《五岚岭》《二龙山》《大战十一国》《麻疯女》《义烈风》《抬花轿》等优秀剧目。

1980 年 9 月，天兴班来到长垣县（今长垣市）常村演出《毛红跳花墙》时，天气突然变化，霎时阴沉昏暗，狂风骤起，舞台后墙瞬间倒塌。幸亏正在演出的郭玉芹和其他演员们躲避及时，才幸免于难。晚上露宿院内，大地当床……

第二天，阴雨连绵，下个不停，因不能演出，演员们各自回家。郭玉芹路途中迷失方向，在陶北被一好心人家留宿一晚，次日方回。

郭玉芹，尽管在戏曲的道路上遇到很多挫折，但从无怨言，体现了她酷爱戏曲事业的坚定决心和信念。

台上得到的观众的阵阵喝彩，是演员们台下辛勤的汗水换来的。没有苦中苦，难得甜中甜。这是对演员走向成功，在舞台上得心应手、灵活自如的充分肯定。

在寒冬腊月、数九寒天，演出照样不误。手冻烂、脚流脓、耳朵冻紫，甚至拿化妆笔的手都在颤抖，水纱从水湿到勒头冻冰，郭玉芹和其他演员们也依旧一丝不苟，为了扮相俊美，不能穿厚袄棉衣，只得轻装上阵，深入角色……当得到观众的掌声、喝彩声时，脸上都露出了欣慰的笑容。

三伏六月，烈日灼心，滚烫的太阳炙烤着大地，热得人们喘不过气来。在长垣的一次演出中，郭玉芹中暑倒地，当场昏厥在舞台上。当她醒来后，说道："我为戏曲而生，观众就是上帝，舞台就是阵地，我要继续演下去！"

这就是现实生活中的郭玉芹，这就是为艺术事业甘于奉献的郭玉芹！她在平凡的岗位上，没有过多的言语，却以实际行动践行着她对艺术事业孜孜不倦的追求和奋斗精神！

郭玉芹，在河南省祥符调发源地——封丘县清河集天兴班学戏并演出整整十三年！她是在天兴班学习、演出时间最长的演员之一，得到了国家非物质文化遗产"祥符调"的真传，成为名副其实的清河集天兴班第三代传人！

郭玉芹在清河集天兴班学习并演出的十三年时间里，得到了豫剧名师许振云、庞洪德、庞筱兰、张春贤、马最云、李玉华、白玉芳、郭连生、许春芝、王春生、王念向、王建喜、彭富昌（干爹）、杜保堂、金玉兰、李景林等老师的指导，使之在艺术的道路上得到了进一步的升华和提高。

1991 年，郭玉芹不负众望，以优异的成绩考入了河南省新乡市戏曲专业学校。

1991 年 11 月，郭玉芹在"新乡市中青年戏曲大赛"中荣获演员一等奖。基本功扎实再加上得天独厚的学习条件，使郭玉芹在艺术的道路上精益求精，更上一层楼！从艺术到理论、从文学到哲理、从自身修养到道德理念都得到很大的进步，可以说是发生了天翻地覆的变化！当年，她被评为"德艺双馨"标兵。

1992 年，郭玉芹被封丘县文化局破格录取，被分配到封丘县豫剧团。由于成绩显著，同年，被封丘县文化局评为"先进个人"。

1993 年，郭玉芹随师彭富昌（干爹）、陈银凤（干娘）到河北省邯郸市东风豫剧团观摩学习，得到了国家一级演员、著名表演艺术家牛淑贤老师的言传身教，辅导了名戏《拷红》《挡马》《大祭桩》，受到了牛淑贤老师的表扬、鼓励和肯定，有了名师的指导，她在艺术的道路上，造诣更为深厚。

在封丘县工作期间，郭玉芹主演了《绣花女传奇》《三审刘玉娘》《珍珠衫》《包青天》《斩皇子》《游龟山》《秦雪梅》《凤还巢》等优秀剧目。

1994 年 10 月，郭玉芹随团去山西长治演出。当时，她的孩子还小，交由七妹郭玉玲随团照顾。寒冬腊月，天气寒冷，孩子得了肺炎，由于剧团巡回演出，没有固定的演出地，因此，耽误了孩子看病的最佳时间。在剧团转到河南许昌演出时，孩子病情加重，被送到医院，住院数日后，才转危为安。

1995 年，郭玉芹随团去河南驻马店演出。这一年，是她终生难忘的一年。她的母亲操劳成疾，不幸离世。当时，郭玉芹是剧团的"顶梁柱"，她走了，剧团就演不成戏，所以团领导就封锁了这个消息。直到家人亲自找到剧团，说母亲病重，她才得以回家探母。闻知母亲已故，她号啕大哭，极度悲伤，曾几次昏死过去。

1999 年，随师于河南省豫剧一团进修，和朱巧云（豫剧名伶）以及著名表演艺术家、国家一级演员贾廷聚老师同台演出了《三哭殿》《血溅乌纱》《南阳关》《穆桂英下山》等剧目。

2002 年，郭玉芹被封丘县电视台聘请为"梨园之春"栏目评委。

2015 年，郭玉芹在封丘县"文化戏曲广场大赛"中荣获二等奖。

2016 年，郭玉芹从封丘县豫剧团退休。

郭玉芹，不忘初心、牢记使命，作为豫剧祥符调的传承人和清河集天兴班的第三代传人，经中国文化部和上级有关领导的批准，投资六十余万元，组建了河南省封丘县人民豫剧团。

建团以来，郭玉芹带领团队积极响应党的号召，宣传党的方针政策，弘扬民族文化，倡导社会主义文明新风尚，为推进和繁荣文化事业、构建和谐社会做出了自己的贡献！

2017年6月，郭玉芹率封丘县人民豫剧团去山西演出，从河南新乡连夜赶场，夜间驾车行走，由于山区山路崎岖不平，又不熟悉路，只好顺山直上。走到半路，路窄坡陡，根本没有错车之处，幸亏迎面没车，否则后果不堪设想。一直行驶到天亮才走出山区，汽油、机油殆尽，离合片烧黑，刹车失灵，如果半道停车，很可能是九死一生，现在回想起来此事，都后怕不已。艰难已过，往后都是阳光灿烂！

2018年，郭玉芹带领封丘县人民豫剧团演出四百余场次。新增剧目三十余部：《五世请缨》《太君辞朝》《三娘教子》《花枪缘》《孟姜女》《花打朝》《京都风云》《宫外访子》《清风亭》《程婴救孤》《大明奇案》等。同时，又自编自演了观众喜闻乐见的优秀剧目，面向社会，服务于民。

2019年11月7日，是清河集天兴班第三代传人难忘的日子。天兴班的重新成立，得到了上级有关部门的大力支持和亲切关怀，也得到了兄弟剧团的大力协助。其中有郑州市电视台、封丘县电视台、闫派艺术传习工作室、商丘市人民演艺传媒有限公司、封丘县二夹弦剧团、河南中州豫剧团、河南会民豫剧团、长垣市豫剧团、封丘县人民豫剧团等。参加庆典的清河集天兴班第三代传人有郭玉芹、郑景台、许小翠、许君瑞、岳贵清、孙有阁、张友林、杜春燕、乔新焕、孙玉好、孙有银、常社香、杜开义、杜少强、刘万仓、刘雪梨、许宝伟、王红娜、张玉义、许振记、王风臣、黄健平、管红英、管瑞英、王自荣、王新芹、王胭脂、孙善霞、许爱霞、张四叶、张小柱、钱东胜等。真乃"桃李满天下，传承后有人"！《传承祥符调，振兴天兴班》大合唱，谱写了天兴班全体成员团结奋进的新篇章！

郭玉芹，在率领团队演出的同时，也经常参加公益演出。敬老院、公园、工厂、田间地头、政府宣传活动场地等场合，到处都有她的踪影和足迹。

目前，郭玉芹和团队全体成员积极响应党的号召，听从习近平总书记的部署，与新型冠状病毒作斗争。不聚群，不造谣、不信谣、不传谣。自编自演了戏曲作品《众志成城战病疫》，为国家做贡献！

二〇二〇年二月

站在时代制高点的女性

王金发 *

阳春三月，暖风拂面，碧空无云。

山东省高密市东北乡文化发展区大栏村以西"青农湾"项目基地，这里是诺贝尔文学奖获得者莫言老师的家乡，坐落在三县交界处，南邻胶州，北与平度一水之隔，西面则是高密广大的沃野平畴，恰好处于东北乡腹地。50年前，那里还是"三不管"区域，民风剽悍，为了解决社会矛盾和民生问题，将原在胶州的劳改农场迁到这里，逐渐纳入新成员，包括周边农户、毕业学生、退伍军人等，一直到20世纪50年代末才有了基本的建制轮廓。今天这里机械轰鸣，工人有条不紊，工地上一片热火朝天，一家集农业、文化、研学、旅游于一身，一起向未来的乡村振兴项目破土动工了。

该企业老总王利女士，面带笑容，沐浴在温暖的阳光里，亲临一线，参加劳动，指挥作业，向我们来访的学者、老师们讲起了该项目的远大规划与设想。

王利回顾起她在看电视和读报中，对中央提出的振兴农村经济产生了浓厚兴趣，经过反复认真考虑，在脑海里浮现出一个远大的设想规划蓝图，东北乡的本土优势现在越来越厚重，党中央提出的今后的发展方向、政策越来越宽，正是三农发展、振兴农村的大好时机。发挥本地优势，将文化与发展农、林、牧相结合，正是本地的根本出路。

东北乡已给今后的发展铺就了一条金光大道，顺应发展就是很好的出路。胶河农场一个老字号的招牌，利用其内在能量，发展旅游潜力巨大。20世纪70年代初，为恢复几乎停滞的生产，山东省对农场实行军管，成立了"山东生产建设兵团二师独立一营"，在此开垦发展了一个较大型的农场，名噪一时，现在该单位仍保存完好，"现场"原汁原味，地形地貌良好，风土人情依旧没变，土地广袤，田园风味十足，发展旅游观光，正是一个好去处。特别是现在知识青

* 作者简介：王金发（艺雪泓博），男，生于1955年8月，现居山东省高密市张家埠社区。1977年至1991年在姚哥庄镇政府供职，担任主流媒体通讯员，现潍坊市和高密市两地作家协会会员。自1984年至2022年，已在媒体网络发表过各类文学作品，并多次获奖。

年这块，上级十分重视，追寻他（她）们昨日的足迹，挥洒青春，接受再教育，大有作为，意义重大。

这里北有依傍流经本地的母亲河胶河，南有顺溪河、墨水河，三河环绕，是一个有故事的地方。特别经过历史的洗礼、淬炼，现在更展现出新的特色，旧屋旧房的存在，被自然风光一衬托，更显得古朴典雅、美丽动人，简直是一幅天然雕成的大气水墨国画。只要到此一看，仿佛就能感受到当年那批知识青年们的青春风貌。这里的一草一木，也好像在诉说那批火热小青年的奋斗历程。

还有红高粱影视城，这个20世纪80年代的产物，至今已经40多年的风雨历程，已具有一定的影响力，特别是闻名世界的电影《红高粱》，由张艺谋导演，由作家莫言的同名小说改编而来，随着莫言获诺贝尔文学奖，这个地方也享誉中外，逢年过节，人们从四面八方慕名前来观光旅游，十分火爆热烈，只要经营好，借其东风，借力发展，仍不失为一个优势。

另外，沿胶河两岸，土地肥沃，水质独特，其土壤中所含各种微量元素铜、锌、硒甚佳，是中草药小柴胡的原产地。特别是水果，在高密大地上，每当水果上市时，到处叫喊的是本地的水果蔬菜产品，独领风骚。这里还有有名的地理标志产品前岭山药、大金钩韭菜和毛家屋子小米。针对此地的众多优势，"青农湾"的发展注定辉煌，主人公王利率领她的团队，凭借自己的眼光和判断早已规划好了未来的样子，振兴农村的"牛鼻子"，就被她牵住了，一张宏伟蓝图早已初具规模。她到处奔波，请贤纳帅，"三顾茅庐"，精心打造好"青农湾"这盘美丽而精彩的棋局。

王利是个多才多艺的女性，很有"竹兰梅菊"之气，琴棋书画，拿得起放得下，在高密大地上非常有名气。特别在传承优良的家风上，她在当地口碑极佳。虎年刚刚开始，大年初三她就马不停蹄地开始了工作，家中之事全然不顾，一心扑在工作上。一张美丽蓝图正在东北乡的大地上铺开！

王利女士现在担任的职务，是栏西小镇（高密）文化旅游发展有限公司总经理，此项目整体规划投资3.2亿元，占地3000亩，分为三期实施，目前开工的是第一期建设，规划投入1.3亿元，占地1300亩，预计在虎年岁末结束。为确保该项目保质保量以高规格高标准完美收官，他们联手高校专业团队在有关部门和设计单位的论证下，最终立项动工。

该项目在立项前，他们的团队针对新时代、新征程，以及党和政府提出的振兴农村经济和实现经济新跨越，从本地实际出发，因地制宜，找到新的经济增长点，站在了时代发展的制高点上。

在此基础上，该公司本着从长计议、持续发展、踔厉前行、有后劲、有远见的思路，设计规划了宏伟蓝图，倾情打造了"老胶河农场""民间民艺""传统文化创新弘扬""红色教育基地"等，大力开展了文旅与农旅田园综合体的十大板块，唱好拿手戏，形成振兴新农村的伟大设想蓝图，并付诸实践。

十大板块主要内容：莫言文学沉浸馆、胶河农场场史馆、知识青年大院、乡创研学馆、红高粱文创主题馆、文化展览展示馆、红色工创馆、记忆乡愁大食堂、鲁忆村和"五带产业"三农群。拓宽振兴道路，实现筑梦小康的金光大道。十大板块，力争达到农村振兴标准要求。另外，他们团队致力于青少年劳育教育，让他们在大有作为的农场，接受再教育，学习、体验当年知识青年下乡时的激情。

王利女士被人们称为干实事、干好事的好当家人。她文文静静、德才兼备，今年刚当选为山东潍坊高密市人大代表，就大刀阔斧地公示了制定的虎年远景，规划一公布，立即震撼了胶河两岸，人民奔走相告，互相传递这个好消息，为这件振兴农村的大好事而开心。王利还是个热衷公益事业的带头人。多年来，她向当地的困难户、残疾人，以及特困户求学子女等弱势群体伸出温暖之手，捐献物资几千次，受到乡党委的表扬，她的事迹受到高密市和省及中央媒体网络表扬。2021年腊月二十六又联合十几家企业、本地环卫工人、困难户及学生发起捐助活动。2021年年末，她又被评选为市人大代表，会议期间，她也没有忘记正在施工建设的工程项目，每天电话询问施工进度，并再三嘱咐参加施工的工人师傅，注意安全，将群众的冷暖时刻挂在心上。

春风杨柳万千条，当下"青农湾"正沐浴在阳光灿烂的美好时节，站在时代前沿的路口，撸起袖子加油干，奋进新时代，做出优异成绩，迎接党的二十大胜利召开！

祝愿该项目明天更加美好，更加璀璨！祝王利女士，好人一生平安！

狼叔多吉

吴思雨 *

　　我在去内蒙古自治区支教以前，对于草原的热爱是很淡的。当时，上一批支教内蒙古的师哥师姐正好回来，我为了更好地适应那边，就向他们讨教。然而直到我临行前，他们一群人都只是说："没有什么需要准备，你会慢慢了解到它的美的。"

　　火车抵达内蒙古自治区呼伦贝尔市的海拉尔区后，我们一行共十四人，按照学院的分派，我和两个男老师坐上了大巴车去往科尔沁草原的西部区。路上，我靠着右边的窗户，透过窗户，我可以看见外面的草原。夏天的草原，草色深绿，星星点点的牛羊伏在上面像用来点缀绿绸的碎花，如果你抬头看看天，会发现它是多么透亮清明，和马上要见到的盘曲的小河一样呈现出水晶才有的浅蓝。这里确实很美，我想，光是风景就很有看头了。

　　车子开到遇路小学门口前一段的时候，我们就看见了三个人候在那里，他们都穿着藏袍。我们下车以后，一个穿了青色藏袍的老伯走过来握住我们带头人的手。他说自己是校长，可以叫他扎西，很高兴我们能千里迢迢到这里来。另两个笑着的老伯也走近帮我们拿行李。

　　"我们来帮你们吧！"

　　我们推辞不了，因为他们两人很壮实、高大，已经把行李都揽下来了，最后我跟两个男老师才争到一个小包来背。我确实听说过藏族同胞待人很热情，但实在没想到会这么热情。他们不只是帮我们安置好行李，还收拾好了一个大蒙古包腾给我们当住处，我们跟随扎西大伯走进那个大蒙古包，正对壁上挂了三条白净净的哈达，里面站了两个七八岁的藏族孩子，他们手上也叠着三条哈达，笑吟吟地看着我们。那时候，我们三人都自然地低下了头，享受着哈达慢慢环绕到脖子上的轻柔。

　　戴好哈达以后，我仰头看着他们红彤彤的小脸，心里仿佛有什么东西正在

＊ 作者简介：吴思雨，笔名瞻仕，女，生于 2004 年 3 月 11 日，现居吉林省长春市，全职小说写手，业余喜欢阅读、绘画，爱好修道，拙笔海涵。

燃烧似的暖和。

小孩子跑出去以后，我们围成一圈坐在蒙古包里，边吃热腾腾的藏面，边听扎西大伯讲学校的情况。

"我们感谢你们啊！感谢你们肯来我们这边教书，可不能苦到你们这些先生！"他说汉语还是比较流利的，此刻正拿袖子抹眼泪。

"扎西大伯您别这么说，您别这么说……"

我们三人有点难为情，也不再继续嗦面了。不一会儿，扎西大伯缓和了情绪，要给我们煮一锅羊肉，我们忙推辞说不用不用，他强硬地驳回了我们，撩起门帘就出去了。

"多吉！烧羊！"

我们在包里听见他喊，相互看了看就忙出包去要拦下扎西大伯。草原的人们受各方面条件限制，牛羊可是牧民的宝，怎么可以随随便便就杀一只来吃呢？可等到我们出去以后，扎西大伯已经骑上了一匹棕色的大马一副要离开的样子。这时，旁边走来一个高高壮壮的穿着赤色藏袍的牧民，他把两只手揣到宽大的袖子里，望着我们笑了笑，说着一口不太地道的普通话："扎西啦还要给你们择黄花菜次！"

跟我们说话的人就叫多吉，今年四十八岁，是一个土生土长的藏族人，家里靠养两百多头牛为生，后来听说他以前在春忙时候都敢自己上山掏狼崽子，而且脖子上也总戴着一条挂满了大小狼牙的链子，于是我们都叫他"狼叔"。

来到内蒙古一个月左右，我们已经熟悉了从包里到学校的路，也熟悉了紧挨着我们住的其他本地人。他们都很照顾我们三个，特别是狼叔，常常给我们送来酥油茶和山上打猎得来的野味，帮我们修个小圈拿来养羊崽子，还教我们怎么养好它们。那时候，我们能感受到他们全心全意的付出，由此我们也更加羞愧了。

有次下课早，狼叔要带我们去盘破山脚猎兔，那两个男老师因为包里有其他事要打理，就让我一个人和狼叔同去。

我翻身到深红大马的背上，紧紧跟随在狼叔的马后，希望能帮上他一点忙，还一些他时刻照顾我们的人情。不一会儿，我们唠着嗑就骑到了盘破山脚下，说是山，其实那就是个小草坡，马儿努努力都能上去的那种。

因为很快就要进入野兔的地盘，为了不让它们掘的土洞别折了马儿的腿，我们都下马来，把马儿交了临近的一个包让他们帮忙看着。那个包里的男主人听狼叔提到我是个老师，二话不说，便让全家人都出来迎接我，硬要带我进包里坐坐。我盛情难却，和狼叔进去喝了两杯酥油茶又带了些牛肉干，他们才肯放我们出来。

等我们来到山脚下的大片草地上，我发现这里的草尖尖焦黄焦黄的，不像我们包附近的那些绿草一样有生机。

"兔子和吃草机一样，吃光了好的草。"狼叔的眼中有些心疼。

"前几年兔子是没有这么多的。"狼叔又说，他俯下身去揉揉草，用藏语说，"草原也是有生命的，你踩上去它会疼，但它不会怨你，所以草原是很善良的，我们蒙古的图腾埋在这样善良的草原底下，原本是很安分的，可惜一些人不懂，尽搞些破坏草原的事儿。终于草原不肯忍气吞声了，蚊灾、旱灾、狼灾……可惜一些人不懂……"

我想到十几年前的大改工，打狼运动进行得如火如荼，不知道这野兔子的大肆繁衍是不是跟那件事有关。狼叔正在一个洞前面摆陷阱，我看着他的背影，又想起扎西大伯有次提过，这三四年来狼叔都没有去山上掏狼窝了，于是我问："叔，明年春天您还去山上吗?"

他手上的动作一顿，背对着我说："去不得了，打不得了。"

布置好陷阱，他站起来，但是却没有第一时间离开等候猎物上钩，眼神仍在面前的草原上徘徊，他是真的老了，眼角附近是一道道深沟，但他的眼睛却是雪亮的、聪慧的，和每天晚上伏在北坡嚎叫的野狼一样。

"叔，走吧。"

我们准备回到放马儿的那个包里，等过两小时再去查看陷阱。

不用说，我们又受到了包里牧民们的盛情款待，吃过一大锅子炖肉后，我和狼叔坐在包外面的草地上，刚好有风吹过来，我看见挂在包顶的三条经幡舞动起来，跟放飞于青天的鸿雁一样美丽。

我跟狼叔聊了几句北京城里的生活，他把旱烟拿出来抽，然后边听我讲话边点头。不一会儿，他深吸了一口气，眼神再次望向面前的草原，他请我在褐色的土地上扎根，亲眼看看这儿常乐的孩子们怎样生活。我看见他被太阳晒得黝黑的脸此刻变得更精神，袍子的一边衣袖已经拉下来塞到腰带里。他告诉我春天的时候还可以躺在一小堆软糯糯的小羊羔旁边，嗅着奶香和草香，然后和朋友架锅吃旱赖子手把肉。

"只要过得开心，"他说，"在草原上每天都是最好的日子。"

他就那样诚挚地望着我笑，我看着这样欢喜的老猎人，打心底是没法拒绝他的邀约的。

我们就这样聊着天，还没熬到两个小时时，一个女孩子悻悻地赶着羊往兔子窝那边去，我怕她的羊先遭了陷阱，便过去唤停了她，等她转过身，我才发现她是我班上的学生洛桑卓玛。她强笑着跟我打招呼，我问她是不是发生什么不好的事情了，她摇摇头，什么也不肯讲。直到狼叔也过来看情况，多次询问下，她才磕磕绊绊地说清楚了事情的原委：她觉得自己家里太穷了，自己又笨，再读下去也没什么用还浪费钱，正纠结要不要跟阿爸阿妈讲。

"看起来你是迷路了呀，"狼叔从链子上拔下来一颗小狼的牙递给她说，"卓玛，听你讲，家里虽然没什么钱，但是你阿爸阿妈就希望你好好读书然后走出去，以后把家乡造得更美一点。卓玛，你试着把月儿碾成羊油，点燃了一样能同城里的灯那样亮堂……孩子，要热爱自己的家，热爱我们美丽的大草原呀。"

那天傍晚，和狼叔分道后，我带回包里三只野兔子，两个男老师都笑得合不拢嘴，我们做好打算，把半只兔子拿来做明天中午的菜，剩下的风干后分给班上的孩子当零嘴。

夜里，我出包小解，朦朦胧胧中看到隔壁包的一个女孩子在守夜看羊圈，摇曳的烛火映得她的小脸更加红彤彤了，等我收拾好再仔细看过去的时候，她竟是我班上的洛桑卓玛，此刻手里正捧着一本书，好像在小声地念……

守望星空的孩子

唐康晟*

在广袤寂寥的大西北，黄土地养育着这里世世代代勤劳厚重的劳动人民。刀一样的西北风，火一样的烈日磨砺着人们不屈坚韧的心性。偶尔几只孤傲的雄鹰在空中盘旋着飞上凌云的绝壁，发出几声响亮的悲鸣，仿佛是一段段秦腔唱出了人们心中的古今过往。

然而在大山深处的一个村落，有一个叫明娃的孩子，本该有着无忧无虑的童年，不幸的是，父亲明道因为一次意外瘫痪在床，而母亲裘珍却因右手先天残疾干不了正常人的活，一时间家里失去了主要的收入来源，明娃只能从学校退学回家。只上了一学期课程的明娃或许根本不知道读书的乐趣和意义，没有不甘也没有抗议，或许他是天生的乐天派。然而为了维持生计，母亲裘珍只能四处给人干点儿杂活以勉强填饱肚子和照顾瘫痪的丈夫。

小小年纪的明娃学会了帮母亲干家务，空闲时随着"孩子王"攀上山崖去掏老鹰的巢穴，摘下几个野果东游西荡，仿佛他就是这山里的王。有时顺便还能带回一些草药让母亲到集市上去卖，换得银钱。夏天就去河边摸鱼、摸虾，有时也有不少收获。每到夜幕降临，月出星现的时候，明娃总是一个人搬出一条凳子在屋外坐下，抬头仰望星空，也许此时的寂寞空虚只有自己和星星知道。风吹拂着树枝不停地摇头，也许心中的无奈早已让树枝洞悉。

时间一晃两年过去了，明娃本该平淡无奇的生活由于一支科考队的进驻悄然发生了改变。科考队的一名队员名叫杨伯乐，有缘住进了明娃的家里。他见明娃生性率真，好奇心旺盛，人也聪慧，便给明娃讲了很多自然、数学以及明娃从来不曾听闻的知识，让明娃如痴如醉，兴奋不已而又觉得别开生面。

有一次杨伯乐的一个计量液体容积的工具丢了，此时他的包里只有两个容器，一个容量是600毫升，另一个容量是500毫升，而他要做的是只提取300毫

* 作者简介：唐康晟，男，生于1991年，湖南衡阳人，初中文化。目前是一名自由职业者，本着文以载道，善言兴邦的崇高，就着摸石头过河的经验，战战兢兢，如履薄冰，探索踏上神圣而伟大的文学之路。

升的液体标本加药品中和。此时明娃知道了这个情况，拿着两个容器就到了采样池。只见明娃先将 600 毫升的容器注满液体，然后将这 600 毫升液体倒入 500 毫升的空容器瓶里，直到倒满，此时 600 毫升的容器里只剩下 100 毫升液体。再将 500 毫升容器里面的液体倒掉，把 100 毫升的液体倒入 500 毫升的容器里，此时 500 毫升的容器里只需倒入 400 毫升的液体，就可装满。接着又把 600 毫升的容器装满液体倒入 500 毫升的容器里，直到倒满，此时 600 毫升的容器里面剩下 200 毫升的液体。将 500 毫升容器里的液体倒空，再将 200 毫升液体倒入 500 毫升的空容器中，然后注满 600 毫升的容器，并将液体倒入此刻装有 200 毫升液体且容量为 500 毫升的容器中，直到倒满。此时 600 毫升的容器就只剩下 300 毫升液体了，任务完成。

明娃将这一成果带回给杨伯乐看，杨伯乐微笑地摸了摸明娃的头，两天前给明娃讲了数学中的倒水问题，没想到他这么快就能学以致用。很快杨伯乐将这一发现报告给上级领导。上级领导迅速联系了希望工程基金会和社会爱心人士，并说道："这个孩子一定要让他上完学，并要上完大学，不能让贫瘠和闭塞将他辜负。"

消息一发出，很快，善款就源源不断地打来了。明娃用四年完成了小学学业，初中、高中转瞬也到了终点。经过不懈努力，明娃高考考上了一所国家重点 985 院校，他在学校孜孜不倦，夜以继日，求实进取，很快就得到了老师同学的一致好评。明娃也深知自己的艰辛和幸运，对于感恩和回馈社会他义无反顾。大二那年他入了党，并婉拒了爱心人士的捐赠，自己找了份兼职，一直到研究生毕业，他都是自食其力，自力更生。他说应该用这些善款帮助更需要帮助的人。

在大学这七年时间里，他找到了更大的舞台，也结识了不少志同道合的朋友，积累了大量社会实践经验，也找到了一份令人艳羡的工作。然而在城市顺风顺水的两年工作时间里，明娃想起了自己的故乡，想起了大山里的孩子，想起了科考队员杨伯乐，想起了给他资助的希望工程及爱心人士，于是，明娃选择放弃了城市优越的生活，带着昔日三五好友回到了阔别已久的黄土地，回到年迈病弱的父母身边。他时常喃喃自语："我有一个梦想，我有一个梦想，那就是让失学贫困的儿童都能完成学业，走出大山，让乡村不再贫困，让知识不分贵贱，培育大批为实现中华民族伟大复兴的有用之才而贡献力量。"

说干就干，那一年明娃在政府和社会各界的帮助下建立了一所全日制示范高中，设施齐全，师资也过硬，并且学费全免。虽然刚启动那会儿，确实遇到了不少阻力，但好在排除万难，事情迎刃而解，除了运气还有那坚定的意志和不屈的心性。这正如这片沟壑纵横的黄土地生出绿油油的庄稼；也正如找不到归所的苍鹰盘旋在空中哀号，忽而在凌空的绝壁上觅得一个栖身之地而释然欣喜。只朋坚守初心，方能得始终。

时光荏苒，转眼十个年头已经过去，学校的事业蒸蒸日上，在别的山区也有了分校，更难能可贵的是把一批批贫寒学子送进了梦寐以求的大学校园，改变了他们自身的命运，也改变了家乡的面貌。这个夜晚明娃推开办公室的窗户，遥望璀璨的星河，那一闪一闪的星星仿佛让他想起童年孤寂的时光，想起拿条凳子坐在屋外在星星下做梦的自己，想起年迈多病的父母，想起给自己启蒙的科考队员，想起给他资助的希望工程和爱心人士。此时思绪万千，他知道自己还有一段很长的路要走。想起创校的初衷和他的豪言壮语："十年、二十年、三十年，我要让这里的希望之花开遍每个角落，我要让从这里培育出的千千万万的教育工作者、企业家、科学家、农学家，为实现中华民族伟大复兴的中国梦和建设这片养育我们的黄土地使之更加美好而贡献自己的股肱之力。等我老去的时候，我希望在我耕耘的土地上没有贫困、没有饥饿、没有愚昧。"

也许爱的最佳诠释便是无私地奉献，爱的最终表达便是尽情地回馈和感恩。明娃——一个守望千千万万星空的孩子，用他的一生践行着，他做到了。

画者某某

房建明[*]

　　商业中心边上的空地一到晚上就会冒出许多摊贩，有卖烧烤的、卖宠物的、卖时尚首饰的，令我印象最深的是一个卖花的女孩，她衣着整洁，面容清秀，人在花旁，花映人脸，令人神往。她的生意最好，很多少年是一边瞄人，一边买花。夜渐深，花已空，她准备收摊，摊边仍旧游走着依依不舍的少年，她笑了笑，挥挥手，转过身，裙子轻盈地划个圈，身后的少年一脸惆怅，看着天上的星光，盼着明天的夜晚。再远处，有几个年轻人在唱歌，听歌的大多也是青年人，他们很随意地倚着路边简陋的栅栏，惬意地欣赏着让他们共鸣的歌曲，脸上泛起青春的光彩。偶尔我也会驻足倾听，歌声里总能体会到一些城市夜的清闲和人的散淡。

　　看到某某时，瘦小的他正抱住一个壮硕的城管，嘴里喃喃着："为什么要收我的东西。"那时我才注意到地上早已凌乱的画摊。吵闹的喧嚣引来围观者的骚动，人群迅速以某某和城管为中心圈起一个密实的圆。某某的画摊简陋而狭小，摆着几幅人物素描，旁边的纸上写着"人物速写"四个大字，路灯映着他黝黑的皮肤和倔强的脸庞，看起来像个常年出海的渔民。

　　南方的初冬白天尚暖，夜里却有了寒意。某某套着一件褐色的蓝衫，穿着一条发黄的裤子，戴着一顶灰色的浅帽，从夜里来，到夜里去，仿佛天生就是与夜为伍的人，白日的光里永远没有他的身影。我冒昧地揣测起某某的经历：一个稍有点美术基础在街头混饭吃的普通人？一个默默无闻的画家？一个正处于人生低谷的美院高材生？随便哪个角色，或许他还是一个正等着给刚出生的婴儿购买奶粉的父亲。

　　莫名地，我又想起那首熟悉的诗：

　　　　在这个年龄，诗来找他，像一个送葬的人。

---

　　* 作者简介：房建明，男，46岁，山西人，本科学历。自小酷爱读书，闲时写写随笔。不做无病呻吟，只为有感而发，无他。

面对敞开的坟墓，他醒悟，诗意像一道黑暗。

诗人，来自何方，去向何处？

他写着遗嘱。

诗人因生活拮据，在终结自己生命之前，给他曾经短暂停留的这个世界留下了一首血泪斑斑的诀别诗。

我不知道某某是谁，不知道他是不是画家，所以只能称他为某某，只能叫他为画者。每一个人，不经意间都可能成为历史上的一个小小主角，每天与我们擦肩而过的俗人，和我们一样都是这个世界的精灵，他们的辛苦奔波，他们的眉飞色舞，他们的喜怒哀乐，组成了无数个我们感知世界的微小因子。

"他走向黑夜"，某某颇像雨果诗里的那个穷人。恍惚听到警察劝离了某某，他蹒跚着走入了夜色。几点光从远处亮起，我盯着他去的方向，仿佛看见清晨的阳光洒落在他的肩头，沐浴着他的脸庞，他皲裂的嘴角带着微笑，欢快的步子轻松而灵动，好似在另一个世界。

万物有灵

龙 藤

逆学[*]

我被人不待见源自一场大火。

一个天雷炸向那棵站立千年的古樟，引发了一场大火。村民见村口的神树被烧，急得赤着脚，遮着裤衩，拿着脸盆，提着水桶，风风火火地赶来。

火越烧越旺，红了夜，掩了星月。

四邻八乡的村民闻讯也赶来了。古塘村的一群汉子抬着一台水龙赶来了，江南村也抬着一台水龙赶来了，连官岩山的和尚也抬着看护寺院的水龙下山而来。

几台水龙咬着火龙不放，穷追不舍，四处围堵。火龙扭身甩尾仰脖，张牙舞爪，拼死抵抗，四处横撞乱闯。经过半个时辰的相搏相杀，火龙声势渐微，直至彻底瞑目。

火烧后的现场一片狼藉，古樟只剩下丈围丈高的躯干。清扫后的灰烬囤积在树干的周围。

我原先是一枚葡萄籽，被一只白鹤衔来，不经意间掉落在那堆灰里。恰逢赶上了一场透雨，我幸运地被安插在木灰与泥土的接壤处。

我发芽了，根深深植进土里，摸到了古樟的根还有微微的气息。我也许感到孤寂，也许同理心强，就不停地拍打着他，呼唤着他，可依然只有空气应答。我伸出头想看看蓝天白云，可被巨大的古樟残躯挡住了视线。我不但没生气，而且庆幸自己如老鼠一样掉进米缸，找到了依靠对象。我伸出手，张开臂，哼着曲，一路举起一面面嫩绿的小旗，绕着古樟慢慢地攀附而上。有个小孩眼亮，叫了起来："妈妈，樟树活啦！"妈妈仔细一看，赶紧将"葡萄"两字缩回，满是敬畏和祈盼地应答道："樟树娘娘会活的。"

可我不认同这位妈妈叫他"娘娘"，虽然我没见过他原先的俊模样，但我从

---

* 作者简介：逆学，原名张顺学。著有作家出版社出版的长篇小说《童谣里的燕子》，其被列为 2022 年度北京市写作学会阅读指导委员会推荐书目。

他散发着强烈的荷尔蒙气息上认定，他不是靓女而是俊男。

在一个月圆之夜，我终于攀爬到了顶端，听到了他体内有冰裂的声音，还触到了血液上涌的脉动。我仔细察看，发现他那被火灼得炭黑的肌肤开始转青。在发青处，我还发现一个尖尖的枝芽。我兴奋得难以自抑，很想跑过去拥抱他，可理智告诉我，只能远观而不可亵玩。

我开花了。开花的藤蔓由下往上绕，将他打扮得如同一根高大的花柱。花柱上有他的一根拇指大小的枝丫，翠绿欲滴，馨香四溢。我爱死他了，缠绕着他，如同小鸟依人。

我的缠绵引来一群人，围着我指指点点，有的说我是寄生虫；有的说我有伤风化；还有的说我如同一个大花圈，不吉祥；甚至还有人说我阻碍了树的生长，想害死樟树娘娘。

在七嘴八舌中，我被贴上不好的标签，最终被裁定为死刑。行刑人先用柴刀将我拦腰砍断，而后用锄头连根挖出，再用大剪刀将我剪成一段一段的，还在祠堂前的大明堂上暴晒示众，一天、两天、……直至三七二十一天，最后把我送进锅灶，烧成灰，撒在稻禾之下。

我恨死古樟啦！他徒有雄岸其表。我被行刑时，他既没有发声，也没有象征性地拉我一把。我被挫骨扬灰时，他依旧表情麻木。

幸亏有个小孩，真真切切地拉了我一把。

在我被行刑示众时，那个喊"活啦"的小孩，趁人没注意时，偷偷地捡了一节，握在手心，飞快地跑回家，插在后庭园的隐秘处。

我开始腐烂，腐烂得发臭。可小孩不相信我会死，就用竹枝给我搭了一个棚，还每天给我浇水，除草，捉害虫。

我在这个小孩的精心呵护下，避过了水涝，挡住了秋霜，躲过了冬雪。

春天来了，我发芽了。

小孩上学了，他很爱读书，常常坐在我旁边读书、写字、做作业。他会将有关葡萄的诗句分享给我："葡萄美酒夜光杯，欲饮琵琶马上催。醉卧沙场君莫笑，古来征战几人回？""棠梨宫中燕初至，葡萄馆里花正开。""野田生葡萄，缠绕一枝高。"……

我越长越高，越长越长，几乎占据了整个后庭园，可结出的葡萄酸味太重，除了醒脑能打跑瞌睡虫外，一无是处。

为这点，我又遭遇了几次厄运。一次被小孩的父亲拦腰斩断，一次被一头黄牛糟蹋得一塌糊涂，还有一次被小孩的母亲剪成晾衣杆，分发给邻居。

但我感觉自己好像被什么庇护着似的，总能逢凶化吉，总能捡回性命，总能焕发出勃勃生机。

夏日的一个晚上，知了闹得正欢，我听见了一阵低吟的抽泣声，原来是那个长大的小孩高考落榜了。

知了很同情他，但不知如何安慰，只能用闭嘴缄默来表达心境。我也不知道如何安慰他，只能用弯弯的藤蔓揽抱着他。他好像感觉到了我的关心，不哭了，回礼似的开始用温暖的手掌抚摸着我。我感觉到他那有力的手指在抖动。我立刻迎合他，将藤蔓化成琴弦，任他弹奏。很快，一曲震撼心灵的乐章在我俩的心底写意流淌。

我们成了知音。他从新华书店买来了许多有关葡萄的书，没日没夜地看，还在县农业部门的帮助下，贷款买来了各个品种的葡萄苗，栽种在自家的承包田里。而后，他给我系了一条红绸缎，极具仪式感地用轿子将我抬到田地中央。我受宠若惊。不过，一看四周的姐妹，压力倍增，她们可是大家闺秀，名门望族，公主千金。而我连自家的父母是谁都不知晓，且还没摘掉自己头上的不雅名号。

起初，我跟葡萄园的姐妹们相处得很好。春天来了，我们个个打扮得花枝招展，拉着手，闹个联欢。夏天到了，我们就以葡萄为题，办个赛诗会。可秋天一到，我们就面和心不和了。罪魁祸首就是这个高考落榜生。他将我们的果实一一品尝，反复咀嚼，细心回味，从酸、甜、鲜等多个角度，不留情面地比较点评，还将我们分为一二三等，并一一记录在案。

在一个星月齐辉的夜晚，我偷看了他的笔记本。他将巨峰、阳光玫瑰等列为一等，而将我排在最后，连等级也没给我排上。这可把我气坏了，这不是明扬暗贬我吗？先将我抬得高高的，最后让我摔得惨惨的。

我越长越长，越长越粗，如同野蛮的侵略者，不断地扩大地盘，挤压了姐妹们的生存空间。毫无疑问，我成了她们的围攻对象。更要命的是，这个落榜生不知从哪儿学来了狠招，要搞什么嫁接，要将她们最优秀的基因移植到我的身上。我可受苦了，被他搞得皮开肉绽，满身绷带。她们更不高兴，极不配合。试想，她们本是千娇百媚的公主，哪受得了这低人一等的气，异口同声地用反问句强烈抗议主人："世上哪有优汰劣胜之理？"

第一年失败啦！

第二年还是失败！

第三年依旧！

这可把这位年轻英俊的主人惹毛啦！他一气之下，发奋自学完了大学本科，还跑到农大搬救兵。农大的一位浦江籍教授非常赞许他的想法，一拍即合，就带来一群学生，进行现场操作，全程跟踪，全方位指导。

在主人的连哄带骗下，在先进的嫁接技术的支撑下，我们最终和谐了，且很快融为一体了，直至只剩下我这条独藤。

我每年怀孕生产的葡萄个大，超甜，奇鲜，串串貌美赛贵妃。为此，人们就稀罕我，稀罕到一粒葡萄难求的地步。

我每年生长，必须要以扩展地盘来支撑，性质如同汉武帝开疆拓土。年复一年，我抬头一看，那古樟已离我不远。他现在已枝繁叶茂，生机勃勃，帅气逼人。我发觉他也在看我，心头一热，倏然闪出一个莫名的联想，莫非他就是我的保护神？

前来看我的人络绎不绝，见我长长的身躯盘踞在葡萄架上，占地数亩，蜿蜒逶迤，无不称奇，人人惊叹。

今天一大早，大雾弥漫，我的主人又来施肥、浇水、修剪。有个扎着花辫子的小女孩跑来帮忙，见我气势磅礴，若隐若现，就惊奇地指着我，奶声奶气地对着那个鬓发已白的人，大喊道："爷爷，龙！"

逆学

2022 年 3 月 3 日

冬青礼赞

许天峰[*]

——朋友！您见过且熟识冬青吗？

尤其方方正正、条条块块、刀削剪修、整齐划一的畦块，具有很高的美感、观感、观瞻水准以及极高的园林艺术与文学价值，是值得称颂、礼赞的！

如果在苏杭二州或佳木斯市观赏其真容，你一定会误认为其是苏杭或佳木斯市城市园林中最靓丽淑雅的美少女或东北英姿勃发的美少男；当其被你无意中看见，你一定以为舞台上经过艺术化妆，姿颜绝美、英姿俊朗的美少女帅少男，会让你春情萌动，不仅诱人动情，而且摄人心魄……

无论春夏秋冬，东西南北，当您信步在江边、湖旁、水侧等城市街道旁的人行道上、公园里、厂区里，农家的田间地头上，或者庭院深深的高档小区里，豪华高档学府还有大型商业娱乐场所的区域周边等园林环境都会看见流翠漾绿的景观——冬青树丛的排排身影，铲剪刀修、整齐划一。一条条、一块块、一排排、一队队、一撮撮、一团团、一簇簇造型各异，姿色绝美，不亚于中华人民共和国七十周年国庆阅兵的齐整军容、神仪秀挺、超凡脱俗的合力展示：一种团结向上的群体力量，凝聚着无与伦比的整体巨力——这些秀挺靓丽的英姿和俊逸勃发的美少女帅少男依靠春天万物复苏的暖春季节吸收、聚集巨大能量，让自己枝繁叶茂，酿翠漾绿，呈现着溪奔波涌，潋滟着漾动美感……

夏日里酷热似火时，当你被燥热搅恼得极度烦躁时，只要你能走近一簇簇翠绿欲滴的冬青树丛，你立即会有种微风送爽、凉意依依的清凉感；到了秋冬季节，自然界一天天渗凉、凝冷，人的情绪开始被肃杀的寒风围攻侵蚀，无形中，你被一种低迷消沉的情结时时缠绕着，使你无时无刻为低落的伤感所纠结……

---

* 作者简介：许天峰，男，1956 年生人。曾担任佳木斯工信局法律服务中心主任，早期在《佳木斯通讯》《佳木斯日报》发表过《雪》《渡过了太平沟》等散文作品。退休后喜欢研读小说、散文报告等文学作品，先后在《今日头条》发表过：《刘公岛之思》《〈多余的话〉并非多余》《冬青礼赞》《信任是一种情怀》《问春》《杏林湖的情怀》《冬天里的哑巴河》等百余篇散文作品。

此时，假如你无意中走近我盛意礼赞的排排、簇簇的正在翠绿绽放的冬青们，你会发现冬青紧紧拥抱，团结聚力，正定身位，随移不怨，感地接气，翠绿不减，一经拥遇新栽环境，其生命伟力便超凡脱俗，冬青勇于挑战，接受寒冷、劣质的地理环境，不攀比不妒忌，包容性强，为支撑一派新绿，冬青丛林中不分高贵与贫贱，无论强壮纤弱都将自己潜藏隐匿，举力合捧嫩叶幼丫使其集体释翠放绿，更不争功邀宠，因而不显露、不张扬。我在羞愧中被冬青们以簇拥丛林集体荣誉，团结互撑的圣洁高贵品格所征服、感染、感动——其文学价值感召、征服人类的文化取向。还有，她们总是慈爱地拥抱着如春般的气息，让您顿觉生命的伟力与新生命的信息缓缓漾动，并正在浓浓的绿意中孕育、慢慢地形成，给了您以无限美好的向往与憧憬！

——朋友！你还能拿出什么理由不去礼赞生命意义不同凡俗的冬青们？

反正，我怀着真情与崇尚感还要赋诗绝句：

再赞冬青：
金钱草状叶蓬伞，
躯干伛偻细分丫
……
漾翠熙情街水边，
一朝吮吸便吐涟。

我赞美冬青出于偶发原因。一日我因脑疾而焦躁，急于下楼透透气，让自己疏解、排遣一下烦忧的情绪。

走出一楼门外顿觉寒风凛冽，冷气逼人……冬日里京津地区万木凋零，落叶飘飘，洒满大地，叶黄枝枯的寒冬肃杀景观，让我的心情随之悄然纠结，不乏滋生淡淡悲凉！我于楼外台阶踱步，只见楼前左右翠绿冬青树丛绕楼而栽，修剪得整整齐齐，条条、排排、簇簇畦块，自有鬼斧神工之妙之美，条条正正地在晨时淡阳的辉耀下翠绿盈盈，辉映闪闪，你瞬间感知了春的律动与生命信息的微微流动。我的情绪陡然间变得好起来——啊！新的生命正在绿境里萌萌躁动，正慢慢孕育生成中……美妙而富有生气的春就要到来，经过寒冬的围侵，谁不企盼风光旖旎的"春"呢？

世上万物生灵，无论是佛家，还是道家哲学都没有永恒的"生"。冬青树与其他任何高贵的树种一样于万物中悄然诞世，经过生命历程的磨砺，最终走向泯灭、消亡。肉体生命如此，植物生命也同样遵循自然法道。"轻于鸿毛，重于泰山"，这是历史哲人对不同人生价值的评价！

冬青的意义与价值不比白杨、青松，不仅具有文学意义上的"高洁、伟岸"，而且成为现实意义中工、农业的广用巨材；而冬青则是凭借低矮佝偻的身躯，集体抱团形成合能巨力，族群中为了共同的文化信仰，合力支撑金钱草似的层层叶片，集翠展绿实现了单枝无法完成的丛林价值。冬青的皮壳制成中药配伍的名贵药材，用以治疗中风类疾病，对无名发热也具有很好的疗效。冬青叶也是中成药中的常用良配。

写到这里突然让我想起枯萎后的冬青，残枝败叶被园林工人们和农家们清理存放当成家用烧饭取暖的柴火，最后燃成灰烬，被撒向大地，用以改良贫瘠的农地。

垂垂冬青，默默无闻，无怨无悔，正定身位，平淡视世，摒私立公，顾全大局，不争名、不夺利，高风亮节，最后还以仅存的残值奉献给给予她生命的苍茫大地……

冬青的文学价值、园林艺术价值和中成药材的现实主义重要用途是大家有目共睹、不言而喻的。

我赞美冬青的园艺美、文学价值与现实主义的理由永远感动激励着我！

——冬青树不就是中国最广大的平凡而伟大的劳动者吗?!

——这就是我高声礼赞冬青的真正原因！

一只小懒鼠

何伟 *

也不知道什么时候，我的房间来了位不速之客———一只小老鼠。

白天我去上课了，一到晚上，就听见"吱吱"的声音，可是把灯打开，敲了几下床铺，却又不见了动静。待你要入睡时，那讨厌的"吱吱"声又突然响了起来，在安静的夜里，这种声音尤其刺耳，对于我这样睡眠差的人而言完全就是种折磨。

这家伙不但在晚上制造些"吱吱"声来折腾我，而且还以时不时把我晾挂在床侧的衣裤咬出一个个破洞为乐！而被咬破的衣裤偏偏是我平时最得意的出门装，真可谓"是可忍，孰不可忍"！

我必须把这可恶的小家伙赶出我的房间，不然的话，不但我的衣裤要遭殃，就连我的很多美梦也都会被它破坏了。

我不知道这只小老鼠是从哪里钻进我的房间的，又是从哪里跑出去的。总之，它就像个幽灵一般出现在我房间里。

一天下晚自习回来，刚打开门，就见一只小老鼠惊慌地窜门而逃，原来这只可恶的东西是从这狭小的门缝里钻入房间的。我不由得暗喜，心想只要把这小窟窿堵住，我就可以不受其扰、高枕入眠了。

于是我抽空去学校食堂找了块小木块，用铁钉紧紧地把它钉在门缝处，把这个门缝堵上，然后我刻意地在房间里弄出很大的声响，想当然地以为这只老鼠早已悄悄逃出房间，于是便安然锁上房门。

然而，我太低估这小家伙的智商了，晚上睡觉时竟然还听见"吱吱"声，看来白天根本就没有把这家伙赶出去，我不得不开了灯，弄出动静，那"吱吱"声马上就消失了，可是当我再关灯，那"吱吱"声一下又响起来！我的天！我真想骂人了！我的睡眠受到了严重的影响，现在当务之急是将其找出来并消

---

* 作者简介：何伟，男，湖南省湘西土家族苗族自治州保靖县人，大专学历，自由职业者。我是个较为矛盾的人，喜欢热闹却也拥抱孤独，崇尚浪漫却也安于现实，总是一副多愁善感的样子出现在别人的视野里，容易感动，谨记感恩，只要别人对我有些许的好，我的返还一定是加倍的，生活中与人为善，诚挚善良，容易陶醉在想象的幸福里。

灭掉。

尽管费了九牛二虎之力，我还是没发现它的影踪，它像是凭空消失了一般，更不用说消灭它了。可是到了晚上，它又像鬼魅似的发出刺耳的"吱吱"声来。

我依旧饱受着它的折磨，幸好没有几天，就要放暑假了。

在离校的那天早上，我收拾行李准备回家。我又一次刻意把所有的角落都弄出声响，就在我挪动堆积在角落的几个纸盒时，一个毛茸茸的小老鼠，正懒洋洋地端坐在一个柔软的皮靴盒子里，两眼贼溜溜地瞪着我，像是向我挑衅一般，而我又不敢用手去抓它，就在我一愣神的刹那，这家伙突然就从纸盒里窜起，落在地板上，待我拿起拖把准备打向它时，它又不知逃向哪个角落了。我当然心有不甘，于是把房门打开，我几乎疯狂地弄出更大的动静，想亲眼看着它从房门口逃窜出去，这样我就安心了！可是我失望了，无论我把这个小小的房间怎样折腾，都没再看见它的踪影。这时我很后悔当时的犹豫，要是我不嫌肉麻很果敢地把它抓住，就可以彻底地睡安稳觉了，可是凡事没有那么多如果，人生也是如此。

开学了，我从老家返回学校，我打开门，地板上、书桌上、床铺上、小碗柜上……一颗颗早已变硬的老鼠屎横七竖八地躺着，看着这场景，我甚是恶心，心里充满愤恨！不用说，这一切都是那只可恶的小老鼠的"杰作"！这可恶的家伙根本就没有逃出房间去，它依然嚣张地在房间里捣乱，在以后的日子里，它依然会不断地折磨我！

然而当我放下行李，清扫房间时，我感到特别意外，因为放置在另一张闲置床上的一条小尼龙口袋中剩下的大米居然完好如初，丝毫没有被啃咬的痕迹，这只小老鼠竟然对房间里这仅存的美食无动于衷？

晚上熄了灯，带着忐忑的心在黑暗中等了好一阵儿，也没听见那烦人的"吱吱"声，我在困惑中睡着了。

夜很安静，我的小房间又恢复了往昔的平静。

某个周末，天气很好，我将这房间彻底打扫，在整理一个小碗柜时，令人惊怵的一幕出现了：在碗柜最上层铺着的报纸上，正躺着一只小老鼠，它的尸体已完全干硬！

目睹它的惨烈死状，我一片茫然，尽管平时对它千般骂万般恨，然而此时，当它如此真实而惨烈地横尸于我面前时，我却又无端地涌起一缕悲悯情怀，甚至有种自己也难以明了的隐痛！

这只小老鼠明显是活活饿死了。它太懒了，它宁愿安静地伏在报纸上等待死亡，也不愿钻进那条小尼龙口袋里去啃食那些雪白的大米。

　　生活中的某些人又何尝不是如此？有的人会因懒而失去追求，有的人会因懒而颓废丧志，最终碌碌无为，平庸一生。

　　懒，无论对于人还是对于动物，都是最平常不过的事情，然而这只小老鼠因懒而致死却是很让人震撼和困惑了，这种死亡不但可悲而且可怕！

那一双勇往直前的眼睛

郭花婵*

它那一双勇往直前的眼睛永远记在我的脑海里！

我家的牛已离世40多年了，可在岁月的长河里我却怎么也忘不掉它。是它给了我儿童时代美好的回忆，也是它给了我一生不懈奋斗的精神，它永远活在我的心里！

它长着一身黄黄的毛，是一头很健壮的母牛，走起路来很精神。

我家地处秦岭深处的一个大村庄，村子里20世纪60年代出生的小孩很多，农村的孩子八九岁就帮着家里干活，尽管我是家里最小的且是唯一的女孩也不例外。记得每年暑假下午吃完饭后（农村下午五点吃饭），我和村上的许多小伙伴约好，拉着牛、排着长长的队伍去坡上放牛，把牛往坡上一放，我们的任务就是看着牛不要吃生产队的庄稼，再随便给猪割点草，这时就是我们小伙伴的天下。我们总是先给猪割草，不时还要看看牛，割够了草就开始玩。孩子们聚在一体抓杠子、玩"狼吃娃"（农村孩子玩的一种游戏）、打扑克，女孩有时也纳鞋底，玩得开心极了。天快黑的时候，我们就各自拉着自家的牛浩浩荡荡往回赶，看着吃饱肚子的牛，提着给猪割的草，回味着小伙伴们玩的游戏，心里别提有多高兴了。这是我儿童时代最美好的回忆。

随着年龄的增长，女孩放牛的越来越少，她们大多都帮大人干别的活了，可我家没有比我更小的，我还得放牛。这时由于没有和我一样大的伙伴一起玩，我感到烦透了，但这种心情只有一会儿，当我拉着它走出家门，看着它憨实地吃草，吃饱肚子欢快的样子，我的心里还是美滋滋的。

但真正让我感动的是它干活从不偷懒，拼了全身力气也要勇往直前，这种精神一直鼓舞着我克服了人生中一个又一个困难，迈上了一个又一个台阶。在20世纪80年代初期考学极其艰难的情况下，每当我学习遇到了困难，我就会看见它那一双勇往直前的眼睛，它的精神激励着我展翅飞出了大山，飞到了美丽

* 作者简介：郭花婵，国有企业退休职工，喜欢闲暇时用文字记录生活，曾在2019年4月第六届"相约北京"全国文学艺术大赛中获奖，被授予"全国文艺创作精英"称号。

的哈尔滨，这就是 40 多年来它活在我心里的真正原因。

二十世纪六七十年代一切都是公有的，牛也是公有的，所有权是属于生产队集体的，牛给生产队拉犁耕地是它最主要的任务，我之所以说是我家的牛，是因为它在我家饲养，农闲时我家有最先使用权，当然是拉磨磨面，也可以给邻居磨面。

在我四岁时冬天的一个早上，阳光明媚，听奶奶说今天要请一个师傅来训小牛拉磨。不一会儿人来了，家里人招待人家吃过早饭，就开始了训练。我那时觉得好奇，就跟着看。小牛一套上磨，就吸引了全家人的眼球，谁知一蒙上它的眼睛（牛拉磨必须要蒙着牛的眼睛），它蹦得老高，就是不往前走。训练师将鞭子打在它的身上，鞭子越抽，它越是不走，不是后退，就是将身上的用具挣脱，就这样折腾了一天，还是没有成功。训练师只是认准了他手上的鞭子，鞭子抽在小牛的身上，疼在家人的心里，虽然它是牲口，但它是在我家生，在我家长大的呀！眼看太阳就要下山了，大人很着急，后来妈妈说让她来试试。妈妈摸了摸小牛的头，先拉着它走，后来慢慢放手，小牛踏着矫健的步子，沉稳地拉着磨一圈圈地走。看着它学会了拉磨，我们心里别提有多高兴了！

它学会了拉磨，慢慢地也学会了拉犁，它成了我们家和生产队的好劳力。那时候大人忙，妈妈有时让我看着磨面，每次细心的妈妈总是忘不了交代我："牛走一会，你要把它拦下歇一歇。"大家一定感到很奇怪，牛拉磨总是人拿着鞭子赶着走，怎么还要拦它停下？这就是我敬佩它的原因——它干活从不偷懒，一套上磨子就迈着欢快的步子不停地走，即使满身大汗也不停息，正应了那句"不用扬鞭自奋蹄"。

后来随着年龄的增长，我终于理解了什么叫"鞭打快牛"这句话，由于它干活卖力，生产队犁地它总是首选，一年从头忙到尾；为了力量搭配（我们那里牛犁地需要两个牛一起拉犁），人家总是给它配合不太卖力的牛在一起耕地。我多次看过它犁地的样子，它弓着腰，低着头，瞪大了眼睛，前蹄使劲用力，向前……向前……从春耕到秋播，它忙碌了一年又一年。

为了奖赏它，善良的妈妈（天不亮）起床后的第一件事就是给牛纳草，总是赶在它干活之前让它吃饱、喝好。在那个连人都填不饱肚子的年代，猪是私有的，养猪既可以卖钱，也可以挣工分，但妈妈总是将稠的洗锅水让给牛喝，她总是说："牛辛苦，牛要干重活，让它吃饱喝好。"每年的大年初一妈妈总是从我们的口里给牛挤出一些面食让它吃，妈妈说："牛辛苦了一年，很不容易！"由于妈妈的精心喂养，生产队评比的时候，它的体格总是名列前茅，因此作为奖赏，会给我家会得到两尺红布，这时我高兴得就像是自己得了奖似的。

后来它因一场疾病去世，属于壮年早逝，正是由于这样，这份悲伤永远埋在了我的心里，40多年都挥之不去。我们曾多次在梦里相见，因为它是我儿时的伙伴，少时的榜样，它的精神影响了我的一生。今日以此短文予以纪之，希望自己的心从此以后能够平静！

蒲公英——我所钟爱的绿色植物

于永山[*]

在芸芸众生的大自然里，在朝气蓬勃的土地上，在生机盎然的绿色里，在千姿百态的植物中，蒲公英是我最钟爱的绿色植物！

当大地开始复苏，乍暖还寒的时令里，你是最早抽芽吐翠的植物之一，你展示出了飒爽英姿，给大地带来了春的信息，给人们送来了绿色的希望。

你对生长的地方从来也没有什么苛刻的要求，无论是在杂草丛生的荒野，还是在路边、沟旁、壕坝、山坡，都有你那顽强的身姿、蓬勃的倩影、刚毅的神韵。你无所需无所求，有的只是奉献，对未来充满了信心与热望。

你的叶子翠绿，绽放的花也具有特色，与众不同：一根挺拔葱绿的长茎把那黄艳艳金灿灿的花朵高高举起，昂首挺胸直冲向上，用你那金光靓丽的色彩装扮着大地，让大地充满盎然生机。

你的种子更是别具一格：那绒绒锦簇的一团，亮晶晶银闪闪，不像花的凋谢，更似花开继续，也由金黄变成了银白，然后又化成无数枚蓬勃怒放的小"花朵"，在微风的吹拂下升腾、升腾，给人们以拼搏向上的精神，奋发进取的启迪。你像仙女一样在天空中飘着、旋着、舞着，也再一次给人们带来了对美好未来的憧憬和希冀！

蒲公英，我对你有着一种特殊的情感，在我还是孩童时，你就在我的脑海里留下了深深的亲切的印记：在一半糠菜一半粮的岁月里，妈妈经常领着我们去大地里采挖野菜吃。能吃的野菜有很多种，但我最喜欢的就是你，你微苦中带着甘甜，清鲜爽口。还可以有多种吃法：生吃蘸酱、凉拌，熟吃做汤、包馅，特别是洗净切段晒干泡水喝，既可治病保健，又是绝佳的饮品。

有时我把种子采回来撒在房前的小菜园里，你竟会毫不选择、毫不挑剔地、葱郁地生长出来。你那翠绿旺盛的英姿，既给我带来了生活乐趣，同时也更增添了我对你的崇敬！

蒲公英，你无论如何也想不到，在昔日的艰苦年代里人们有求于你，在丰

---

* 作者简介：于永山，男，黑龙江省富锦市退休人员，爱好写作。

衣足食、山珍海味的今天，人们也没有忘记你。无论是在大众化的小吃部，还是在高档的大酒楼，时常有你那鲜绿的身姿出现，并占有一席之地，得到人们的青睐，且身价倍增，这也是其他野菜望尘莫及，无法比拟的。

蒲公英不仅是天然的绿色理想佳蔬，而且还是祛病的良药：性平味甘苦，有清热解毒、消肿散结，缓解目赤咽肿、口舌生疮、肺痈咳吐脓血、肠痈腹痛发热等疗效。

蒲公英，你汲取大地之精华，为人类默默无私地奉献出你那所特有的精神与功效！

蒲公英，昔日你曾与我同甘共苦，如今，我依然对你情有独钟，一往情深。每当你伴随着春天一起走来的时候，我都要忙中找闲，到大地里去寻找你的芳踪！

风从那边来

温灏博[*]

阵阵清风摇曳着窗前的风铃，借这风铃娓娓道来这绚丽的路程如何渲染了他的梦。且听风轻语，愿闻万物声。

风，不可否认的是你的千变万化，就算是无形，也比妖娆华贵或清纯秀丽的花更胜一筹。你就是那样的灵活跳脱，不拘一格。何以引风起？何以风吹来？

就让你生于少女的青丝之间，带着她静洁的体香扑向青葱的少年，而你尚未卷起灼人的热浪，却烘得少年面颊带红。你又莞尔从竹林中窜出，带着莹莹星光，吹出了不知何人珍贵的青春。在那自由的时光，你青涩地幻化而出，于无形中孕育无形。

就让你生在青年勤奋的笔锋中，自作聪明地把他那"大鹏一日同风起，扶摇直上九万里"的豪情壮志托起，引他重返千年之盛。你会不知疲倦地推动笔尖，那一行行婉转的字迹，书写的是明亮的未来。那虚度光阴的，你会乘着长者的谆谆教诲于他们耳边反复腾挪，叫醒那些清醒却装睡的人，给予他们走向成功的希冀，击破宿命的无常。无论怎样，你口中始终呢喃着对未来自由的向往。

就让你生在旅人不羁的胸怀中，卷走他们心中的龙卷，唤醒一颗炙热又向往自由的心，领略人生仅有一次的绝景。阿申的《孤独》中有道是："恰逢一阵很温柔的风，我与自由短暂同盟。"心向往着独自踏上旅行的人，会随着烈风与自由长相厮守，被自由吹透的心与"旅途"结伴同行。你同旅人一样，不愿被束缚；你同诗人一样，无时无刻不对自由呻吟；你同勇者一样，无惧无畏。遇事不决可问春风，而风由心生，路便在脚下。

风，我相信你会在珠穆朗玛峰被落日的余晖照得容光焕发时诞生，只因我见你带着山的毅力和孤傲，穷极一生云游四方。

风！歌颂你不被枷锁束缚，歌颂你一生不曾止步，歌颂你的高贵而又简朴！请捧着我这颗随其陨落、随其沉沦的心归去。

---

[*] 作者简介：温灏博，男，出生于 2006 年 7 月，日常喜欢读书，写作，运动。

梧桐花

江素欣 *

哇！好美的梧桐花！

我走在路上时，惊奇地发现了它。这种惊奇好像从未有过，今天才觉得它有一股无形的东西吸引着我，大概这就是它的魅力吧。

我抬头仔细地欣赏着它——从没这么认真过。梧桐树上的叶子不多，绿色的叶子寥寥几片，好像能一下子数完，但很完美地衬托在一串串数不清的梧桐花之间，恰到好处。花的颜色是淡紫色的，紫中透着白，它的颜色是由红和蓝诞生的。花的形状像一把垂挂的紫色小灯笼，又有点像喇叭花，它们你碰着我，我拥着你，一串串、一枝枝，好看极了。梧桐的枝相称地伸展了出去，枝枝之间永远离不开养育它们的粗粗的树干。它的树干并不像有些树那样魁梧，也不像有些树那样纤细，它丰满又显得苗条，就像一位亭亭玉立的少女，又像一位风韵优雅的女人，它是那么高雅、含蓄而又透着张扬，又是那么平易近人、和蔼可亲。它应该感谢花的点缀，是花给了它美的艺术和魅力。

它的周围是闪着绿色光影的、刚刚长出叶子的槐树和杨树，它是它们之中唯一的一棵闪着光辉的梧桐树。它的头顶是湛蓝湛蓝的天空，几丝白云，迎风多姿，轻轻地飘动着。灿烂的阳光毫不吝啬地普照大地，大自然的所有绿色都在贪婪地吸收着阳光。

我出神地想象着，看着看着，我忽然觉察到了什么，它能开多久？它会败了吗？哦，是的。所有的花都会败的，梧桐花也不例外，也会在不久后萎缩、脱落、干枯、消失。我想到这些，心里有些伤感，为它惋惜。然而这是大自然的规律，谁也无法阻止，谁也无法改变。

"那么，趁着难得的机会，大放光彩吧！"我在心里为它大声呼喊。

---

* 作者简介：江素欣，文学爱好者，高级家庭教育指导师，从事幼教事业 30 多年，致力于幼儿教育和家庭教育指导，用自己的爱心与专业守护孩子的美好童年。

山村支教偶遇

马敬辉*

　　今年支教于大山深处的山村学校。早晨，阳光照在宿舍的被子上暖暖的，于是再眯了一会儿，便起床叠被子。翻过被子，赫然发现被窝里一只又黑又大的蜘蛛，还不停地在跑！更像是心里有鬼而惶然逃窜！心里不由得很不自在，也着实吃了一惊，心中暗忖：这货啥时候钻进了我的被窝？都干了些什么？不请自到，被我发现了才逃窜？是刚刚闯进来还是在我的被窝里已经待了一整夜？是否在我的被窝里网织了八卦阵？有何阴谋阳谋？是路过还是早已在此教工宿舍里居家过日子了？越想越膈应！如果是白的、花的、彩色的，好看点儿、小巧点儿，就像电视剧西游记里的蜘蛛精那样，也许令人心里稍感宽慰，偏偏是又黑又大，看上去还一身戎装！怪不得昨夜噩梦一波又一波！不知此君成精了没有？

　　听人言："早见蜘蛛有喜，晚见蜘蛛打死。"不知是否有理，更不知喜从何来，又不忍下手打死它，毕竟都是生灵，谁活着都不易！唉，万物和谐共生吧，但也不能由着它在房子里甚至被窝里瞎转悠。我总感觉哪里不对，总不能与一只素不相识的黑蜘蛛共处一室吧。

　　于是，合情合理地教训了一番，礼送出"境"。大清早一桩"空前的遭遇"由此化解了，吃罢早饭，便开始了又一天的山村支教生活。

---

　　* 作者简介：中学历史教师，本科学历，历史学学士。